ИРОНИЧЕСКИЙ
ДЕТЕКТИВ

Читайте смешные детективы Дарьи Калининой!

1. Из мухи получится слон
2. Делай все наоборот
3. Кража с обломом
4. Шутки старых дев
5. Держи хвост пистолетом
6. Много шума и... ничего
7. Целый вагон невест
8. Баран и новые ворота
9. Жадина платит дважды
10. Циклоп в корсете
11. Шустрое ребро Адама
12. Перчик на десерт
13. Шаловливый дедушка
14. Пикник на Лысой горе
15. Тигр во фраке
16. Пьяная устрица
17. Великосветский сходняк
18. Джентльмены не любят блондинок
19. Мираж в обручальном кольце
20. Неделя из семи пятниц
21. Рандеву с водяным
22. Любовник для Курочки Рябы
23. Сглаз порче – не помеха
24. Селедка под норковой шубой
25. Любовь и ежики
26. Дуля с маком
27. Свинья в апельсинах
28. Избушка на козьих ножках
29. Чепуха и сбоку бантик
30. Пестрые человечки
31. Ноль в поисках палочки
32. Детонатор для секс–бомбы
33. Зонтик для дельфина
34. Монстр в розовых очках
35. 101 способ попасть в рай
36. Зимний вечер в проруби
37. Дама со злой собачкой
38. Вояж на Кудыкину гору
39. Звездная пыль на каблуках
40. Призрак с хорошей родословной
41. Веник алых роз
42. Агент семейной безопасности
43. Танец вокруг живота
44. Мексиканские страсти
45. Семь непрошеных гостей
46. Самба с зелеными человечками
47. Правила жаркого секса
48. Леди Бэтмен
49. Три красавицы на одну ночь
50. Нимфа с большими понтами
51. Мулатка в белом шоколаде
52. Гусары денег не берут
53. Неполная дура
54. Рыцарь с буйной фантазией
55. Серийный бабник
56. Тренинг для любовницы
57. Бонус для монсеньора
58. Да поможет нам Босс
59. В погоне за бурным сексом
60. Сваха для монаха!
61. Клубничка по–шведски
62. Красотка на все руки
63. Дайвинг для крокодила
64. Цирк под одеялом
65. Свадебное путешествие в один конец
66. Ателье царских прикидов
67. Царство нечистой силы
68. Засада на женихов
69. Олигарх–подкаблучник
70. Куда исчезают поклонники?
71. Возвращение блудного бумеранга
72. Суперневезучая
73. Цветочное алиби
74. Золото фамильного склепа
75. Казино «Пляшущий бегемот»
76. Миллион под брачным ложем
77. Фанат Казановы
78. Когда соблазняет женщина
79. Рай на пять звезд
80. Секреты бабушки Ванги
81. Гетера с лимонами
82. Любовник от бога
83. Наследница английских лордов
84. Третья степень близости
85. Миланский тур на двоих
86. Стучат – закройте дверь!
87. Берегись свекрови!
88. Перед смертью не накрасишься
89. Челюсти судьбы
90. Дай! Дай! Дай!
91. Полюблю и отравлю
92. Три принца для Золушки
93. Умри богатым!
94. Ночь любви в противогазе
95. Дудочка альфонса
96. Шито–крыто!
97. Киллер на диете
98. Бабы Али–Бабы
99. Королевские цацки
100. Теща–привидение
101. Почему мужчины врут
102. Русалочка в шампанском
103. Амазонки под черными парусами
104. Верхом на птице счастья
105. Волшебный яд любви
106. Приворот от ворот
107. Рука, сердце и кошелек
108. Алмаз в декольте
109. Игры любвеобильных фей
110. Рай в неглиже
111. Царевна золотой горы
112. Колючки на брачной постели
113. Поцелуй вверх тормашками
114. Поваренная книга вуду
115. Двойная жизнь волшебницы
116. Развод за одну ночь
117. На шпильках по джунглям
118. Босиком по стразам
119. Жертвы веселой вдовушки
120. Дело гангстера боится
121. Гарем шоколадного зайки
122. Любовь до хрустального гроба
123. Сердце красавицы склонно к измене
124. Властелин брачных колец
125. Огонь, вода и медные гроши
126. Без штанов – но в шляпе
127. Обещать – не значит жениться
128. Знойная женщина – мечта буржуя
129. К колдунье не ходи
130. Хозяйка праздника жизни
131. Затащи меня в Эдем
132. На стрелку с ангелами
133. Последняя ночь под звездами
134. Папа Карло из Монте–Карло
135. Клад Царя Гороха
136. Готовь завещание летом
137. С царского плеча
138. Свет в конце Бродвея
139. Бриллианты в шоколаде
140. Музей идеальных фигур
141. Рожки и длинные ножки
142. Шахматы на раздевание
143. Остров в море наслаждений
144. Солярий для Снежной королевы
145. Полуночный танец кентавров
146. Смех и смертный грех
147. Принц на белом коне
148. Танго на собственных граблях
149. Беспредел в благородном семействе
150. Свекровь для Белоснежки
151. Конфуз в небесной канцелярии
152. Витязь без шкуры
153. Месть капризного призрака
154. Чудище в шляпе
155. В семье не без убийцы
156. Королева белых мышек
157. Смерть из консервной банки
158. Криминал на лабутенах
159. Бабушка по ипотеке
160. Закрытие Америки
161. Пиф–паф, прекрасная маркиза!
162. Сделай мне счастье
163. Муж из натурального меха
164. Четыре покойника и одна свадьба
165. ЗАГС на курьих ножках
166. По скелету всему свету
167. Муж и другие мелочи жизни
168. Сезон охоты на мужей
169. Развод, дракон и девичья фамилия
170. С милым и в хрущевке рай
171. Вас в ЗАГС не стояло
172. Одиноким предоставляется папа Карло
173. Первый муж комом
174. Год огненного жениха
175. Кобель домашний средней паршивости
176. Кровь, любовь и голуби
177. Призрак в кожаных ботинках
178. Тетушка с угрозой для жизни
179. Дурдом с мезонином
180. По кому Мендельсон плачет
181. Сюрприз под медным тазом
182. Драйв, хайп и кайф
183. Убийство в стиле «Хайли лайки»
184. Тайный притон Белоснежки
185. Дама Великого Комбинатора
186. Квартирант с приданым
187. Брачная ночь в музее
188. Сафари на Жар–птицу

Дарья Калинина

Сафари на Жар-птицу

Москва
2019

ИРОНИЧЕСКИЙ ДЕТЕКТИВ

УДК 821.161.1-312.4
ББК 84(2Рос=Рус)6-44
К17

Оформление серии *В. Щербакова*

Иллюстрация художника *В. Остапенко*

Калинина, Дарья Александровна.
К17 Сафари на Жар-птицу / Дарья Калинина. — Москва : Эксмо, 2019. — 320 с. — (Иронический детектив).

ISBN 978-5-04-101185-7

Саша никак не ожидал, что в центре города ночью можно увидеть самого настоящего ниндзя, спокойно спускающегося по стене комбината, где работала Сашина мама. Мало того, рядом со зданием он углядел фургон, из которого торчал радужный хвост единорога. Это можно было бы принять за фантастический сон — если бы не одно НО. На следующее утро выяснилось, что комбинат ночью ограбили. Унесли все деньги и ценные документы...

УДК 821.161.1-312.4
ББК 84(2Рос=Рус)6-44

ISBN 978-5-04-101185-7

ГЛАВА 1

Проснувшись, Саша какое-то время лежал без движения, пытаясь понять, что за звуки его разбудили. Это было какое-то покашливание, которое раздавалось в углу комнаты. Звуки были негромкими, словно бы издававший их старался вести себя как можно деликатнее, чтобы не потревожить покой спящего человека. Саша приподнялся на локте и взглянул в ту сторону. Что-то темное и лохматое копошилось в углу, тяжело вздыхало и перемещалось из стороны в сторону.

— Кто там? Барон, ты? Это ты там блуждаешь?

Саша включил фонарик и осветил угол. Барон замер, испуганно глядя на хозяина. На морде у него отчетливо читалась досада на самого себя. Все-таки разбудил! Разбудил дорогого хозяина!

— Ты чего не спишь? — спросил Саша у собаки.

Барон в ответ совсем по-человечьи вздохнул и переместился под кровать, откуда немедленно донеслись все те же звуки — покашливания и жалобное кряхтенье.

— Тебе чего? Нездоровится?

Барон немедленно выглянул назад. Мол, ты как это догадался? Неужели сам?

— Живот крутит?

Барон в ответ полностью вылез из-под кровати и прямым ходом побежал к дверям. Цок-цок, звонко цокали когти собаки по паркету. Убежав в прихожую, Барон тут же снова вернулся, сунул морду в дверь и требовательно уставился на хозяина. Мол, раз ты все сам понимаешь и все равно уже не спишь, тогда пошли! Саша взглянул на часы. Четыре утра!

— Ты с ума сошел! — простонал он. — Бароша, ты еще часика три, а лучше четыре потерпеть не сможешь?

Барон в ответ разве что головой не помотал. Он смотрел на Сашу с такой надеждой, что нельзя было не растрогаться.

— Ах ты бедняга. Ну, ладно, пошли, раз такое дело.

Барон тут же запрыгал на задних лапах и шумно задышал, собираясь залаять от счастья. Шикнув на пса, чтобы тот не вздумал от избытка чувств зашуметь и не перебудил всех домашних, Саша быстро оделся. Благо, что время было почти летнее, на улице и ночью было и тепло, и светло. На улице Барону немедленно стало лучше. Он и думать забыл про свое кряхтенье. Бегал, носился, обнюхивал все подряд и задирал ногу при каждом удобном случае. Одним словом, наслаждался жизнью, совсем забыв о былом недомогании. У Саши даже мелькнули подозрения, а не придумал ли Барон свою хворь, чтобы добиться от хозяина внеплановой прогулки?

— Ты что? Симулянт? А? Я тебя спрашиваю.

Но тут Саша осекся, совсем забыв про собаку. Дело в том, что он увидел нечто настолько необычное, что все прочее вылетело у него из головы.

Юноша замер на месте, лишь сумев едва слышно прошептать:

— Это что же такое делается?

И было чему удивиться. Прямо перед ним по отвесной стене здания, где-то на уровне третьего этажа полз человек. Саша протер глаза, думая, что ему мерещится. Но нет, человек никуда не исчез. Он цеплялся за абсолютно голую стену, на которой не было ни крючков, ни ступенек, ни выступов. Саша хорошо знал эту стену, поскольку принадлежала она комбинату социального питания, где, кстати говоря, работала Сашина мама. Так что стену эту Саша знал как облупленную. И вот именно по ней сейчас спускался какой-то человек. Он передвигался очень проворно. Руки и ноги работали четко и слаженно. И какое-то время Саша молча наблюдал за ним, дивясь его ловкости.

Никакого альпинистского снаряжения, крюков, тросов и прочего у этого человека не было и в помине. Одет он был в черные штаны и черную же рубаху, подпоясанную таким же черным поясом. На ногах у него были то ли носки, то ли мягкие тапочки. На голове шапочка. Разумеется, того же черного цвета. Саша еще раз помотал головой. Чудится? Майская ночь хотя и была светлой, но все-таки не настолько, чтобы не дать простор для фантазии. Может, это и не человек вовсе, а пятно со вчерашнего дня внезапно появилось или трещина пошла. Мама говорит, что у них на комбинате то протечка, то пожар. Может, кусок штукатурки вывалился и принял такую причудливую форму?

Но нет, стена абсолютно белая. И не пятно это никакое. Пятно осталось бы на одном месте, а этот персонаж движется.

— Вон как руками-ногами перебирает! Прямо ниндзя какой-то!

И Саша замер, поразившись своей догадке.

— А ведь и впрямь ниндзя!

Барон тоже заметил неладное. Он устремил на стену здания внимательный взгляд, весь вытянулся в струну, а потом шерсть у него на загривке встала дыбом, и пес зарычал. Он даже поднял лапку, словно указывая хозяину, на что следует обратить внимание. Обычно спаниели в стойку не встают, это вам не легавые, но тут был редкий случай, когда Барон был настолько потрясен, что вспомнил об этом древнем методе охотничьей собаки сигнализировать человеку. Впереди находится нечто! Будь внимательней!

— Вижу. Бароша, кто это?

Барон растерянно гавкнул. Мол, откуда мне знать? Человек в черном к этому времени уже спустился достаточно низко, чтобы суметь спрыгнуть на землю. Достигнув ровной поверхности, он выпрямился в полный рост, и Саша с изумлением понял, что этот человек и впрямь одет в костюм ниндзя. Кроме черной одежды, у него за спиной было еще два меча.

— Обалдеть! У него еще и оружие!

Ножны были ремнями прикреплены к спине крестообразно, а рукоятки мечей торчали чуть выше плеч, чтобы можно было в любой момент выхватить хоть один, хоть сразу оба.

— Что за ерунда? Откуда тут взяться ниндзя?

Барон в ответ возмущенно залаял, сочувственно поглядывая на хозяина. Действительно, безобразие какое!

Лай собаки застал человека врасплох. Он резко обернулся, и Саша увидел, что в прорезь черной шапочки на него смотрят два удивительно ярких голубых глаза. Прямо бирюза, а не глаза! И откуда у японского ночного убийцы такие глаза? По логике жанра глаза должны быть темными и миндалевидными. И все-таки это был ниндзя — вооруженный убийца. Но прежде, чем Саша пришел в себя от удивления или сумел осознать размер грозящей ему опасности, ниндзя внезапно сорвался с места и побежал прочь. Барон кинулся было за ним, только Саша резким свистом остановил собаку. Он вовсе не был так уж уверен в том, что им стоит преследовать вооруженного двумя мечами чужака.

— Эти ниндзя славятся удивительной жестокостью, — объяснил он Барону. — Им что собаку зарезать, что человека — раз плюнуть.

Барон хоть и не одобрял осторожности хозяина, но покорился его воле. И вскоре, совсем забыв о странной встрече, занялся своими привычными делами.

Но это были еще не все удивительные события, которыми порадовала Сашу эта ночь. Не успели они с Бароном прийти в себя и отдышаться после встречи в ночи с ниндзя, как наверху, на пандусе, раздался звук заводимого машинного мотора. Саша задрал голову. Что еще за новости? Кто там может в ночи шуметь двигателем? По пандусу наверх поднимались только машины, на которых привозили продукты для нужд комбината или забирали оттуда готовые блюда и выпечку для школ, больниц, психиатрических стационаров и тому подобных заведений. Но это движение происходило в утреннее и дневное время, а никак не ночью.

Саша знал, что на ночь пандус наверху обязательно запирают. Там была специально установлена решетка, которую закрывали на ночь на замок. Но часть подъема оставалась свободна. Может, кто-то из окрестных жителей, намучившись вечером с местом для парковки, придумал такой оригинальный способ ночевки? Загнал свою машину наверх да и оставил ее там возле решетки? В таком случае он сильно рискует. Первые машины за товаром из кондитерского цеха въезжают на пандус уже в шесть утра. Если они найдут заблокировавшую им ход машину, то будут сильно недовольны.

Но тут гудение двигателя уведомило, что машина приближается. Саша уставился в ту сторону, и глаза у него от изумления буквально полезли из орбит. Нет, в самой машине не было ничего удивительного. Это был небольшой пикапчик, на таком на комбинат привозили питьевую воду известного питерского завода минеральных вод. Раньше Полюстровский завод выпускал лишь небольшую линейку товаров. Преимущественно это была богатая железом вода, она обладала таким мощным составом, что пить ее рекомендовалось исключительно через трубочку, чтобы не попортить железом зубную эмаль. Затем на заводе пробурили еще несколько скважин, запустили лимонадную линию, и ассортимент существенно расширился. Теперь воды предлагались самые разные, и потреблялись они горожанами в большом количестве.

Не это было удивительно. Удивительным являлось то, что эта машина оказалась украшена шариками. А словно бы этого было недостаточно, сзади из дверей пикапчика, словно прищемленный, развевался длинный хвост. Он был бы похож на лошадиный, если бы не одно «но». Хвост был разноцветным. Он струился за машиной по ветру, переливался всеми цветами радуги, и время от времени по нему даже пробегали цветные искры. Разинув рот, Саша не мог оторвать взгляда от этого зрелища. У его маленькой племянницы Катюши была игрушка — белый единорог с торчащим из середины лба перевитым рогом. И хвост у этой игрушки был точно таким же — длинным и переливающимся всеми цветами радуги.

Саша подождал, пока удивительная машина с еще более удивительным пассажиром и его хвостом скроется из виду, а потом твердо сказал:

— Это все! С меня на сегодня хватит! Барон! Мы идем домой!

Барон, только что носившийся вокруг своего хозяина широкими кругами, внезапно сгорбился, замедлил ход и жалобно закряхтел. Мол, куда домой? Рано мне еще домой. Но Сашу было уже не пронять этими штучками. Он понял, что Барон придуривается, чтобы продлить минуты прогулки.

И парень подпустил в голос стали:

— Мы идем домой. Спать!

Пес покорился. Перестав стонать и кряхтеть, он снова резво забегал, стараясь насладиться своими последними минутами счастья на этой прогулке. Оказавшись дома, Барон уселся на коврик в прихожей, дожидаясь, пока ему вытрут лапы. А потом важно подавал их одну за другой. Правую, левую, повернуться, снова правую, а потом левую.

— Другие собаки сами лапы о коврик вытирают. Я на «Ютьюбе» видел, и тебе, балбесу, между прочим, показывал. Почему не научился до сих пор? Лентяй ты!

Но Барон лишь вилял хвостом в ответ. Настроение у него было отличное. Вернувшись в комнату, он тут же помчался сначала к своим мискам, откуда послышалось веселое хрумканье, а затем громкое хлюпанье. Барон совершенно излечился от своего недомогания и сейчас вовсю уминал сухой корм, не забывая запивать его свежей водой. Наевшись и напившись, он побежал к своему одеялку и долго с удовольствием вытирал о него усы и морду, устраивался на ночевку, крутил одеяло под собой так и эдак, гонял его по комнате, помогая себе носом и лапами, и успокоился лишь после очередного окрика Саши, которому вся эта возня мешала заснуть.

И даже после того, как Барон угомонился и затих, Саша еще долго не мог заснуть. Ниндзя, который спускался по совершенно отвесной стене, и хвост единорога, который развевался за машиной службы доставки питьевой воды, никак не хотели уходить из головы юноши. Эти два явления до такой степени взволновали молодого человека, что сон совершенно улетел от него.

— А все эта собака, — ворочаясь с боку на бок, с досадой ворчал Саша. — Не вытащил бы меня гулять, я бы ничего не видел и спал бы спокойно. А теперь... Не пойму... Может, померещилось мне это все? Наверное, померещилось. Да нет, как померещилось? Я же все видел своими глазами. Но как такое могло быть? Откуда взяться ниндзя? Ну, ниндзя — это еще ладно, они хоть существуют в реальности. А единорог откуда взялся? Из сказки?

И самое главное, что занимало Сашу, — что понадобилось ниндзя в компании с единорогом в мамином комбинате социального питания? Самом рядовом и скучном комбинате, где если что-то и случалось, то лишь такое же рядовое и обыденное. Но Саша даже не подозревал, что и он сам, и комбинат, и все его сотрудники — все они стоят на пороге грандиозных и удивительных событий. И многим из них эти события перевернут всю их жизнь.

Так ничего и не решив, Саша все же в конце концов уснул. Разумеется, после таких бурных ночных событий утром он проспал. В принципе ничего страшного не случилось. Ну, проспал и проспал. В институте сегодня была консультация к предстоящему экзамену по языку, но

Саша давно сдал все допуски и зачеты. А как лучший и любимый ученик препода, он вообще планировал получить пятерку автоматом.

Обидно было другое. Саша не успел рассказать маме о своих удивительных открытиях. Когда парень встал к завтраку, то его ждала записка: «Каша на плите. Кофе в турке. Бутерброды в микроволновке. Разогрей все сам и поешь!»

— Каша, — с отвращением произнес Саша. — Что угодно, но только не это!

Увы, с некоторых пор мама взяла обычай пичкать своих мужчин по утрам кашей. Вообразила, что это им будет полезно. Ничего не скажешь, каши она варила разнообразные и вкусные. Все они получались у мамы густыми, на молоке, сливках и масле. Иногда еще и яичный желток вбивала, и мак добавляла, и изюм, и курагу, и орехи. Но все-таки это были каши. Пусть больше похожие на десерт, но каши. И Саша каждый раз с ужасом думал, что скажут его одногруппники, если узнают, что он по утрам ест кашку, как какой-нибудь детсадовец. И еще неотвратимый призрак сваренной на воде каши, которой их пичкали в детском саду, с минимумом соли и сахара, полезной до отвращения, портил Саше все удовольствие. А стоило ему вспомнить запах подгоревшей овсянки, как к горлу подкатывала тошнота. И ничего тут было не поделать. Старые страхи, как и старые грехи, очень живучи.

А вот Барон кашу любил. У него с ней никаких неприятных ассоциаций не было. Он усаживался рядом и провожал каждую ложку, которую Саша отправлял себе в рот, таким умоляющим взглядом, так жадно сглатывал слюну, так взволнованно переступал с лапы на лапу, что Саша невольно клал каши и ему. Барон был сладкоежкой. Он воспринимал эту кашу исключительно как лакомство, съедал все, вылизывал миску, а потом долго облизывался, сидя рядом с хозяевами и благодаря таким образом за эту чудесную вкуснятину, оказавшуюся у него в миске.

Саша съел несколько ложек, а потом вывалил всю оставшуюся кашу Барону. Пусть радуется. За это время в микроволновке приготовились бутерброды, а в турке согрелся кофе. Можно было приступать к полноценному завтраку взрослого мужчины. Но Барон был уже тут как тут. Разобравшись с кашей, он надеялся получить по куску булки с колбаской и сыром.

— Ну, ты и обжора. И куда в тебя столько лезет?

Позавтракав, Барон был не прочь пойти погулять.

— Счастливая у тебя жизнь. Только и знаешь, что поесть, поспать да погулять. Ну, время от времени еще сходить на охоту. Красота, а не жизнь!

Барон и не отказывался от того, что он счастливый пес. Он отирался перед входной дверью, всем своим видом давая понять, что хоть он и счастливый пес, но будет еще счастливей, если хозяин выведет его на прогулку. Саша был не против прогулки. Ему не терпелось взглянуть на то место, где рано утром он стал свидетелем удивительных событий. Они дошли до стены комбината, и парень внимательно ее осмотрел. Но и при свете дня эта стена была точно такой же ровной и гладкой. Уму непостижимо, как кому-то удалось спуститься по ней.

— Спуститься! А подняться? Ниндзя должен был сначала подняться, чтобы потом спуститься. Или он прямо там и материализовался?

Саша поднялся на пандус, откуда вчера скатилась машина с единорогом на борту. Сейчас тут стоял грузовик, из которого выгружали мешки с картошкой, морковью и свеклой. Все это позднее пойдет на изготовление винегретов, селедки под шубой и прочей продукции комбината — полезной, но, как подозревал Саша, такой же невкусной, как та каша, которой его в детстве пичкали в саду.

— Ребята, вы тут пикап — доставка воды часто видите?

Как мог, Саша описал грузчикам виденный им вчера пикап. Грузчики охотно вступили в разговор. Во-первых, они все хорошо знали Сашу, поприветствовали они также и Барона. А во-вторых, как все нормальные люди, они были рады любой возможности, чтобы отвлечься немного от работы. Стоящая внизу на весах на приемке товара тетя Таня обратила внимание на отсутствие новой партии овощей и, поднявшись на пандус, тоже высказала свое мнение.

— Нет, Сашок, такая машина — это точно не к нам. Мы у них уже год как воду не заказываем. У нас доставку воды теперь осуществляет другая фирма. У них полноценные грузовики. Они откуда-то из Новгорода воду к нам везут. Вроде бы и дальше, а в итоге получается дешевле.

— Вот ты парень грамотный, — произнес один из грузчиков, — в институте учишься, объясни нам, дуракам, как такое получается. Одна и та же вода, качают из одних и тех же скважин, разливают в одинаковую тару, а у одних она на сто рублей дешевле, у других, наоборот, дороже? А? Где обман?

Саша от таких разговоров предпочел уклониться. К тому же он чувствовал досаду на самого себя. И с чего он вообразил, что пикап принадлежит доставщикам воды? Только потому, что машина той же модели? Глупо! Ведь на пикапе не было никакой фирменной рекламы. Наоборот, давешний пикапчик был украшен шариками, словно приготовленная для какого-то праздника машина.

Юноша прошел внутрь, где почти сразу столкнулся со своей мамой.

— О! — удивилась она. — А ты тут чего?

— Так просто... Гуляли с Бароном, вот и решил зайти.

— Это ты зря, — произнесла мама, озабоченно поглядывая по сторонам. — У нас тут такое... Лучше тебе уйти. Сейчас сюда полиция приедет.

Саша тут же почувствовал волнение.

— Ночью что-нибудь случилось?

— Случилось! Ограбили нас!

— Кто? Ниндзя?! — вырвалось у Саши.

Мама нахмурилась.

— Какой еще ниндзя? Говорю тебе, ограбление у нас. Ночью вскрыли сейф в бухгалтерии. А там зарплата. Можешь себе представить, каково сейчас нашему начальству.

— А как проникли? У вас же все на сигнализации?

— Все, да видать, не все. На окнах, например, сигнализации не было. На дверях была. В коридоре была. А на окнах в бухгалтерии не было.

— Сэкономить решили?

— Нет, при чем тут экономия? На таких вещах не экономят. Сначала вроде бы и поставили на окна сигнализацию, но Ева Германовна начала жаловаться, что окно в жару открыть не может, током ее бьет. Ребята-мастера несколько раз приходили, проверяли, все в порядке. А Ева Германовна за свое. Работать не могу, духота. Ну, она у нас девушка в теле, понятно, ей все время жарко. У нее даже зимой окна нараспашку. Вот и сняли сигнализацию.

— Легкомысленно очень.

— Подумали, окна высоко, снизу отвесная стена, кто туда долезет? А он по пандусу наверх заехал, потом через решетку перебрался, с нее на крышу, а с крыши каким-то образом в окно бухгалтерии спустился. Конечно, Ева Германовна теперь в полном отчаянии. Если вора не поймают и деньги не вернут, директриса всю недостачу на нее повесит.

— Разве это законно?

— Нет, конечно, — сердито произнесла мама. — А только сам понимаешь, тут лишь бы крайнего найти. Ева отлично на эту роль сгодится.

— Но если Ева Германовна не виновата?

— Кто же это сейчас точно сказать может? Может, и не виновата. А может, и виновата. Следствие разберется.

— Уже и следствие!

— А ты думал! Серьезное дело. Почти два миллиона из сейфа вынесли. Так что ты иди, Саша, тут сейчас такое начнется! Не до тебя.

Саша открыл рот, чтобы сказать маме, что он тоже кое-что может порассказать о случившемся ночью, но передумал. Мама известная перестраховщица, все мамы такие, когда дело касается их детей. Она обязательно скажет, чтобы Саша не лез в это дело. И попросту в ультимативной форме потребует, чтобы он ушел с комбината, и проследит за этим. А Саше казалось очень важным ускользнуть от материнского надзора и лично пообщаться со следствием.

Теперь уже Саша не сомневался, что ночной верхолаз ему не привиделся. Это был преступник. Вор. Он непосредственно осуществил кражу, забравшись по стене к не защищенному сигнализацией окну бухгалтерии. Вскрыл там сейф. А затем вынес два миллиона на себе.

— Мама, а ты, случайно, не знаешь, в каких купюрах были украденные деньги?

— Мы обычно крупными купюрами для зарплаты деньги не заказываем. Люди всегда бывают недовольны, если им одними пятерками выдают. Говорят, меняют не всегда и не везде.

– Значит, денег было много?

— Ну, пакет такого вот размера набрался бы.

И мама показала нечто объемное, больше напоминающее туго набитый покупками пакет из супермаркета, какие граждане тащат домой в преддверии наступающих праздников. Саша присвистнул. Пожалуй, он погорячился, так сразу взять и обвинить стенолаза в краже. Парень прекрасно помнил, что ниндзя спускался по стенке легко и непринужденно, ничто ему не мешало. А если бы у него при себе был такой большой пакет, это бы затрудняло его движения. Да и вообще, Саша бы неизбежно заметил пакет таких размеров. А его у ниндзя не было.

— А как грабитель сейф вскрыл? Кувалдой?

— Фи, — поморщилась мама. — Зачем же так грубо? Ключи у него были.

— А где он их взял?

— Так у Евы Германовны в столе и взял.

— Они что, прямо там лежат? — поразился Саша. — И все об этом знали?

— Ну, все или не все, а кое-кто знал. Многие, если честно, знали, где Ева ключи держит.

— Выходит, у грабителя был наводчик из числа сотрудников?

Теперь Саше стало ясно, почему подозрения пали на Еву Германовну. Ключ от сейфа оставила в ящике стола — это раз. Окно осталось без сигнализации по ее настоянию — это два. И три — это то, что вор отлично ориентировался на местности. Впрочем, эту претензию нельзя было предъявить одной Еве Германовне. А вот первые две только ей.

И все же Саша старался по возможности найти способ обелить Еву Германовну — женщину симпатичную, добрую и славную.

— А не было ли среди уволенных за последнее время сотрудников таких, кто ушел с обидой?

— Да были, — вздохнула мама. — Как не быть? Время-то непростое. Зарплату людям урезают, работы прибавляют. Многие уходят сами, других увольняют.

— Может, кто-нибудь из уволенных и отомстить грозился?

Но мама вместо того, чтобы четко ответить на поставленный ей вопрос, сама встала в позу, уперла руки в боки и строго произнесла:

— Саша, если по правде, то мне такой твой настойчивый интерес к расследованию этого преступления становится неприятен. Ты что это надумал? Никак, хочешь влезть в это дело?

Саша молчал.

— И не думай даже! — велела ему мама. — Мало мне забот, ты тут еще на мою голову! Без тебя разберутся! Марш домой!

В общем, все было именно так, как и опасался Саша. Но с мамой не поспоришь. Особенно если она берет тебя под руку и лично провожает до выхода. И парень решил, что со своими ниндзя и единорогами он может и повременить. В конце концов, ничего такого особенного он не видел. Номер пикапа не заметил. Лица грабителя не видел. Ну и нечего следователя в лишнее заблуждение вводить. Тем более что пикап с единорогом укатил в одну сторону, а ниндзя убежал совсем в другую. И вполне возможно, что одно с другим никак не связано. И что ограбление осуществил вообще некто третий.

Только этими мыслями Саше и оставалось утешаться, потому что сколько он ни оборачивался назад, надеясь, что мама уже ушла, она по-прежнему стояла в дверях комбината и пристально следила за тем, чтобы ее дорогой сын действительно шел к дому, а не свернул куда-нибудь, где мог бы тихо дождаться прибытия полиции. Мама очень хорошо знала своего сына. И знала, на что способен ее дорогой отпрыск, когда на кону честь и репутация знакомого ему человека.

ГЛАВА 2

Оказавшись дома, Саша не стал терять времени даром. Он тут же полез в Интернет, чтобы выяснить все, касающееся интересующих его вопросов. К его удивлению, обучающих на ниндзя школ оказалось у них в городе просто великое множество. Нет, Саша знал, что тема ниндзя стала невероятно популярна в последнее время, но не думал, что настолько. Только в их городе работали целых четыре официальных учреждения, которые готовили как из детей, так и из взрослых настоящих стопроцентных ниндзя. И это были официально зарегистрированные спортивные школы, секции, клубы. А уж тех, кто занимался этим искусством, так сказать, из-под полы, наверное, было вообще в десятки раз больше.

— Это что же получается? — пробормотал Саша. — Это чтобы мне найти ночного ниндзя, надо обойти все эти школы?

Сложная задача. И почти невыполнимая, если учесть, что из всех примет ниндзя Саша сумел запомнить лишь яркие голубые глаза.

Не лучше обстояли дела и с тем пикапом, который увез внутри себя единорога вместо пластиковых канистр питьевой воды. Номер машины Саша запомнить не сумел. И вообще повел себя как полный растяпа. Но кто же мог знать, что так все обернется?

Внезапно хлопнула входная дверь. Спящий под кроватью Барон тут же выкарабкался наружу и с диким лаем кинулся встречать хозяйку.

— Ой, Бароша! Ой, отстань! — приговаривала мама. — Не до тебя сейчас!

Когда это маме было не до ее любимой собаки? Встревоженный такими ее возгласами Саша выскочил следом за Бароном. Он сразу понял, что маме очень плохо. Она была бледна, глаза у нее были красные и заплаканные.

— Что такое?

— Еву Германовну арестовали!

— Как?! Уже?

— И меня... Меня тоже хотели...

Мама не договорила, она начала сползать по стеночке. Саше удалось подхватить родительницу, проводить до диванчика, подать стакан воды, положить холодный компресс на голову и пообещать вызвать папу. Последнее было самым удачным решением, потому что мама тут же перестала умирать, запретила тревожить отца и «вспомнила», что подозревают не лично ее, а вообще всех.

Напившись воды, мама принялась рассказывать.

— Ужас, что у нас сейчас творится! Полиция побыла, да уехала. Директриса ходит злая. Ни с кем не разговаривает. А сынок ее только и твердит, какие мы все неблагодарные, злом за добро платим. Дескать, его мать нас на работу приняла, заботилась о нашем благополучии, озолотила, а мы ей отплатили злом за добро!

— Что уж она там особенно о вас заботилась? Ты сама говорила, что зарплаты у вас очень маленькие.

— Маленькие. Официально нам всем вообще минималку платят. Ну, мне два минимальных оклада. И Еве Германовне два с половиной. А всем остальным кому один минимальный, кому полтора. Остальные деньги мы до сих пор в конвертах получаем.

— А разве это хорошо?

— Сама знаю, что плохо. Только что тут поделать? Уволиться? Так она мигом других людей найдет. Так-то работа не пыльная. И мне удобно, что до дома рукой подать. На транспорт тратиться не надо. Хоть какая-то экономия времени и средств.

Но именно это обстоятельство, близость проживания мамы к комбинату, и заставило полицию обратить особое внимание на женщину.

— Они говорят, что вполне вероятно, грабитель не только из числа сотрудников, но еще и живет неподалеку. Дескать, мог с биноклем наблюдать, как, когда и кто к нам приезжает. Весь распорядок работы комбината. Его ведь у нас далеко не все знают. Кондитеры или повара, например, свою смену отработают и сразу домой. Им и знать не надо, что там после них делается. Уборщица полы вымоет и тоже думает, как бы домой удрать поскорее. И все так. Тех, кто круглые сутки на комбинате торчат и весь цикл работы без всякой слежки с биноклем знают, всего два человека. Сторожа наши. Один в день, другой в ночь.

Саша кивнул. Сторожами работала супружеская пара. Обоим к шестидесяти. Положительные до невозможного. На самом комбинате у них была служебная квартира, в которой они и проживали. Так что эти двое и впрямь знали весь цикл от «А» и до «Я».

— Следователь сначала и их тоже заподозрил. Но поговорил, понял, что они за люди, и не стал их задерживать. Лишь предупредил, чтобы они постарались вспомнить все подозрительное, мол, это в их же интересах.

— Но ведь при включенной сигнализации сторожа и сами не могут подняться на второй этаж?

— Через бухгалтерию, понятное дело, они пройти не могут. А по пандусу запросто могут подняться на второй этаж. Почему же нет? В цеху всю ночь кондитеры работают. Им тоже войти-выйти на воздух бывает надо.

Значит, даже ночью сигнализация была установлена не на всех помещениях второго этажа. Например, проникнуть через пандус в цех или в какие-то подсобные помещения было вполне реально. Но что толку? Если все подходы к бухгалтерии и юридическому отделу были перекрыты? Нет, изнутри грабителю было не пробиться. Вот он и задумал штурмовать бухгалтерию снаружи.

— Бедная Ева Германовна! В ее ли состоянии за решеткой оказаться. У нее давление! И нервы! Ей никак нельзя в камеру!

С этим Саша был совершенно согласен. К тому же он был хорошо знаком с Евой Германовой, и о ней у молодого человека сложилось мнение как о женщине где-то умной, но где-то очень глупой. С цифрами Ева Германовна была на короткой ноге, никогда не допускала ошибок по работе. Зато в личной жизни бухгалтерше не везло катастрофически. Она ляпала свои супружеские ошибки с постоянством, достойным лучшего применения.

За совсем недолгую жизнь мужей у Евы Германовны набралось очень уж много. Только на комбинате могли припомнить то ли три, то ли аж четыре штуки. И это если считать только официальные браки. Неофициальных кавалеров никто даже в расчет не принимал, уследить за ними было бы слишком трудно. И каждый из кавалеров уносил что-нибудь на память из квартиры Евы Германовны. Кого-то устраивало лишь золотое колечко, кто-то прихватывал технику, а кто-то и деньги. Ева Германовна огорчалась, плакала и... в следующий раз наступала на те же грабли.

Видимо, мошенники чувствовали, что Ева Германовна будет для них легкой поживой, и спешили на ее свет, как мотыльки спешат на огонь. Ни одного приличного мужчины возле Евы Германовны не наблюдалось. Ей просто не из кого было выбирать. Вот и выбирала лучшее из худшего. Последний муж Евы оказался драчуном, который безжалостно тиранил жену, частенько избивая ее. Предыдущий был мошенником. До него Ева сочеталась браком с игроком. До кучи родной брат Евы был наркоманом. И все они изрядно пограбили закрома Евы Германовны. Эти мужчины доходили в своей низости до того, что частенько лишали женщину всех заработанных ею денег. И Еве Германовне буквально приходилось побираться до следующей получки. И это при том, что должность у нее на комбинате была очень даже солидная — финансовый директор. Начинала-то она простым бухгалтером, но быстро поднялась до старшего, потом до главного, а после удостоилась нового повышения, венчавшего ее карьеру.

При этом женщина она была по-своему приятная. Вид у нее был уютный и располагающий к общению. Правда, вес колебался где-то между ста и ста двадцатью килограммами. А возраст между сорока и сорока пятью. Но это ведь не приговор? Многие женщины и постарше, и пострашней находили свое счастье. Тем более что нравом Ева Германовна отличалась кротким и добродушным. Всегда готова похихикать и поддержать компанию. Она для всех находила ласковое словечко, а то и сдобную булочку с маком. Каждый на комбинате знал, если нужно сочувствие, прямой путь к Еве Германовне. Она и утешит, и накормит, и что самое важное, найдет выход, наилучший, как покажет потом время. Просто женщине не везло с мужчинами, вот и все.

— Вот следователь и подумал, что пусть Ева Германовна сама не грабила, но могла вольно или невольно стать соучастницей ограбления. Вокруг нее одни аферисты. А она такая дура! Запросто могла снова втюриться в какого-нибудь мерзавца!

Эта фраза дала мыслям Саши новое направление. Окружение Евы Германовны... Вот где надо искать таинственного ниндзя! И не придется по спортивным школам и клубам рыскать. Достаточно проверить, с кем общалась последнее время несчастная Ева.

И Саша произнес:

— Я вот что хотел тебе, мама, рассказать. Сегодня под утро я видел, как по стене вашего комбината спускается какой-то человек. А некоторое время спустя по пандусу спустилась машина, которой там в это время не должно было быть.

Едва дослушав, мама воскликнула:

— Что же ты до сих пор молчал! Иди в полицию!

— Думаешь, надо?

— Скорее!

Саша для вида сопротивлялся:

— Но они ведь прицепятся, потом не отвяжешься.

— Подумай о Еве Германовне! — воскликнула в ответ мама. — Каково ей сейчас в камере!

— Так мне идти?

— Немедленно!

Вот так! А заикнись Саша утром о чем-нибудь подобном сам, мама велела бы ему тихо сидеть дома. Но сейчас действия полиции распалили ее не на шутку.

И уже вслед Саше, когда он убегал, неслось отчаянно громкое мамино напутствие:

— Расскажи им все! Спаси Еву Германовну!

Саша обещал. Хотя в душе он не представлял, как сможет это сделать. Если полиция считает Еву Германовну соучастницей и наводчицей, то чем ей помогут его показания? Да, был ловкий вор в костюме ниндзя, который карабкался по стене. Очень хорошо, полиция найдет в окружении Евы Германовны такого человека. При обширных связях среди мужского населения города у Евы Германовны в числе знакомых найдутся личности с еще более экзотическими увлечениями.

В полиции Сашу приняли прохладно. К следователю, правда, проводили. И тот вначале вроде как даже одобрил появление Саши.

— Свидетель? Очень хорошо, что пришел. Молодец! Значит, придерживаешься активной гражданской позиции!

— Я готов рассказать о событиях вчерашней ночи.

— Молодец, — повторил следователь. — Но уже не нужно.

— Как не нужно?

— Не нужно, потому что подозреваемая уже во всем призналась сама.

— Как призналась?

— Так. Сказала, что это она взяла деньги из сейфа.

— Сама?

— Сама!

— Чтобы Ева Германовна с ее комплекцией вскарабкалась среди ночи на крышу и спустилась оттуда в окно бухгалтерии?!

Саша всего на секундочку представил, как Ева Германовна и все ее сто с лишним килограммов шествуют по крыше. Да ни одна крыша не выдержит такую тушу! И как неспортивная Ева Германовна, которая и одного раза подтянуться на турнике не сможет, спустилась по веревке в окно бухгалтерии? Чушь какая-то!

— А она и не спускалась. Деньги она вынесла еще вечером. Потом спокойно отправилась домой, поужинала и легла спать.

— А утром вышла на работу? Как ни в чем не бывало? А как же следы?

— Никаких особых следов и не было.

— Как же? А открытое окно?

— Оно в бухгалтерии всегда открыто.

— Вскрытый сейф!

— Открыт был своим родным ключом.

— Но денег было много. Не в том смысле, что сумма большая, а в том, что они занимали большой объем. Если бы Ева Германовна ушла вечером с работы с большим пакетом, то это бы заметили.

— А она не сразу всю сумму вынесла. Она по частям ее уносила. Она дама полная. Обвязывала пачечки денег вокруг тела, закрепляла их клейкой лентой, и под одеждой ничего не было видно. На улице она садилась в свою машину, снимала с себя деньги, складывала их и возвращалась за новой партией.

— И долго ей пришлось так ходить?

— Она говорит, что выходила в общей сложности всего два раза. В третий ушла уже домой, забрав последнюю партию денег.

— Это она сама сказала?

— И не только сказала, но и написала признательные показания. Так что дело можно считать закрытым.

— И деньги вы нашли?

Следователь сразу поскучнел и перестал выглядеть таким довольным.

— Вот с деньгами небольшая закавыка. Подозреваемая утверждает, что деньги находятся у нее дома. Но мы обыскали ее квартиру, однако никаких денег мы там не нашли.

— Совсем?

— Ни единой бумажки.

— Может, она их спрятала?

— Она призналась в ограблении. И сама сказала, что деньги у нее дома. Мы подумали, возможно, она положила их на счет в банк. Но у Евы Германовны оказалась всего одна карточка. И по ней последняя операция была произведена три дня назад. Женщина сняла последние семь тысяч, которые лежали на ее счете. Вообще, для человека с ее должностью она очень скромно, если не сказать, что бедно, живет. В квартире нет ни мебели хорошей, ни безделушек. Техника прошлого века. Занавески у нее и те старые. Как так можно жить? Она ведь числится финансовым директором. И я поговорил с генеральной с глазу на глаз, зарплатой подследственная тоже была не обижена.

— Если денег нет, значит, их кто-то унес.

— Логично.

— И если Ева Германовна покрывает этого человека, значит, это кто-то из числа ее близких.

— Я тоже так подумал.

— И если мы хотим вернуть деньги, надо этого типа найти.

— Ищите, — великодушно разрешил следователь. — Лично у меня такой задачи нету.

— Разве вы не должны вернуть награбленное?

— Не должен. Все деньги были застрахованы. Дело заведено и сразу закрыто. Теперь страховая компания выплатит компенсацию хозяйке денег. А Ева Германовна пойдет под суд.

— Но ведь ей не удастся получить условно-досрочное!

— Вероятно, нет.

— Нет, это несправедливо. Не могла Ева Германовна унести деньги сама. Говорю вам, я видел человека, который полз по стене. И он спускался как раз из окна бухгалтерии!

— Но денег там уже не было.

— А если были? Если вор их унес, а Ева Германовна просто его покрывает?

— Это же ее дело, не так ли?

Следователь был раздосадован. Он так легко и просто закрыл это дело за один день работы, а теперь появляется какой-то молодчик, который ставит ему палки в колеса. Саша отлично его понимал. Но также он понимал, что оставить добрую и глупую Еву Германовну в таком положении он не может и не должен. Вспомнилось, как Ева Германовна всегда находила для Саши либо пирожок с капустой, либо печеньку, либо даже котлетку. Подобно всем полным людям, женщина полагала, что идеальный размер — это как раз тот, которым обладает она сама. И всеми силами она стремилась подтянуть окружающих до стандартов идеала.

— Молодой человек!

Саша оглянулся. Следователь манил его к себе.

— Могу разрешить вам пятиминутное свидание с подозреваемой. Хоть это и против правил, но я не хочу, чтобы у вас остались сомнения. Пусть она вам все сама скажет и подтвердит, что никакого давления на нее мы не оказывали.

И Саша пошел за следователем. Они поднялись на второй этаж, где в камере предварительного заключения за железной дверью сидела убитая горем Ева Германовна. Саша даже ее в первый момент не узнал. Он слышал, что от переживаний люди худеют, а тут случилось с точностью до наоборот. Казалось, что женщина поправилась еще больше. Услышав шум открывающейся двери, она подняла на Сашу глаза, но ничего не сказала. У Саши даже сложилось впечатление, что она его не узнала. Видимо, от горя у нее не только килограммы прибавились, но и с памятью что-то сделалось. А уж когда она заговорила, то Саша вздрогнул от ее хриплого и словно бы прокуренного голоса. Но как такое могло быть? Ведь Ева Германовна никогда не курила!

Тем не менее он спросил:

— Ева Германовна, дорогая вы наша, но как же так? Если вы кого-нибудь покрываете, то мне-то вы можете сказать? Кто вас надоумил украсть деньги?

Женщина вздрогнула и покачала головой:

— Нет, нет! Я никого не покрываю. Я сама! Я все сама! Украла, вынесла... Моя вина, больше ничья.

Следователь, стоящий рядом с Сашей, торжествующе зашептал:

— Слышите?! Убедились?!

— Ева Германовна, я этого так не оставлю. Я в вашу вину не верю. Я буду искать настоящего вора и найду его. А когда найду, заставлю во всем признаться! И вас отпустят!

Но горячая речь Саши не нашла никакого отклика у Евы Германовны. Напротив, она ее напугала. Женщина даже на ноги вскочила.

— Нет! Не надо! Умоляю! Не надо никого искать!

Она так разволновалась, что подскочила к Саше и схватила того за руки.

— Юноша! Прошу вас! Пусть все остается как есть! Я уже во всем призналась. Слышите?

— Но вы не могли... Вас кто-то заставил... Я найду этого человека.

Ева Германовна оттолкнула его.

— Пошел прочь! — гневно воскликнула она. — Вот глупый! Что ты мелешь? Кого искать? Если только сунешься в это дело, умрешь! И потом не говори, что я тебя не предупреждала!

Следователь потянул Сашу за собой к выходу.

— Довольно уже, поговорили.

И когда дверь за ними закрылась, он повернулся к Саше.

— Вы это серьезно? Насчет самостоятельного расследования?

— Теперь уже и не знаю.

— Мой вам добрый совет, молодой человек, оставьте все, как есть. Когда всех и все устраивает — это и есть наилучший вариант.

Ну, тебя точно все устраивает. А как быть с Евой Германовой? Ей каково сейчас приходится? И где приходится? Потому что одно Саша знал совершенно точно. Кто бы ни была эта женщина, схваченная полицией, оказаться виновной в ограблении она не может. Хотя бы уже по той простой причине, что находящаяся у следователя в камере женщина — никакая не Ева Германовна.

ГЛАВА 3

Выйдя из отделения, Саша двинулся вперед, не разбирая дороги. В голове у него творился форменный кавардак. Он не знал, что и думать обо всем этом. Но одно он по-прежнему знал совершенно точно. Сидящая в отделении женщина и Ева Германовна пусть и имеют фантастическое сходство во внешности, но никак не могут быть одним и тем же человеком.

Да, следователю, который видел Еву Германовну лишь на фотографии в паспорте, задержанная может показаться похожей на оригинал. Но Саша лично общался с Евой Германовной. И часто общался. И если в первый момент женщина показалась ему похожей, лишь сильно поправившейся, то это заблуждение вскоре рассеялось.

И первое, что сделал Саша, доложил о своем открытии маме.

— Когда эта тетка схватила меня за руки, я невольно на них взглянул. И у этой женщины были совершенно чужие руки. Красные! Все в ожогах, ссадинах, порезах. А уж какие мозолистые!

Саша помнил мягкие изнеженные ручки Евы Германовны, которыми она подвигала ему пирожок или булочку. Она и сама была такая же мягкая и сдобная. Ничего тяжелее пишущей ручки Ева Германовна своими руками сроду не поднимала. А сидящая в камере женщина руками работала много, и работала тяжело, пахала, как раб в поле. Она продолжительное время занималась очень тяжелой физической работой, от которой ее руки заскорузли и огрубели.

— Так что Ева Германовна могла побледнеть и потолстеть, но так изуродовать свои руки всего за одну ночь... Нет, допустим, ссадины и ожоги — это дело быстрое. Но мозоли? Или старые шрамы? Их всего за несколько часов не наработаешь.

— Но почему эта женщина сказала, что она и есть Ева? И почему взяла на себя ее вину?

— Не знаю. Следователь сказал, что они задержали Еву Германовну у нее дома. А ты говорила, что Ева Германовна сегодня была на работе.

— Была. Утром пришла. Узнала, что произошло ограбление, и ей стало плохо с сердцем. Она отпросилась домой, куда следователь за ней потом и поехал.

— И нашел он там уже не Еву Германовну, а эту незнакомую тетку.

— А где же сама Ева? И где украденные деньги?

Саша тоже считал, что самое главное сейчас узнать, где находится Ева Германовна.

— Неприятно это говорить, но очень может оказаться, что и похищенные деньги тоже там.

И хотя внутренний голос твердил Саше, что это не так, логика подсказывала, что такое развитие событие все же возможно.

— Деньги исчезли. Ева Германовна исчезла. Вместо нее в камере сидит какая-то тетка, которая твердит, что она и есть Ева и что деньги украла тоже она. Что это за идиотизм?

Паспорт Евы Германовны находился в полиции. По нему как раз и «села» на нары та незнакомка с мозолистыми руками. Стало быть, документы этой женщины могут находиться уже у самой Евы Германовны. Знать бы еще, кто такая эта тетка?

— Ты не знаешь, у Евы Германовны была сестра?

— Никогда не слышала.

— Судя по сходству, женщины могут оказаться родственницами.

После минутной паузы мама сказала:

— У Евы, насколько я помню, есть брат. Он даже прописан у нее в квартире. А вот сестра... О сестре Ева никогда не упоминала. Правда, у нее в последнее время появилась какая-то подруга... Близкая, насколько я могу судить.

— Как ее имя? Фамилия?

Фамилии мама не знала. И даже насчет имени у нее были сомнения.

— Какое-то необычное имя, скандинавское. То ли Бригитта, то ли Валькирия.

— Что же ты так! Может, другие у вас на комбинате знают эту подругу?

Мама пообещала выяснить. Но сама считала, что несчастье могло настигнуть Еву Германовну через ее брата. Брат у женщины был еще тем кадром. Вечно тащил из дома все, что не приколочено и не раскалено добела. Ни замки, ни угрозы братца не останавливали.

— Он мог подвести Еву.

— Может, мне съездить к ней домой? Вдруг удастся разговорить этого типчика?

— Да! — оживилась мама. — Я тоже с тобой!

— Мне уже не пять лет, чтобы ходить с мамой за ручку.

— А если он на тебя нападет? Бог весть, что у наркомана может быть в голове.

— Все будет в порядке.

Но мама все равно волновалась. Это было видно по ее лицу. Кажется, она уже жалела, что попросила сына помочь своей коллеге. Точно так же было, когда мама попросила Сашу разобраться в покушениях на ее родную тетушку Фету. Но тогда мама умудрилась привлечь к этому расследованию всю их семью. В нем участвовали помимо Саши еще и папа, и сами мама и тетушка Фета, и ее старые друзья, на которых, как выяснилось, как раз и не следовало полагаться. И честно говоря, Саша опасался, как бы в этот раз не получилось что-нибудь вроде того.

Поэтому он взял с мамы клятвенное обещание, что она не станет ездить с ним. И вообще не станет мотаться у него на хвосте, отслеживая и контролируя каждый шаг своего сына. Мама, конечно, ему все это обещала. Она даже сказала, что прямо сейчас возвращается на работу и никуда оттуда не двинется до позднего вечера. Но у Саши все равно были большие сомнения насчет своей матери. Слишком хорошо он ее знал, чтобы поверить в такую ее безоговорочную покладистость. И Саша шел, да оглядывался. Но пока вроде как все было в порядке. По пятам за ним никто не крался. И добравшись до стоянки, парень вздохнул с облегчением. Сейчас сядет за руль и адьё! Прощай, всякая мамина слежка.

Своей машины у Саши пока что не было, молод, не обзавелся еще. Пришлось воспользоваться отцовской. Проблемы это не составляло. С этой зимы папа предпочитал ходить пешком. Врачи порекомендовали ему каждый день гулять не менее двух часов. И папа подсчитал, что если он будет ходить на работу и обратно пешком, то это уже будет час.

— И еще час я круги по нашему парку, так и быть, нарежу. Вот два часа и получатся.

Так что отцовская «Киа» стояла на стоянке и скучала. Увидев Сашу, машина тут же заморгала фарами и заурчала мотором, приветствуя молодого хозяина.

Собаку Саша решил оставить дома. Нечего Барону мотаться с ним по городским пробкам. Хотя если бы спросили мнение самого Барона, то он однозначно бы высказался за поездку с хозяином. Кататься в машине Барон любил. Можно было поспать, свернувшись калачиком на сиденье. Можно было высунуть голову, подставив морду струе свежего вкусного воздуха. Можно было... да много чего еще можно было вместе с любимым хозяином. А дома что? Дома скука, ложись да спи.

И думая об этом, Барон тяжело вздыхал, устраиваясь на прохладном полу. Ох, уж эти люди! Всегда хотят сделать как лучше, а получается у них как всегда.

Дом Евы Германовны ничем не выделялся среди прочих окрестных построек. Квартал был застроен в конце правления советской власти, дома были однотипные, скучные, но в целом добротные и разваливаться или трескаться пока не собирались. Саше довелось побывать в таких домах. И он знал, что квартиры в них были маловаты, а потолки низковаты, зато в этих квартирах всегда было тепло.

Юноша не ожидал, что ему кто-нибудь откроет дверь в квартиру Евы. Рассчитывал в лучшем случае побеседовать с соседями. Но, к его удивлению, дверь ему открыли. На пороге стояла женщина, но ни малейшего сходства с Евой Германовной эта особа не имела. Их вообще было трудно представить себе рядом друг с другом. Ева Германовна при всей ее бурной личной жизни всегда имела ухоженный вид. Прическа и макияж были у нее безупречны. Несмотря на полноту, одежда всегда хорошо сидела на женщине. По слухам, у Евы Германовны была знакомая портниха, которая обшивала еще ее маму, которая тоже обладала нестандартной фигурой. Портниха была уже в возрасте, справляться с заказами ей становилось все трудней и трудней, но ради Евочки, которую она знала еще крошкой, портниха старалась.

Но стоящая перед Сашей сейчас женщина никогда не шила себе одежду на заказ. Трудно было представить, где и как одевалась эта особа, потому что весь ее образ отличался крайней хаотичностью. Верх — белая блузка с бусинками, частично висящими на нитках, частично отсутствующими вовсе. Сверху нее было накинуто что-то вроде шали с повсеместно торчащими зацепами. На ногах у этой особы красовались спортивные штаны. И довершали ансамбль обшарпанные и скособоченные туфли на каблуках. Одна туфля была белая, другая красная. Создавалось такое впечатление, что женщина одевалась второпях, хватая первое, что попадется ей под руку.

— Вам кого? — спросила она и икнула, отчего Сашу тут же окутало облачко алкогольных паров.

Саша объяснил, что ему нужна Ева Германовна. Но женщина не отреагировала. Она покачивалась в дверях, все так же сверля Сашу своим мутным взглядом. Потом тяжело вздохнула, и Саше стало окончательно ясно, что тетка эта пьяна в дымину. Сколько же ей лет? Саша попытался прикинуть. Выглядела женщина лет на пятьдесят неустроенной жизни с хвостиком. Но если она так пьет, то ей может быть и сорок, и даже тридцать.

— А Евы тут нету, — наконец выговорила женщина. — Совсем нету.

Было заметно, что она с трудом ворочает языком. Кто же она такая? Сожительница непутевого братца Евы Германовны? Похоже, что так.

— Евка оставила эту квартиру нам с Павликом. Мы тут живем. А она сюда и носа не кажет.

— И давно она тут не живет?

— Года... два... может, уже и больше. Не помню.

Саша сперва этой особе не поверил. Следователь ни словом не обмолвился о том, что Ева Германовна не проживает там, где прописана.

— А полиция сегодня к вам приходила?

— Ага! Полиция была. Павлика спрашивали. Только где же его возьмешь, если нету?

И женщина сделала попытку развести руками. Напрасно она так погорячилась. Стоило ей отпустить стену, как она начала стремительно терять равновесие. Ее повело так основательно, что она сделала несколько больших шагов в сторону и чудом не упала. Просто коридорчик был слишком тесным, женщина успела опереться на какую-то тумбу. Чтобы продолжить с ней разговор, Саше пришлось ступить внутрь квартиры.

Зашел, огляделся и сразу понял, что это именно та квартира, о которой упоминал следователь. М-да... Бедно — это даже не то слово. Нищета, запустение и упадок. Вот три вещи, которых было в достатке в этих стенах. Все остальное начисто отсутствовало.

— А где же Павлик? Куда-то ушел?

— Забрали его. Хотел мне на Восьмое марта подарок сделать. Его и закрыли.

— За то, что он хотел вам подарок сделать? Разве можно за такое сажать?

Женщина слегка оживилась.

— Вот ты понимаешь! И я хозяину того магазина пыталась это же объяснить. А он ни в какую. Такой гнидой оказался... Павлику теперь пятерку хотят влепить. Я прямо поражаюсь, разве можно человека на пять лет сажать за флакон духов? Ну и что с того, что он какой-то там дорогущий?

— Погодите, так Павел с марта месяца находится в заключении?

— В изоляторе он, суда ждет. А когда он, этот суд, будет, еще не известно.

Значит, с брата Евы Германовны можно было подозрение снять. В это время в дальней комнате кто-то зашуршал.

А потом хриплый голос крикнул:

— Ларка! Пить дай!

— А это кто у вас? Не Павел?

— Сергей. Квартирант.

— Вы пустили квартиранта в квартиру, которая вам не принадлежит?

Судя по всему, Лара не видела тут никакой проблемы.

— И чего? Евка давно съехала. Она сказала, квартиру нам с Павлушей оставляет. Павлуши нет. Мне как-то жить надо. Вот и пустила Сергея.

— Ларка! — снова раздался голос. — Водка осталась?

— Где осталась? Ты всю выжрал!

— Ларка, ты так не шути! Водка, спрашиваю, где вся? Там еще бутылка оставалась!

— Пошел ты...

Судя по всему, отношения у Лары с ее жильцом были самые неформальные.

Но тот не успокаивался.

— Эта жирная, что утром приходила, две бутылки оставляла. Одну мы с тобой выжрали, а где вторая?

— Отвали, — посоветовала ему Лара. — У меня тут кавалер нарисовался, не чета тебе.

Кавалер! Это она про Сашу. Однако какая буйная фантазия у дамочки! Или это она таким образом хочет вызвать ревность своего жильца? Возбудить в нем, так сказать, страсть? А как же Павлик? Хозяин квартиры? Но Саша решил оставить это на совести самой Лары.

Его куда больше интересовало, где теперь проживает Ева Германовна.

— Адрес Евы тебе дать?

Лара судорожно что-то соображала, то и дело поглядывая в сторону комнаты жильца. Оттуда продолжали нестись крики и угрозы в адрес Лары. Жилец так и не сумел обнаружить свою бутылку и теперь угрожал ей расправой за то, что та посмела присвоила себе его заначку.

— А с какой стати мне тебе адрес давать? Ты кто такой?

— А если вот так?

И Саша достал из кармана несколько мелких купюр. При виде денег Лара даже немного протрезвела. Она шустро выхватила деньги и толкнула Сашу к дверям. От неожиданности парень даже не успел оказать сопротивление и оказался на лестничной клетке.

— Эй!

— У Таньки адрес спросишь, — раздался приглушенный дверью голос Лары. — У нее есть!

— Кто такая Таня?

— В сто тридцать второй спроси!

И за дверью раздался грохот падающей мебели. А следом за ней и вопли избиваемой Лары. Видимо, Сергей все же сумел подняться на ноги и теперь вовсю наказывал женщину за самоуправство с его водкой.

— Жирная приходила и оставляла бутылку! Где она?

Пока Саша ошеломленно стоял, размышляя, как спасти Лару от смертоубийства, дверь соседней квартиры открылась и оттуда выглянула совсем молодая женщина. Саша с облегчением увидел трезвое лицо, украшенное аккуратным макияжем и прической.

А глянув на номер квартиры, он догадался спросить:

— Вы Таня?

Женщина кивнула, в свою очередь с любопытством глядя на Сашу. Вряд ли она была так уж сильно старше его. Разве что на пару-тройку лет. Саша указал на дверь, из-за которой все так же раздавались звуки схватки. Несмотря на щуплость, Лара сумела оказать своему противнику достойное сопротивление. Тому тоже приходилось несладко. Но ни та, ни другая сторона просить пощады пока что не собирались.

— Не знаете, может, полицию к ним вызвать?

— Не надо, — отмахнулась Таня. — Они по нескольку раз на день то ссорятся, то опять мирятся. Когда Павел тут жил, Лара себя прилично вела. Наркоманили оба, но по-тихому. Все из дома тащили, воровали, я думаю, тоже, но шуметь, нет, не шумели. А как этот обормот-пьянчуга у Лары появился, так каждый день крики, шум, драки. Сначала мы участкового вызывали, но потом он перестал приходить. Сказал, что у него других дел полно, чтобы сюда к нам по два-три раза в день бегать. Сказал, когда эти двое убьют друг друга, тогда мне и звоните.

— Значит, Ева Германовна тут не живет?

— Ева — нормальный человек. Вот вы тоже с виду нормальный. Вы бы стали жить с такими?

— Нет.

— И она тоже не стала. Оставила эту квартиру брату. Себе другое жилье купила и съехала. Уже года три, как не живет тут.

— А вы можете дать мне ее новый адрес?

Таня чуток поколебалась прежде, чем ответить.

Но все-таки сказала:

— Могу.

— Вот здорово!

— Только зачем вам адрес тети Евы? И кто вы такой?

Саша принялся объяснять. Но Таня перебила его на середине фразы.

— Ясно. Я все поняла. Вы из полиции. Утром сюда ваши уже приходили. Тоже Евой Германовной интересовались. Значит, обокрали контору, да? А я говорила, что рано или поздно тем дело и кончится. И что же вы так несогласованно работаете? Друг за дружкой ходить, много ли преступников поймаете? Ладно уж, пишите адрес.

Адрес Саша записал. Оказалось, это на другом конце города. Похоже, Ева Германовна постаралась забраться как можно дальше от своего братца.

— Мне почему-то показалось, что вы совсем не удивлены тем, что офис Евы Германовны обокрали? Или я ошибаюсь?

— Нет, не ошибаетесь. А не удивлена я потому, что нельзя так с людьми обращаться. Если люди на тебя работают, им нормальные деньги платить нужно. Вокруг все дорожает, а она им вместо того, чтобы прибавку к зарплате, наоборот, штрафы ввела, премий лишила, за переработки совсем платить перестала. Люди по двадцать четыре часа работают, особенно если в конце года, на работе пару часов поспят и снова работать принимаются. А им за это в конце месяца пшик! Раньше, до кризиса, оклад платили, в прошлом году половину, потом четверть, а теперь и вовсе ничего.

— Оптимизация.

— Богатые становятся богаче за счет бедных, которые еще больше беднеют. Разве это справедливо?

Саша пожал плечами. Что он мог сказать? Конечно, справедливостью тут и не пахло. Но справедливость ведь это такая вещь, которая сама собой не появится, ее восстанавливать нужно.

И тут его осенило.

— Вам это насчет премий Ева Германовна рассказывала?

— Уж не сама выдумала!

— Значит, вы с Евой были близки?

— Моя мама и тетя Ева дружат с самого детства. Они ровесницы. Только судьбы у них по-разному сложились. Мама замуж рано вышла, меня сразу родила. А тетя Ева все мыкается. А квартиры-то наши, сами видите, совсем рядышком. Когда тетя Ева еще тут жила, она частенько у нас отсиживалась. Придут к Павлику дружки, накурят, навоняют, тете Еве и возвращаться не хочется. Она сначала у нас комнатку снимала. Мама не хотела с нее денег брать, но тетя Ева ее уговорила. Потом лучше зарабатывать стала, квартиру себе сняла. Тоже неподалеку. А несколько лет назад купила в стройке квартиру. Как получила жилье, так носа сюда больше не кажет. Я ее понимаю. Каждый приход — это сплошная головная боль из-за Павлика. Вечно он у сестры деньги клянчил. А как она появляться тут перестала, а вместе с ней и деньги, Павлик воровать начал. Мы с мамой говорили об этом тете Еве, но она странная в последнее время стала. Сказала, что устала от выходок Павла. Что каждый сам кузнец своего счастья. И что она знать больше ничего не хочет про Павла. Если посадят, туда ему и дорога. А вообще, лучше бы он совсем умер.

— Могу ее понять. Брат совсем ее допек.

— Конечно. Только странно. Все-таки брат. И тетя Ева его очень любила. Прежде она никогда бы таких жестоких слов не сказала.

— Прежде?

— До встречи с этой Синей Бородой, будь она неладна!

— Что за синяя борода?

— Тетка одна! Я ее один только разочек в кафе на дне рождения тетечки Евы увидела и сразу возненавидела на всю жизнь!

— Почему так?

— Ох и противная! Никого к тете Еве не подпускает. И борода эта еще ее! Нет, я понимаю, все в жизни случается. Гормоны там бушуют. Но если не повезло тебе, если выросли у тебя волосы на подбородке, сходи в салон, удали их лазером. Сейчас это все без проблем делается. Зачем же свое уродство подчеркивать? Зачем бороду специально отращивать да еще в синий цвет ее красить!

Саша внимательно смотрел на Таню. Нет, что-то тут было не то. Не стала бы Таня так сердиться просто из-за чьей-то там внешности, пусть даже и такой оригинальной.

— Эта Синяя Борода, как я ее называю, совсем тетю Еву под себя подмяла. Вертела ею, как хотела. Тетя Ева только ей в рот и смотрела, только ее и слушала. А Синей Бороде только того и надо! Вливала в тетю Еву всякую гадость.

— В смысле? Спаивала ее?

— Нет, это я фигурально выразилась. Хотя, может, и подпаивала чем, когда никто не видел. Но при нас она лишь мозг тете Еве промывала. Мол, надо быть сильной. Надо уметь держать удар. Надо постоять за себя. Если бьют, надо дать сдачи, и дать ее так, чтобы больше к тебе не сунулись. Уверена, это после таких вливаний тетя Ева начала по отношению к Павлику так жестко себя вести. Раньше она всегда давала ему денег, понимала, брату никогда не быть нормальным. Нельзя, чтобы он опускался все ниже. Ведь если не дать ему денег, он воровать пойдет. Она раньше всегда говорила, мой брат, моя кровь, мой крест, надо его нести и не роптать. Слава богу, есть работа, есть деньги, могу поддержать непутевого брата. А как с Синей Бородой связалась, все! И слышать про чужие проблемы не хотела. Это Синяя Борода, наверное, тетю Еву научила, что общаться надо только с теми людьми, от которых может быть польза. Ну, или хотя бы не будет вреда. Все прочие — это балласт, их вон за борт! А Павлик — он неплохой. Конечно, наркотики его изуродовали. Но ты бы слышал, как он сам сокрушался о своей жизни непутевой. Он и лечиться пытался. В больницах лежал много раз. В монастыри ездил. Приедет оттуда, смотришь и не узнаешь, такой хороший, такой светлый человек. А пройдет месяц-другой, прежние дружки снова к себе зазовут, и пойдет-поедет заново. Грязный снова ходит, бормочет невнятное. А очухается, снова плачет, сокрушается. Слабый он. И раньше тетя Ева всегда это понимала. А после того, как Синяя Борода с ней пообщалась, перестала вдруг понимать.

Саша сделал себе отметку, выяснить на комбинате, известно ли там кому-нибудь об этой новой подруге Евы Германовны.

— А имя у Синей Бороды есть?

— Есть. Брунхильда ее зовут.

— Ничего себе имечко!

Мысленно Саша поздравил себя. Вот и отыскалась подруга Евы Германовны. Не Бригитта никакая, не Валькирия, а Брунхильда.

— Как раз для нее имечко!

Закачаешься, упадешь и уже не встанешь! Имя придавит!

— А где Ева Германовна познакомилась с этой женщиной?

Увы, к сожалению, этого Таня не знала.

— У меня насчет этой Брунхильды даже нехорошие мысли были. Как она появилась, так возле тети Евы вдруг резко никого из мужчин не стало.

— Ну и что такого?

— Всегда ведь вокруг тети Евы всякие там Арнольды и Аполлоны крутились. Мошенники, конечно, но отбоя от них не было. А тут вдруг просто как отрезало! Никого! Пустыня! И самое главное, что и сама тетя Ева мужским полом вдруг интересоваться перестала совершенно. Как ни спросит мама, что у тети Евы нынче на личном фронте делается, так у той одна Брунхильда на языке. Только и знает, мы с Хильдочкой то да се. Мы с Хильдочкой моей вчера на концерт сходили, такое удовольствие получили. Да мы с Хильдочкой в Карелию съездили, так чудесно время провели. Совсем эта Синяя Борода тете Еве всех остальных ее друзей заменила. Даже с моей мамой тетя Ева так тесно, как прежде, общаться перестала. Как на новую квартиру переехала, нас к себе даже не звала.

— А откуда же у вас адрес?

— Стыдно сказать, но случайно оказался. Мама шьет одежду у Елизаветы Петровны. И тетя Ева тоже у нее обшивается. Вот как-то этой зимой Елизавета Петровна и попросила маму передать тете Еве ее костюм, потому что сама к внуку улетала, боялась, что не успеет до отлета отдать заказ. Адрес был на этом пакете.

— И твоя мама возила?

— Нет. Тетя Ева все обещала сама к нам заехать, да так и не заехала. А потом попросила передать пакет курьером. Прислала какого-то парнишку, который его у нас и забрал. Уверена, это все Синяя Борода виновата. Приревновала она тетю Еву к моей маме, не иначе. И накрутила ее, что самая лучшая и самая замечательная подруга — это она, Хильдочка. Что кроме нее тете Еве и не нужен никто. Потому что Хильдочка и в ресторан свою подругу отвести может, и в путешествие свозить, и вообще, развлечь на всех фронтах... в том числе и амурных.

Так вот что за мысли крутились в голове у Тани. Она считала, что Еву Германовну и ее подругу Хильду связывают куда более нежные отношения, нежели просто отношения двух подруг. Саша представил себе необъятные телеса финансового директора и почувствовал, что его все больше и больше тянет познакомиться с этой таинственной Хильдочкой. Если Таня в своих догадках права, то эта Синяя Борода просто уникальная личность.

И еще Саша не мог не подумать о том, что как-то очень уж удивительно складывается все одно к одному в этой истории. Ниндзя в костюме. Единорог в машине. А теперь еще и Синяя Борода нарисовалась. Все герои сказок и эпоса. Что за дыра такая в пространстве и времени открылась, что оттуда к ним полезли все эти легендарные, мифические существа?

ГЛАВА 4

Имеющийся теперь у Саши адрес находился в сравнительной близости от комбината. И Саша с удовольствием увидел, что благосостояние Евы Германовны за последние годы существенно выросло. Хотя это было и странно, потому что зарплата у нее была приличная, но и только. Да еще до недавнего времени брат сидел на шее у женщины, а все прочие случайные знакомые и мужья тоже изрядно облегчали кошелек этой любвеобильной натуры.

— А квартирку все-таки она купила в приличном доме.

И закрытая парковка тут имелась. И просторный внутренний двор. И здание было затейливо украшено. И даже на воротах у входа стояли выточенные из камня львы. Звери были изображены в натуральную величину. И их могучие гривы и оскаленные клыки должны были внушить трепет всякому, кто замышлял недоброе против живущих под охраной этих зверюг.

Вот только сами люди в этом богатом доме, в отличие от той же простенькой давешней панельки, проживали какие-то закрытые и неприветливые. Никто не захотел пообщаться с Сашей насчет Евы Германовны — жилички из тридцать третьей квартиры. Лишь сквозь зубы и через дверь сказали, что женщина приличная, живет одна, никто к ней не ходит.

Это последнее заявление Сашу изумило до крайности, потому что Ева Германовна была, конечно, женщиной одинокой, но как раз по этой причине к ней валом валили мужчины самых разных возрастов и национальностей. Объединяло всю эту пеструю компанию лишь одно явление — легкая нечистоплотность в общении с одинокими женщинами среднего возраста.

— Я не понимаю, как же так? А подруги? Подруги-то к ней ходили? Хотя бы одна! С синей бородой!

После этого с Сашей вообще прекратили всякое общение. Видимо, решили, что он не в своем уме. Потерпев неудачу с соседями, Саша обратился за помощью к охраннику. Тот оказался понимающим дядькой. Вот только он впервые слышал о случившемся у Евы Германовны в офисе ограблении. Также он был совершенно не в курсе того, что Еву Германовну задержали.

— У вас тут полиция разве с утра еще не побывала?

— Никого не было.

— Может, в прошлую смену?

— Я в восемь утра сменился и с тех пор неотлучно на своем посту. Не было у нас в доме сегодня полиции. Да и то сказать, у нас люди приличные живут, полиция к нам на моей памяти и не заглядывала ни разу.

Саша чувствовал, что тут снова какая-то нестыковка.

— Соседи мне сказали, что к Еве Германовне никто не приходил. А я знаю, что у нее была богатая личная жизнь.

Охранник пожал плечами и сам спросил в ответ:

— А почему вы все время говорите про какую-то Еву Германовну? Такой у нас нет.

— Как это?

— Имя приметное. Я бы уж запомнил.

— В тридцать третьей квартире...

— В этой квартире у нас живет Янина Владимировна Соколовская. Работает в гимназии. Очень строгая дама.

— А как она выглядит?

Саша спрашивал с надеждой. Может, ошибка какая вкралась?

— Высокая, худая, брюнетка. Волосы длинные, носит их затянутыми в пучок на затылке.

И Саша разочарованно поник. Возникшая у него надежда, что полиция сегодня арестовала Соколовскую, погасла очень быстро. Нет, эту даму никак нельзя было принять за Еву Германовну. Волосы и рост — это еще туда-сюда, их при желании можно легко подделать. Но назвать худой Еву Германовну не повернулся бы язык даже у самого отъявленного льстеца. Да и та тетка, что сидела в камере у следователя, тоже была толстушкой.

— И я точно могу сказать, что Янину Владимировну никто не арестовывал. Она сегодня, как обычно, ушла на работу в половине восьмого. Вернется она в пять вечера. Человек привычки. По ней часы проверять можно. Работает в гимназии через дорогу от дома. Пятнадцать минут до рабочего места. Столько же обратно. У меня сынишка там, в гимназии, учился. Раньше он школьную пищу терпеть не мог, каждый день голодный домой приходил. Но Янина Владимировна сумела внушить поварам, как надо работать. Теперь сын дома от еды нос воротит, подавай ему разносолов, которые в школьной столовой готовят. Мать на него даже обижается. А ребенок что? Ребенок правду говорит.

Слушая похвалы охранника, которые тот расточал в адрес женщины, Саша вышел на улицу. Ну, и куда ему теперь податься? Евой Германовной тут и не пахло. И полиция не появлялась. Похоже, побывав по месту прописки Евы Германовны, они отправились куда-то еще, совсем в другое место, где и нашли ее. То есть не ее саму, а ее двойника, которого и арестовали. Но тем не менее хоть кого-то да они нашли.

А вот Саше не повезло, он взял ложный след. Как это получилось? Видимо, старенькая портниха впопыхах перепутала адреса двух своих клиенток. Вложила в сверток Евы Германовны бумажку с адресом этой Янины Владимировны.

— И что мне теперь делать?

И будучи пусть и взрослым, но все-таки еще мальчиком, Саша позвонил маме за советом.

— Ты можешь узнать у кого-нибудь из коллег адрес Евы Германовны?

— Здравствуйте! Приехали! Я же тебе его дала.

— Это не тот адрес. Это адрес квартиры родителей Евы. Там живет сейчас ее брат. Верней, не живет, а... Словом, это долгая история. И мне нужен адрес новой квартиры Евы.

— Слушай, а этого я тебе и не скажу, — растерялась мама. — Из наших у Евы на новой квартире никто не бывал. А в документах указан адрес ее прописки. Ну, я тебе его и дала.

Саша молчал.

— Спроси у брата, — посоветовала ему мама.

— Брат Евы сейчас в тюрьме.

— Ну и семейка, ты не находишь? — пробормотала мама.

— Ты расспроси там всех своих хорошенько, может, у Евы Германовны еще какие-нибудь родственники имелись. Сестра, например.

— Ты уже спрашивал. И я выяснила, нету у Евы сестры. По крайней мере, никто про нее не знает.

Разговор с мамой никакой ясности не принес. Саша был в растерянности. Он постоял на улице, вдыхая свежий воздух и радуясь теплому ветерку. Такой прекрасный день, а он болтается по городу вместо того, чтобы гулять сейчас с Бароном. Мама считает, что бедняга дома в духоте совсем истосковался. Маме всегда чудится дурное, но в этот раз она права. Барону одному дома и впрямь приходится несладко. Надо ехать, спасать собаку.

И когда Саша уже почти совсем решил ехать назад домой, его взгляд упал на здание гимназии, о которой ему говорил охранник. Но не само здание привлекло его внимание. Дело в том, что как раз в этот момент двери гимназии открылись, и на пороге появился дракон. Да, да, это был дракон, никакого сомнения. Самый настоящий дракон! Длинное тело, крылья, чешуя и огромная голова. Он немного помедлил, словно примеряясь, как ему лучше спускаться, а потом начал движение вниз по широкой лестнице.

Дракон спускался по ступенькам медленно и как-то странно скособочившись. Задняя его половина заметно отставала от передней, которая куда бойчей прыгала по ступеням. Да еще двигалась задняя часть куда-то в сторону. И оттого туловище змея изогнулось дугой. Саша невольно заинтересовался этой картиной и подошел поближе. Он увидел, что задние ноги чешуйчатого змея все сильней отстают от передних. Голова и часть туловища уже двигались по земле, а задние лапы и хвост все еще не могли разобраться с последними ступеньками. Туловище растянулось до предела, затем раздался подозрительный треск, и задняя часть туловища осталась на лестнице. У Саши невольно вырвался возглас.

Дракон порвался пополам! Но драконья голова этой катастрофы совсем не замечала. Она продолжала гордо шествовать вперед. Зато из-под лежащего на ступенях брюха чудовища внезапно выглянула мальчишеская коротко стриженная башка, громко ойкнула и спряталась обратно.

— Хвост потерялся! Хвост оторвался!

С этими криками детвора окружила гордо шествующую по двору голову. Та повернулась, тоже ойкнула и побежала назад. К лежащему на ступенях хвосту и задним лапам уже из гимназии спешила группа поддержки. Старшеклассники помогли жертве чужих амбиций подняться по ступенькам снова наверх. Голова прошествовала самостоятельно. Волочащееся за ней по пятам брюхо не мешало ей свободно передвигаться. Задним ногам было труднее. Впереди была часть брюха, позади хвост. И то и другое здорово им мешало.

— А я говорила, надо третьего брать, — возмущалась какая-то миловидная девушка.

— Что ты говорила! Тогда у дракона шесть лап будет. Разве бывают драконы с шестью лапами!

— А драконы, разорванные пополам, бывают?

— Это все Катька виновата! — волновались задние ноги. — Куда она понеслась?

Голова своей вины не признавала.

— Я просто шла.

— Надо было назад поглядывать. Тебе-то хорошо, у тебя в морде дырки есть, видишь, куда идешь. А мне каково? Ничего же не видно.

— Катя, ты виновата. Ты слишком сильно натянула ткань. Посмотри, что случилось.

— Надо было крепче сшивать.

— Дырки для меня сделайте, — требовали задние ноги.

— Может, тебе еще и перископ на поверхность выставить?! — злилась драконья голова.

Громко споря, чья тут ошибка, костюмированная компания с помощниками скрылась в здании. А Саша подошел к возбужденно гомонящим гимназистам.

— Что это у вас тут такое происходит? — с любопытством спросил он. — Драконы по крыльцу расхаживают!

Дети объяснили, что у них в школе намечена костюмированная вечеринка, посвященная героям разных сказок.

— Дракон — это еще что! — похвастал один шкет. — Вот когда он с нашим Змеем Горынычем сражаться будет, тогда будет на что поглядеть.

— Наш победит! Сто процентов!

— У нашего три головы!

— А китайский, видишь, какой длинный.

— И что с того? Длинный, да неуклюжий. Два шага сделал и порвался! Говорю, наш победит!

— Это мы еще посмотрим.

— А тут и смотреть нечего.

Саша поспешно вмешался в спор, который, того и гляди, мог перерасти в рукопашную.

— И много тут у вас сказочных героев? Кто еще есть? Белоснежка?

— И Баба-яга. И Серый Волк. И гномы.

— А хоббиты?

— Хоббитов нету. Зато эльф имеется. И еще Буратино. И Мальвина.

— А единорог будет?

— Единорог?

— Такой с разноцветным длинным хвостом? Чтобы всеми цветами радуги бы переливался. Такой будет?

Насчет единорога мальчишки не были уверены. Никто из них такой зверюги пока в глаза не видел, и в программе предстоящего праздника тоже никакого единорога заявлено не было.

— А Синяя Борода?

— У нас сказочные герои. А Синяя Борода — это человек да к тому же злодей.

— Может, ниндзя будут?

— Нет, их тоже не будет.

В голосе мальчика звучало сожаление. Кажется, он охотно променял бы Буратино с Мальвиной на убийц в черных масках.

Другие тоже начали вспоминать своих любимых героев:

— А когда голосовали, я за Капитана Америку голос отдал.

— А я за Халка.

— А я за Тора.

— Только их почему-то не включили в программу. А за Винни-Пуха вообще никто не голосовал, я спрашивал. А он в программе заявлен.

— Мне вообще кажется, что взрослые это голосование просто так для нас устроили. Его результаты ни на что не влияли.

— Точно! Они сами за нас уже давно решили, какие герои будут у нас на празднике выступать. А нам голосование подсунули. Мол, сделаем вид, что ребята сами этих героев выбрали.

— Сплошной обман.

— Надувательство.

В общем, дети, как любой народ, были, как обычно, недовольны действиями своих властей.

Что касается Саши, то, несмотря на отсутствие в программе предстоящего школьного праздника единорога с цветным хвостом и ниндзя, он решил пройти в гимназию и познакомиться с Яниной Владимировной, работавшей тут. Глядишь, чего и выяснится про Еву Германовну, помимо того, что обе женщины обшивались у одной и той же портнихи.

— Янина Владимировна? Она у директора сейчас!

— А директор где?

— В кабинете русского языка и литературы.

Поднявшись на второй этаж, Саша быстро нашел кабинет русского языка и литературы. Уроки уже закончились, педагоги разошлись по домам.

— Вы директор?

— Она вышла.

— Значит, вы и есть Янина Владимировна?

— Да. Это я.

Янина Владимировна была такой, как ее и описал охранник — худая, высокая, с очень прямой спиной. Лицо у нее было бледное с минимумом макияжа. И без того тонкие губы плотно сжаты, так что превратились в одну тонкую нитку. Такую лучше не злить. Вид у Янины Владимировны был до того строгий, что, когда она взглянула в сторону вошедшего в кабинет Саши, тот даже струхнул. Хотя, казалось бы, чего ему бояться? Он не был ни сотрудником Янины, ни даже отцом школьника. И тем не менее язык буквально прилип к гортани.

— У вас ко мне какое-то дело? Это по поводу школьного питания?

— Да... То есть нет. То есть да.

— Так да или нет?

— Да, дело есть. Нет, оно не по поводу питания.

— Слушаю вас.

— Вы ведь знакомы с Евой Германовной?

И не дожидаясь ответа Янины, сыщик выпалил:

— Так вот, ее сегодня арестовали, то есть должны были арестовать.

Брови собеседницы поползли вверх.

— И при чем тут я?

— Можете что-нибудь рассказать об этой женщине?

— Понятия не имею, о ком идет речь.

Саша вздохнул. Так он и знал. В его расследование вкралась ошибка. Милая Таня не нарочно, но направила его по ложному пути.

— Простите, что отвлек вас от дел.

— Ни от чего вы меня не отвлекали, — отмахнулась Янина Владимировна. — Садитесь и рассказывайте, что у вас за дело. Вы же неспроста явились именно ко мне? Значит, у вас должны были быть основания со своей информацией прийти именно ко мне?

А она не такая уж и злая. Просто справедливая. И умная. Вон как быстро разобралась, что к чему. Саша почувствовал облегчение оттого, что взгляд Янины утратил сходство со взглядом анаконды, гипнотизирующей свою добычу. И совсем она не страшная. Симпатичная даже женщина. С изюминкой.

И он начал рассказывать:

— Дело в том, что я сегодня целый день ищу любого человека, кто хорошо знал бы Еву Германовну и ее жизнь. И кто смог бы объяснить мне, как получилось, что вместо Евы Германовны полиция арестовала другую женщину.

Янина Владимировна одарила Сашу долгим удивленным взглядом, а потом сказала:

— Если арестовали другую, то разберутся и отпустят.

— В том-то и дело, что женщина эта очень похожа на Еву Германовну. И она назвалась Евой Германовной. А самое главное, что у нее документы при себе имеются, и тоже на имя Евы Германовны. Так что для всякого, кто лично не был знаком с Евой Германовной, эта тетка запросто может сойти за нее. И ее даже могут посадить, если, конечно, вина Евы Германовны будет доказана.

Янина Владимировна выглядела откровенно изумленной.

— Вот это удивительно! И кому же понадобилось выдавать себя за преступницу?

— Я как раз и пытаюсь это узнать.

— А ко мне вас что привело?

Саша объяснил, как получилось, что он в поисках Евы Германовны явился по домашнему адресу Янины Владимировны.

— Думаю, может, портниха Евы Германовны просто перепутала адрес? Елизавета Петровна ее зовут.

— Портниха? — задумчиво переспросила женщина. — Старенькая такая? Действительно, как-то зимой я заказывала у одной старушки, которую мне страшно расхваливали, юбку и жакет. Но результат меня, мягко говоря, не порадовал. Нет, к качеству изделий претензий у меня не возникло. Но сроки изготовления портниха все время оттягивала. А потом и впрямь укатила куда-то к внуку. Пакет мне передал какой-то молодой человек. Я даже не смогла при нем примерить полученный заказ. Но это не беда. Главная проблема была в том, что я заказывала теплую юбку и жакет, чтобы в них ходить на работу, но получила я свой заказ уже в апреле месяце. Сами понимаете, как эти теплые зимние вещи мне были тогда «нужны».

В общем, больше я к этой портнихе не обращалась. И хотя меня уверяли, что она просто волшебница, но я ничего волшебного в этих вещах не заметила. Просто хорошо и аккуратно сшитые вещи.

— Спасибо. Вот все и объяснилось. И насчет адреса, и насчет вас.

Саша чувствовал разочарование. Столько усилий, а воз и ныне там. Он не только не приблизился к разгадке случившегося с Евой Германовной, а вроде как еще больше удалился от нее. Янина Владимировна никогда не встречалась с Евой Германовной. Они просто обе шили вещи у одной и той же портнихи. Хотя немного странно, ведь Таня говорила, портниха специализируется в пошиве одежды для женщин с нестандартной фигурой, попросту говоря, излишне полных.

Но Янину никак нельзя назвать полной. Она худая и стройная. У нее высокий рост. И по современным меркам у нее идеальная фигура. Для нее на полках магазинов просто феноменальное изобилие одежды самых разных форм и расцветок. К тому же недавно мама затащила Сашу в магазин и там показывала ему тот самый жакет, который сейчас был на Янине. Мама восхищалась жакетом, хотела купить, но ее отпугивала цена.

Саша помнил, как мама сказала, облизнувшись напоследок на понравившуюся ей вещь:

— Безумие по нынешним временам выкладывать такие деньжищи. Подожду, когда он появится в следующем сезоне уже по скидке.

А вот Янину цена не испугала. И жакет ей очень шел. Одеваться Янина явно умела, делала это со вкусом и даже с некоторым шиком. И к чему ей были все эти сложности с пошивом одежды на заказ? Саша помнил, как ему самому, еще маленькому, в ателье как-то шили курточку. Сколько же это было мороки! Сначала с него, потного и раздраженного, долго снимали мерки, крутили, обмеряли сантиметром, заставляли даже карабкаться на высокий неудобный табурет. Потом было две или даже три примерки, на которые его таскали без всякой жалости. А когда он получил свою курточку, то выяснилось, что она ему буквально впритык.

Рукава, плечи, линия талии были на месте, но уже тогда было ясно, что это ненадолго. Несмотря на то, что мерки снимались с запасом, мальчик вырос быстрее, чем ожидала портниха. Да и сама куртка Саше не понравилась. На картинке в журнале она выглядела совсем иначе, чем на нем. Вот и Янина тоже осталась недовольна полученным заказом. Интересно, следующей зимой она носила эти вещи? Потому что Саше поносить свою куртку почти не удалось. Для повседневной носки она была слишком красивой и дорогой. Мама не разрешала в ней бегать по двору или ходить в школу. В итоге Саша надел свою новенькую курточку всего один раз, а потом он совсем из нее вырос, и мама отдала куртку какому-то другому мальчику. А Саше купила леденец на палочке. Вот и вся награда, которую он получил за тяжелый труд модели. Кому-то новенькая курточка, а кому-то фига.

С этими мыслями Саша понял, что встал в пробке. Впрочем, не он один. Весь город плотно стоял. И несмотря на то, что до Сашиного родного дома было рукой подать, ехал он туда еще почти целый час. В дороге юноша почувствовал страшный голод. Желудок прямо сворачивался и вопил истошным тоненьким голоском: «Дайте хоть чего-нибудь! Люди вы или звери!» Устав слушать его жалобы, Саша припарковался, заскочил в бистро, где перекусил на скорую руку. Он запил холестериновую котлету приторно-сладкой газировкой, и желудок заурчал на сей раз сыто и довольно: «Порядок, жить буду. Хотя и недолго».

Не прошло и четверти часа, как Саша здорово пожалел о съеденном в бистро ужине. Молодого человека стала мучить жажда, да такая, что казалось, сейчас внутри у него все спечется. Пришлось снова остановиться и купить воды. Напившись, что называется, от пуза, Саша еще некоторое время ехал, а потом ему снова стало дискомфортно. Выпитая вода, понимаете ли, проделала по организму свой путь и намерена была теперь его покинуть.

— Да что же это такое! — простонал Саша. — Что за мучения!

Но он твердо решил нигде больше не останавливаться и терпеть до дома. Поэтому домой он буквально ворвался, скинул уличную обувь и устремился к родному унитазу. О-о-о! Какое блаженство! Снаружи раздалось жалобное поскуливание, там изнывал от схожей надобности Барон.

— Сейчас, Бароша, подожди немножко. Уже идем.

Мамы дома еще не было. Отец, который вошел в дом почти сразу за Сашей, сказал, что мама ему звонила и просила передать, чтобы ужинали без нее, она будет дома поздно, если вообще будет.

— У них там на работе такое...

— Я знаю. Зарплату из сейфа украли.

— Да что там эта зарплата! Документы сперли!

— Какие документы?

— Видать по всему, что дико важные. Мама говорит, что директриса сама не своя. Никому ничего не объясняет, сидит у себя в кабинете чернее тучи. Какие-то там у нее папки пропали, о которых, кроме нее и Евы Германовны, никто знать не знал.

— А вот это очень интересно.

— И это еще не все интересное! — с воодушевлением заверил Сашу его отец. — Директриса сначала сидела у себя, а потом помчалась в отделение и потребовала от следователя личной встречи с Евой Германовной.

— Зачем ей это?

— Хотела с ней о чем-то переговорить. А когда это не вышло, то директриса следователю заявила, что снимает с Евы Германовны все подозрения. Дескать, нашлись деньги. Выпускайте задержанную.

– Все чуднее и чуднее.

— Казалось бы, все для арестантки складывается прекрасно. Но Ева Германовна отказалась поддержать игру директрисы. Заявила, что деньги точно украдены ею. Что она свою вину признала. И что если там какие-то деньги и нашлись, то это не те, что она украла, а какие-то другие. А те первые она точно взяла и спрятала в надежном месте. И потому останется в камере как воровка. Можешь себе такое представить?

— С трудом.

Саше все больше и больше казалось, что он участвует в какой-то пьесе абсурда.

— Так украли деньги или не украли? Или думали, что их украли, а потом нашли?

— Мама говорит, деньги не находили. Но директрисе так важны эти пропавшие документы, что ради их возвращения она даже готова простить Еве Германовне пропавшие деньги.

— Вот оно что. Но два миллиона? Директриса и впрямь готова подарить два миллиона Еве Германовне?

— Она так сказала.

Сколько же могли стоить те пропавшие бумаги, если жадная и способная до посинения считать чужие копейки директриса размахнулась и готова была отвалить с барского плеча сразу два миллиона для своей проворовавшейся сотрудницы? Что же там было, в этих бумагах?

— И что? Что было дальше?

— А ничего не было. Встречаться с директрисой Ева Германовна не захотела. Снять с себя обвинения тоже не пожелала. Осталась ночевать за решеткой. А директриса вернулась и стала звонить адвокату, которого хочет нанять для Евы. Сухому адвокату.

— Это его фамилия? Не слышал про такого.

— Эх ты! Фамилия! — передразнил его отец. — А еще сам будущий юрист. Сухой — это титул. Сухой вратарь, не пропустивший ни одного мяча. Сухой адвокат, не проигравший еще ни одного дела. Слышал?

— Я думал, это легенда. Что такого не бывает.

— Ну, может, какой-то процент проигранных дел у этого адвоката все же имеется, — пошел на попятную отец, — но он совершенно мизерный.

— Так это же сколько такой адвокат будет стоить! Как его зовут?

— Какой-то Горбушкин.

Саша так и ахнул.

— Горбушкин? Лев Ильич? Да это же... Это... Ну и ну!

Вот и все, что сумел выдавить из себя Саша. Но одно он понимал точно, если дело дошло до господина Горбушкина, значит, на кону и впрямь стоят миллионы. И уже не рублей, а долларов. Потому что более мелкими делами господину Горбушкину заниматься не имело смысла. Гонорары его были столь велики, что могли съесть всю прибыль от менее крупных дел.

ГЛАВА 5

Разумеется, гулять Саша сегодня вечером отправился в сторону маминого комбината. У него была надежда, что он увидит там еще что-нибудь интересненькое. Какое-нибудь сказочное чудовище или что-то в этом роде. Но ничего такого он не увидел. Может, потому что время было неподходящее. Слишком рано и слишком людно.

Но все-таки Саше улыбнулась удача. Совершая третий круг возле комбината, он увидел хорошенькую кондитершу Ирочку, с которой был немного знаком и даже немного за ней ухаживал. Ирочка работала в дневную смену и благодаря своему длинному носику, который совала в каждую дверь, обычно бывала полностью в курсе событий. Она тоже обрадовалась, увидев

Сашу. Ирочку переполняли эмоции, и ей хотелось их на кого-нибудь выплеснуть.

— Ох, Сашка, что сегодня было!

— Начало знаю.

— Мама тебе рассказала?

— И мама, и вообще. Ты расскажи, что было, когда главная из отделения назад вернулась.

— Ну да... Приехала она... И тут такое началось! Ногами топает. Орет. Форменная истерика. Никогда не слышала, чтобы наша директриса так визжала. Мне кажется, слышно было на Северном полюсе. Да что Северный! Северный вот он, рукой подать. На Южном полюсе и то ее слыхать было! Потом посуду бить стала. Переколотила все, что у нее в кабинете стояло. Компьютер не пожалела. Принтер ногами растоптала. В общем, буянила, как мой папаша, когда надерется.

— А чего ругалась-то? На кого?

— Главным образом на Еву. Ну, и на всех нас заодно тоже. Кричала, что вокруг одни предатели. Что никому нельзя верить. И что Ева главная... тварь. Молчала, когда надо было говорить. И что когда она до нее доберется, то с живой шкуру сдерет.

— Получается, лично с Евой ей пообщаться так и не удалось?

— Ева сама отказалась.

Значит, Саша до сих пор был единственным человеком, который знал, что Ева в КПЗ и их настоящая Ева Германовна — это совсем разные люди? Но Саша пока что не был уверен, что стоит обнародовать эту информацию.

— Ирочка, а как бы мне узнать, где Ева Германовна живет?

— Зачем тебе?

— Хочу съездить к ней, вещи ей собрать. Если дело и дальше такими темпами пойдет, то завтра Ева в следственный изолятор переедет. А там ей и мыло будет нужно, и чашка, и ложка. Да хотя бы тапочки с зубной щеткой и полотенце.

— Ой, Сашка! Какой ты!

— Какой?

— Какой ты внимательный, — умилилась Ирочка. — Мне вот такое и в голову не пришло.

— Это потому что тебе никогда не доводилось бывать в камерах изолятора.

— Бог миловал. А ты был?

— Я же будущий юрист. Нас в порядке ознакомления на экскурсию водили. Условия там м-м-м... далеки от совершенных. И Еве Германовне даже с вещами придется несладко. А уж без вещей вообще намучается.

— Ну, съезди, коли так.

— Адреса у меня ее нету. У мамы спрашивал, она только адрес прописки знает.

— Нет, там Ева давно не живет. Она себе квартиру в тихом месте купила. А насчет адреса... ты спросил бы у Миши. Он нашу главную возит. И Еву он тоже до дома подвозил. Ты же знаешь, когда работы много, Ева на работе и до трех утра засиживалась. Миша ее домой отвозил много раз, он сам мне рассказывал.

Это была отличная идея. И такая простая. Саша даже пожалел, что сам до нее не додумался. Вот он дурень! И как не вспомнил про личного водителя хозяйки. Один разговор с Мишей, и не пришлось бы Саше мотаться по городу туда-сюда.

Чтобы встретить Мишу, пришлось сделать еще несколько кругов вокруг комбината. Сначала Ирочка гуляла с Сашей, видимо, надеясь на что-то. Но убедившись, что молодой человек не собирается приглашать ее в места поинтересней, заявила, что сыта этой местностью по горло и на сегодня прощается. Саше показалось, что девушка чуточку на него обижена, хотя он никак не мог взять в толк, в чем причина. Но кто поймет этих женщин и что у них там в их головах делается? Самое запутанное криминальное дело куда проще распутать, чем понять самую коротенькую мыслишку в голове у самой глупенькой девчушки.

Наконец, появился Миша. И снова Саше улыбнулась удача. Миша был один.

— Хозяйка сильно не в духе сегодня. Сказала, чтобы я шел в машину и не показывался ей на глаза.

Работа у Миши была, прямо скажем, не позавидуешь. Да, получал он вроде бы неплохо, но и рабочий день у него был ненормированный. И выдернуть его могли в любое время суток. И задерживаться иногда приходилось допоздна. Другой бы не выдержал. Но Миша был женат. И недавно жена подарила ему третью девочку. Кроме того, чтобы помогать с уходом за младенцем, к ним перебралась теща. А учитывая, что родная мама Миши и его старшая бездетная сестра жили в соседнем подъезде и частенько наведывались в гости к Мише и его семье, нетрудно понять, почему Миша не так уж и рвался к себе домой. Наверное, если бы Сашу дома ждали семь женщин, то он тоже дневал и ночевал бы на работе.

— Хочешь смотаться к Еве за вещами? Вот ты молоток! Слушай, как это ты сообразил? Ей там многое понадобится.

— Скажешь адрес? — перебил Саша водителя.

— О чем речь! И скажу, и как добраться объясню. Вот только с ключами как быть?

Саша совсем не рассчитывал, что ему удастся попасть в квартиру Евы Германовны. В лучшем случае он надеялся, что сумеет найти людей, которые расскажут ему подробности о личной жизни финансового директора комбината. И о той Хильдочке с синей бородой, которая заняла в этой жизни такое значительное место.

— Без ключей как-нибудь обойдусь, — буркнул Саша. — Адрес давай!

Получив очередной адрес, на сегодняшний день уже третий, молодой сыщик двинулся в путь.

Нельзя сказать, что он не устал. Но его подстегивало какое-то странное чувство уверенности, что на этот раз у него все получится. Ведь недаром говорят, третий раз — счастливый. Значит, теперь ему точно повезет. Вот только в чем будет заключаться это везение, Саша пока не понимал. Может, и хорошо, что не понимал, потому что иначе мог и не поехать.

Уже в пути ему позвонили. Номер был незнакомый, а голос женский.

— Здравствуйте. Меня зовут Галина. Я мама Тани.

Какая еще Таня? Какая Галина? У Саши в окружении было множество Тань, но не было ни одной, у чьей матери были бы веские причины звонить юноше.

— Не... не понимаю.

— Вы сегодня были у нас дома. Разговаривали с моей дочерью.

Ах, вот что это за Таня! Сердце у Саши екнуло.

— Да, да, я понял. Я вас слушаю.

— Дело в том... Как я поняла, с Евой что-то случилось?

— Она задержана по подозрению в ограблении.

— Это ужасно! Она ни в чем не виновата.

Саша заверил женщину, что сам тоже так думает.

— А вы знаете, Евочка что-то такое предчувствовала. Несколько дней назад у нас с ней состоялся весьма странный разговор. Она мне позвонила сама. Было уже очень поздно, я даже не хотела брать трубку, но увидела, что это звонит Ева, и взяла. В последнее время она не баловала меня своим вниманием. Сама совсем не звонила. А если я ей звонила, все равно общения у нас с Евой толком не получалось. У меня было такое впечатление, что рядом с Евой все время находился человек, который ее контролировал и при котором она не могла вести себя свободно.

— Вы имеете в виду ее подругу — Хильду?

— Подругу! Прохиндейку и нахалку! И как Ева могла связаться с такой особой?! Не понимаю. Решительно не понимаю этого. Наглая вульгарная женщина.

Видимо, ревность жила в сердце Галины, потому что она была готова проклинать Хильду еще долго.

Саша был вынужден ей напомнить:

— Вы хотели мне что-то сообщить.

— Да! Так вот, когда Ева мне позвонила поздно ночью, я поняла, у нее что-то случилось. Но голос у Евы был довольно ровный. Я спросила, в чем дело. И она сказала... Дословно она произнесла следующее: «Ты единственный близкий мне человек, которому я могу доверять. Поэтому прошу тебя, если со мной что-то случится, скажи следователю, что все документы у Хильды. Кроме меня только она одна знает, где они».

И Галина замолчала. Саша подождал продолжения, но его не было.

— Все? — спросил он.

— Все.

— Короткий разговор. А когда именно Ева звонила?

— Дня три назад. Может быть, четыре.

— А что за документы?

— Этого Ева мне не объяснила. А когда я попыталась настаивать, сказала, чтобы я просто сделала так, как она меня просит, и ни о чем ее не расспрашивала.

— М-да... Ну, спасибо.

Саша не был уверен, что сумеет с толком использовать переданную ему информацию. В конце концов, он ведь не следователь. И можно ли считать нынешнее положение Евы тем, когда «с ней что-то случится»? Что имела в виду Ева Германовна? Что она окажется под следствием? Или что ее вовсе убьют? Так или иначе, а Саша чувствовал, что ему не избежать новой встречи со следователем.

«Что за документы имела в виду Ева Германовна? Может быть, как раз те, которые пропали и которые так мечтает вернуть себе назад директриса? Но тогда получается, что документы украла Ева Германовна. Украла и отдала их Хильде или, по крайней мере, сказала Хильде, где эти документы спрятаны. Следовательно, документы директрисы были украдены Евой еще за несколько дней до ограбления бухгалтерии. Ведь разговор этот у двух подруг — Евы и Галины — состоялся уже тогда. Или Ева тогда лишь замышляла, как оно все будет? А если документы такие ценные, может, и само ограбление было лишь отвлекающим маневром?»

У Саши даже голова закружилась от обилия вопросов. Посмотрев по сторонам, он с радостью понял, что приехал. Конец пути, конец всем этим мыслям, которые теснились у него под черепом и буквально трамбовали мозг изнутри.

— Если я еще немножко обо всем этом подумаю, то просто свихнусь. Фактов слишком мало.

И Саша подошел к нужному ему подъезду. Миша был настолько любезен, что не только объяснил дорогу, но и снабдил Сашу кодом.

— Там у них на подъезде установлен домофон, — объяснил он Саше. — По идее без ключа в дом не попадешь. Но я знаю секрет, если набрать «ноль-два-ноль-два», то дверь откроется сама и без всякого ключа. Ева при мне набирала этот код. А этаж у нее двенадцатый. Я это знаю, потому что как-то помогал Еве донести ее покупки до дверей ее квартиры. В саму квартиру она меня не пустила. А квартира под номером двадцать один. Удачи!

И вот сейчас Саша стоял перед дверью с табличкой «21» и смотрел на нее. Он уже несколько раз нажал на кнопку звонка, но ему никто не ответил. И что ему было делать дальше? Оставить записку? Но что в ней написать? Если Ева Германовна совершила ограбление и теперь подалась в бега с украденными деньгами и документами, вряд ли она в ближайшее время появится у себя дома. Так что смысла в этой записке нету никакого.

Решив, что записку он напишет, если больше ему ничего не удастся предпринять, Саша позвонил соседям.

— Хильда должна быть дома, — услышал он из-за двери скрипучий мужской голос. — Всего часа полтора-два назад она забрала у меня свои ключи.

Взяла ключи? Хильда? Свои ключи? Ситуация становилась все необычнее и страннее. Саша, например, совсем растерялся.

Он потряс дверь двадцать первой квартиры и внезапно понял, что она открывается. Без всякого ключа и прочих примочек. Дверь даже не была заперта!

Что же, может, кто-то другой и не решился бы войти, но любопытство Саши превозмогло все прочие чувства. Рассудительность и осторожность были в том самом числе. Войдя внутрь квартиры, парень первым делом огляделся по сторонам. Ничего! Симпатичная такая квартирка. Свежий ремонт. Гранитная плитка на полу. Узорчатые коврики лежат под ногами. На стенах картинки. Чувствовалось, что живет тут женщина или женщины. Все вокруг так и дышало уютом и покоем.

— Ау! — почему-то аукнул Саша. — Уважаемая... Брунхильда, вы дома? Можете уделить мне минуточку своего времени?

Но никто ему не ответил. И это Сашу насторожило еще сильней. Оставшаяся открытой входная дверь. Молчание обитательницы квартиры. Не могла же Хильда уйти, оставив входную дверь открытой? Или могла? Сашу почему-то потянуло выйти из этой квартиры. Он сделал еще несколько шагов вперед и остановился. Чьи это ноги лежат вон там? Саша сделал еще шаг и понял, что ноги мужские и в одних носках и тапочках. Тапочки были красивыми, хотя и женскими, их мужчина позаимствовал у хозяйки квартиры. А вот носки у мужчины были его собственные, и они были сомнительной чистоты и свежести.

Саша сделал еще шаг и увидел тело крупного бородатого мужчины. Волосы у него были длинные, затянутые в хвост на затылке. Сейчас они разметались по каменной плитке. Взгляд у мужчины был остекленевший, глаза смотрели прямо в потолок, и казалось, что мужчина изумлен до крайности тому, что с ним произошло.

— Э-э-й! — тихонько позвал его Саша. — Вы... живы?

Мужчина не отреагировал. Ни шевельнулся, ни дернулся. Он лежал, раскинув руки, словно собирался плыть. Кожа лица была смуглая и покрытая точками и ямками, видимо, мужчина долгое время страдал от угревой сыпи. Темные волосы, крупный нос, полные губы. Было что-то привлекающее внимание в этом человеке. Некоторым женщинам такой тип мужчин нравится. Еве Германовне этот тип точно бы приглянулся. Она любила эдакое... чтобы с гнильцой и с душком.

Левая рука мужчины с отнюдь не дешевыми часами на запястье оказалась рядом с Сашей. Молодой человек наклонился и дотронулся до нее. И тут же отдернул пальцы. Рука лежащего на полу мужчины была холодна как лед.

— Мертв!

Саша выпрямился и быстрыми шагами вышел из квартиры. Оставаться наедине с покойником ему было тягостно. И первое, что он сделал, позвонил соседям.

— Чего надо? — ответил ему все тот же скрипучий неприятный голос.

— Не могли бы вы выглянуть на минутку?

— Чего надо?

— Там на кухне у ваших соседей лежит мужчина, и мне кажется, что он мертв.

За дверью возникла пауза.

— А я тут при чем? Вызывайте полицию.

Такое простое решение. И как оно Саше самому в голову не пришло? Похоже, вид трупа подействовал на него куда сильнее, чем он представлял. Сообразительность начисто отшибло.

— Или пусть сама Хильда звонит в полицию. Хозяйка-то квартиры она!

— Надо же! — удивился Саша. — А я думал, это квартира Евы Германовны.

— Индюк тоже много думал, да сами знаете, куда попал, — ехидно отозвался голос. — Ваша Ева никто и звать ее никак. Она просто живет тут вместе с Хильдой. Но если у них в квартире труп, то полицию может и Ева вызвать.

— Ни Хильды, ни Евы нету. Придется звонить мне.

— Вот и звоните. А меня оставьте в покое.

Именно это Саше и пришлось сделать. Полиция прибыла быстро, даже слишком быстро. Саша едва успел осмотреть место преступления. В принципе ничего интересного он там не нашел. В квартире был полный порядок. Все вещи стояли на своих местах. Нигде не было ни пылинки, ни мусоринки. Кровать в спальне аккуратно застелена. В шкафах вся одежда была развешена или разложена по полочкам. Зачем бы ни явился погибший мужчина, это явно не был вор.

Мужских вещей Саша в квартире не нашел, а вот судя по вещам в гардеробе, в квартире проживали две женщины. Одна была жгучей брюнеткой, вторая нежной блондинкой. Одна предпочитала в одежде яркие, даже агрессивные тона, вторая останавливала свой выбор на более мягких и пастельных тонах. Ева Германовна как раз такие цвета и предпочитала.

На тумбочке в спальне стояла фоторамка, в которой фотографии сменяли одна другую. На всех были запечатлены две женщины. Одну из них Саша знал, это была Ева Германовна. А вот вторую видел впервые. Эта женщина была брюнеткой, с темными выразительными глазами. Отличительной ее особенностью была густая растительность, покрывавшая всю нижнюю часть лица. Растительность слегка отливала синевой.

— Вот и та самая Брунхильда.

Саша постарался получше разглядеть эту женщину. Высокая, крупная, но в целом интересная и ухоженная. Маленький нос. Сверкающие глаза. Даже борода не портила эту женщину. Густая и мягкая, она была выкрашена в иссиня-черный цвет, точно такого же цвета были и волосы на голове у женщины. Брунхильда должна была быть бабой огромного роста, потому что рядом с ней миловидная блондиночка Ева казалась просто миниатюрной куколкой.

А на самом деле Ева была ростом лишь самую капельку ниже среднего.

Но куда же делись обе живущие в этой квартире женщины? Уехали? Но даже если и так, то ничто не указывало на то, что они собирались впопыхах. Саша поискал записку или что-нибудь в этом роде. Но ничего не нашел. Разве что на полу рядом с телом убитого валялся кухонный молоток, служивший хозяйкам для отбивания мяса. И на нем виднелись подозрительно свежие подтеки чего-то красного.

Когда прибыла полиция, то дознаватель быстро сделал вывод:

— Убийство! На жертву напали сзади, мужчину оглушили ударом по голове и потом добили этим самым молотком.

— Но кто это сделал?

— Кто бы ни сделал, это был человек очень сильный и высокий. Гигант!

Или гигантша! Вот что хотелось сказать Саше.

Но вместо этого он спросил:

— А когда это случилось? Мне показалось, что он уже совсем холодный.

— Труп уже остыл. Но он еще не окоченел. Полагаю, преступление совершено часа полтора-два назад.

Как раз в это время Хильда и взяла свои ключи у соседа. Но если она собиралась убить этого бородатого типа, зачем привела его в свой дом? Не проще ли было расправиться с ним где-нибудь в уединенном месте, не привлекая особого внимания к себе? Нет, приводить намеченную жертву к себе домой, убивать, а потом оставлять тело в квартире с открытой дверью, в квартире, в которую мог зайти любой желающий, — это просто верх глупости. Разве что Хильда хотела, чтобы этого мужчину нашли именно тут.

Сама Хильда или кто-то другой.

До прибытия полиции Саша уже успел обшарить единственную мужскую вещь, нашедшуюся в квартире двух женщин. Это была куртка, которая висела в прихожей на вешалке поверх всех других вещей. Она была темно-синего цвета «космик» и отчетливо выделялась на фоне длинного женского пальто цвета свежих сливок. Саша не побрезговал, пошарил по карманам. И теперь сыщик имел некоторое представление о том, кем являлся убитый мужчина.

Паспорт был выписан на имя Малышева Валерия Ивановича, проживающего в поселке Суйда, на улице Красная, дом 15. Судя по тому, что квартира не была указана в штампе о прописке, дом был частный. Других документов у гражданина Малышева при себе не оказалось. Зато в кармане куртки нашелся пистолет системы «макаров» и полное отсутствие разрешения на ношение такого оружия.

Также было не совсем понятно, как гражданин Малышев проник в дом. Входная дверь следов взлома не имела. Так что одно из двух, либо Малышев имел ключи от входной двери, которые теперь таинственно испарились, либо его привела с собой хозяйка квартиры. Привела, убила и сбежала, оставив труп своей жертвы лежать там, где он и упал.

Саша не стал таить и с удовольствием доложил полиции, что в соседней квартире имеется свидетель, который видел сегодня Хильду.

— Сходите к нему, спросите.

Сосед оказался инвалидом, который с трудом передвигался на костылях. Но держался он бодро. И на вид был совсем не старым человеком.

— Да, Хильда приходила. Примерно часа два назад. Может, чуть больше. Нет, она была одна. Я открыл ей дверь, и мы даже немного поговорили.

— О чем?

— Так... ни о чем. Я спросил, все ли у нее в порядке. А она сказала, что где-то потеряла ключи. Поэтому она ко мне и обратилась.

— У вас хранился дубликат ключей от ее квартиры?

— Дело в том, что я являюсь уполномоченным от домового комитета по нашему подъезду. И у меня есть дубликаты ключей от всех квартир.

— Вот как.

— А как же иначе? Вдруг трубу прорвет или еще что? Пока хозяева с работы приедут, ущерб будет огромен. А я всегда дома. Увечье не позволяет мне далеко отходить от дома. Всегда у себя, всегда на посту.

— Понятно. Значит, хозяйка сказала, что свои ключи она потеряла, и вы дали ей дубликат. Что дальше?

— Она взяла ключи и сразу пошла к себе. Так что будь с ней кто-то, я бы это заметил. После того, как мы с ней простились и она ушла, я еще некоторое время находился в прихожей и потому слышал все.

— Что?

— Слышал, как Хильда сначала открыла, а потом закрыла за собой входную дверь.

— Что-нибудь еще слышали? Крики? Шум драки?

— Нет. Все было спокойно. Пока где-то минут сорок назад не появился вот этот молодой человек, который тоже хотел видеть Хильду.

— Вовсе не Хильду я искал! Мне нужна была Ева Германовна!

— Ну, не знаю. Квартира-то принадлежит Брунхильде. А эта Ева появилась тут сравнительно недавно. До этого жила Эмма. А до нее Света. А что было раньше, я не знаю, потому что сам переехал в этот дом лишь пять лет назад.

— А убитого вы раньше тут видели?

— Никогда. Если честно, то Хильда мужчин у себя вообще не привечала. Никогда не видел, чтобы к ней кто-то из мужчин заглядывал.

— Я понял. Хозяйка предпочитает исключительно женское общество.

И дознаватель многозначительно усмехнулся. Мол, все мне ясно, с какого поля эта ягодка.

— Женщины к Хильде в гости приходят довольно часто, — подтвердил сосед. — А вот мужчин я ни разу не замечал, врать не буду.

Также сосед объяснил, что он не видел и не слышал, как уходила Хильда. А полиции не удалось найти следов ее сегодняшнего пребывания в квартире. Полы были безупречно чистыми. Чашки вымытыми и высушенными. И даже воду в чайнике никто не кипятил.

— Надо пройтись по другим квартирам, — задумчиво произнес дознаватель. — Может, кто-нибудь другой видел или слышал что-то подозрительное.

— И пройтись надо не только в нашем подъезде! — подхватил сосед. — Но и в соседний подъезд тоже пусть ваши люди заглянут. Дальняя комната квартиры Хильды примыкает к спальне квартиры уже соседнего подъезда.

— Учтем.

Пока полицейские разговаривали с соседом, у Саши зазвонил телефон. Звонила его дорогая мамуля.

— Саша, ты где? — нервно спросила она.

И прежде, чем юноша успел ответить, она задала следующий вопрос:

— Еву нашел?

И снова Саша не успел отреагировать достаточно быстро.

— Я тут порылась в ее компьютере... Вообще-то наша главная еще днем велела в него влезть. Но там пароль... Такой сложный! Мы с девочками сначала сами пытались, потом ребят-айтишников позвали, с ними целый день бились, только полчаса назад они его взломали.

— Нашли чего-нибудь?

— Что искали, не нашли. Но зато, когда ребята ушли, я уже в порядке личной инициативы прошлась по ссылкам сайтов, которые Ева Германовна за последние дни просматривала. И это все различные туристические направления.

Ева собиралась куда-то ехать отдыхать?

— Интересно.

— И от одной турфирмы пришло сообщение с просьбой оценить работу их менеджеров.

— Значит, Ева к ним обращалась. Иначе бы они не прислали такое сообщение.

— Я тоже так подумала. Позвонила в эту фирму, представилась сестрой их клиентки и сказала, что та в диком восторге от своего отдыха, который они ей организовали. И что я хочу сделать ей сюрприз, приехать к ней всей семьей — семь человек.

— И они тебе поверили?

— Саша! Это же семь туров! Конечно, они мне поверили. В общем, Ева отдыхает в семейном пансионате «Солнечный плес». Это Ленинградская область, километров семьдесят от города. Съездишь?

Саша онемел.

— Понимаешь, я сейчас несколько занят.

— Сегодня я бы тебя и не стала просить. Понимаю, набегался за день, намотался. Ты завтра съезди! Утром!

И что мог сказать Саша? Учитывая тот факт, что просила его не какая-нибудь посторонняя женщина, а его родная мать. Разумеется, Саша согласился.

— Хорошо, завтра съезжу.

— Очень хорошо. Адрес я тебе прямо сейчас пришлю.

И действительно, не прошло и минуты, как Саша получил сообщение. Мама прислала адрес пансионата, в котором зависала Ева Германовна. Саша глянул, и брови его поползли вверх. Пансионат «Солнечный плес» находился в поселке Сиверский. А как раз в соседнем поселке неподалеку от Сиверского — в Суйде, на улице Красной, 15 — проживал покойный господин Малышев. И сверившись с Яндекс-картами, Саша изумился еще больше. Упомянутый пансионат находился всего в паре десятков километров от дома мужчины, убитого в квартире Хильды. Расстояние совсем мизерное, если считать по меркам страны.

Казалось, сама судьба настаивала на том, чтобы завтрашний свой день Саша посвятил этому путешествию. А кто такой был Саша, чтобы спорить с таким авторитетом?

ГЛАВА 6

На следующее утро Саша двинулся в путь как можно раньше. Несмотря на то, что ему пришлось до поздней ночи давать показания в отделении и в постели он провел всего несколько часов, сна у него не было ни в одном глазу. Весной и летом спать хочется значительно меньше, чем поздней осенью и зимой. В темные холодные месяцы Сашу так и подмывало погрузиться в долгую спячку. Заснуть где-нибудь в ноябре, а проснуться уже ближе к марту. Он прямо чувствовал, как организм, дай ему волю, перешел бы на энергосберегающий режим полусна-полудремы.

Каждое утро зимой становилось для юноши настоящим испытанием. Надо было сначала заставить себя открыть глаза, а потом каким-то образом удержать их в этом состоянии. А глаза так и закрывались сами собой. И сладкое сонное оцепенение наползало и, случалось, побеждало. Так что зимой Саша включал у себя на смартфоне сразу пять будильников, каждый с интервалом в десять минут. Это все-таки давало больше шансов, что если он и опоздает, то ненамного.

А летом или весной было совсем другое дело. Просыпаться одно удовольствие. Глаза сами открываются, едва почувствовав первые солнечные лучи.

— Все-таки мы все — дети солнца. Когда солнышко светит, нам и светло, и радостно, и вообще, жить хочется. А как его нету, мы погружаемся в тоску.

Барон, к которому была обращена эта маленькая речь, в ответ лишь подышал.

— Куда мы с тобой сначала поедем? Предлагаю завернуть сперва в Суйду, к Малышеву.

У Барона это предложение никаких нареканий не вызвало. Но Саша все равно решил его обосновать.

— Выехали мы с тобой рановато, — сказал он своей собаке. — Сейчас всего пять утра, на месте будем к шести. В пансионате еще никого на рабочих местах не будет. Зато в доме у Малышева самое время раздобыть свидетелей. В семь люди уже могут уйти на работу.

Вряд ли Малышев жил в доме один. Саша надеялся, что там также проживала вся его семья. А в рабочие дни жители пригородов ездят в Питер на первых электричках. И чтобы поспеть на них, вставать им надо ранехонько, ни свет ни заря.

— Вот мы до их отъезда и поспеем с ними поговорить.

Расчет Саши оправдался. В поселок он прибыл в десять минут седьмого. Но дальше начались чудеса. Упомянутый в прописке дом оказался школьным зданием. Небольшое двухэтажное деревянное здание являлось филиалом местной средней школы. Даже снаружи было заметно, что оно отчаянно нуждается в ремонте. С одной его стороны был пожар. И Саше было бы просто страшно приводить сюда своих детей. Того и гляди, либо ветхая крыша обвалится на головы учеников, либо сами стены рухнут.

И судя по поросшему травой и даже молоденькими березками крыльцу, это понимал не один Саша. Жители поселка давно перестали приводить сюда своих детей. Тем не менее здание было обитаемо. На втором этаже в одном из окон на ветру трепыхались чистенькие кружевные занавески. Там явно кто-то жил.

— Хозяева! Откройте!

Саше пришлось стучать довольно долго, пока сверху его не окрикнули:

— Вы к кому?

Голос был женский.

— Я по поводу Малышева Валерия. Вам такой известен?

— Нет... Уходите прочь!

— Но в полиции...

Саша не успел договорить, как тот же женский голос перебил его:

— Простите, как вы сказали? Малышев вам нужен?

— Валерий Иванович. Он прописан по этому адресу.

— Сейчас. Подождите.

Ждать Саше пришлось еще дольше, чем он стучал. Но в итоге из-за угла здания показалась невысокая женщина, которая зябко ежилась от утреннего холодка и куталась в коротенький халатик.

— Что вы там колготитесь? Идите сюда! — махнула она ему рукой. — Вход с этой стороны!

С другой стороны здания оказался служебный ход, который, в отличие от парадного, производил куда лучшее впечатление. Тут были целы ступеньки. И вокруг крыльца были разбиты клумбы, на которых уже пестрели первые анютины глазки и полыхали оранжевые рябчики. Вскоре предстояло выбросить свои цветоносы и шикарным хостам. Но больше всего привлекал глаз большой куст японской айвы. Он был так густо усыпан своими цветочками цвета лососины, что казалось, на нем полыхает огонь.

— Вы простите, я не сразу сообразила, кто вам нужен. Дело в том, что Валера тут давно не появлялся. Года три уж. Как пожар случился, так и все, конец. И прописка его теперь аннулирована.

— А в паспорте штамп стоит.

— Ну, стоять он там, может, и стоит, но силы никакой не имеет. Валерку давно отсюда выписали. Площадь была служебная. Когда его мать школой рулила, то она и Валерку правдами и неправдами оформила к себе на работу. Учителем физкультуры он числился, деньги получал и служебную площадь имел. А когда Ольгу Сергеевну с поста директора школы сняли, то и Валерку в тот же день с его должности поперли. Потому что, скажу вам честно, никаких прав он работать в школе не имел. Я просто не представляю, как Ольге Сергеевне удалось пристроить своего сынка в школу, да еще на должность учителя.

— А что с ним не так?

— Так у Валерки ни образования профильного, ни разряда. И вообще, он уголовник!

— Как это?

— А вы не знали? Валерка сидел. И даже не один раз. А вы по какой причине им интересуетесь?

Саша объяснил, и женщина перекрестилась.

— Господи, какое счастье! — вырвалось затем у нее.

— Счастье?

— Плохо так радоваться чужой смерти, но если бы вы знали, что за тип был этот Валера, вы бы меня поняли.

К этому времени вниз спустился мужчина в спортивном костюме, подтянутый и молодцеватый. Он вопросительно взглянул на Сашу.

А женщина представила:

— Мой муж! Теперь он занимает должность преподавателя физкультуры в старших классах. А я веду занятия у младшеньких.

Вот оно что! А уцелевшую после пожара служебную площадь, надо понимать, занимала молодая семья физкультурника. Видимо, в старой школе имелось небольшое служебное помещение, предназначенное для сотрудников школы. А здешний паспортный стол снабжал пропиской всякого, кто там обитал.

— Валерка для всех был настоящим кошмаром. Это же он нашу школу спалил! Да-да! Обозлился, когда его мать сняли с должности и вообще турнули, и устроил поджог.

— Тамара, это ведь не доказано, — попытался вмешаться мужчина. — И вообще, оно и к лучшему вышло. Старую школу закрыли, а всех в новое здание перевели. Администрация постаралась, ударными темпами стройку закончили. Теперь ребята в чистых светлых классах сидят.

Но женщина упорно стояла на своем.

— Поджог есть поджог! Могли пострадать люди, дети.

— Полыхнуло-то ночью. Никто не пострадал. И следствие не смогло доказать, что Валера поджег.

— А кто еще мог это сделать? Кто грозился, что еще всем покажет? Вот он и показал!

И повернувшись к Саше, она прибавила:

— Это было вполне в его духе. Он всегда решал свои проблемы с позиции силы. Ольга Сергеевна глаза на фокусы Валерки закрывала и сынка своего выгораживала. Но тут и ей сказать было нечего. Видели Валерку, как он бензин на колонке покупал. А зачем покупал? Ни машины, ни мотоцикла, ни даже бензопилы у него в ту пору не было. Ясно, чтобы горело лучше.

— Его посадили?

— В тот раз нет. Но хоть появляться перестал. Мы все тут вздохнули с облегчением. А то как напьется, никакого сладу с ним нет. В драку лезет, орет, скандалит.

— Ничего себе учитель!

— Да учителем он и не был никогда. Числился только на этой должности. А работал за него мой муж. Да кто бы такого опасного человека к детям подпустил. От него же не знаешь, чего ожидать. Буйный очень. И никогда не известно, когда его переклинит. Вроде бы все нормально, стоит, с человеком разговаривает. Тихо-мирно, но вдруг что-то Валерке не понравится, глядишь, уже в глаз собеседнику заехал или за горло схватил. А жен своих как колотил! Господи! Сколько раз соседи этих баб полуживых от кулаков Валерки водой отпаивали.

— Что же никто на него управы найти не мог?

— А как найдешь? Заявление в полицию не принимают. Мол, свои люди, сегодня поссорились, завтра помиритесь. В суд идти... Ну, одна женка, когда ее Валерка ножом в живот пырнул, пошла с ним судиться. После больницы у нее все документы на руках были. Так что думаете? Дело-то без свидетелей было. Она судье одно, Валерка другое. И отпустили его. Мол, доказательств нету, что это он жену свою ножиком почикал. Можно подумать, что все его прежнее поведение не показатель.

— Возмутительно!

Саша был искренне возмущен, хотя и знал, что Тамара говорит чистую правду. Полиция да и судьи крайне редко и неохотно идут на принятие каких-то конкретных мер, когда дело касается супружеских ссор. И потому такие мужья-тираны способны долгие годы отравлять существование своих близких. Но Сашу интересовало сейчас другое.

— Кто мог общаться с Валерой в последнее время?

Супруги-физкультурники переглянулись.

— Может, Ольга Сергеевна знает? Она же его мать. И сынка своего всегда выгораживала и обеляла. Вряд ли она даже после всех его художеств от сына своего отвернулась.

— А где же ее искать?

— У нее в Вырице домик свой есть. Там она сейчас и живет. На пенсии. Домик рядом с церковью. Туда ходит, свечки ставит. Адрес мы вам дадим.

После разговора с четой физкультурников Саша отправился в поселок Сиверский, дабы наведаться там в пансионат «Солнечный плес». Он рассудил, что в гости к матери убитого хулигана и дебошира Валерки Малышева можно пойти и позднее. Если женщина на пенсии, то никуда не денется. Часы показывали без пяти минут восемь. В пансионате начинали работать все службы, и самое время Саше было туда отправиться.

Пансионат Саша нашел без всякого труда. И навигатор помог, и многочисленные указатели вдоль дороги правильно привели его к месту назначения. Пансионат был невелик и появился тут сравнительно недавно. Аккуратные коттеджи и одно центральное здание. Именно в него-то Саша и направился.

Вошел и прямо зашатался. На первом этаже корпуса так восхитительно пахло жареной ветчиной, свежим кофе и еще какими-то ароматами, которые разносились из ресторана, что у голодного парня даже голова закружилась от желания все это немедленно попробовать. Но он лишь мужественно сглотнул подступившую слюну и напомнил самому себе, что первым делом, первым делом самолеты, ну а барышни, а барышни потом.

Сам восхищаясь в душе своей выдержкой, он подошел к стойке администрации и осведомился насчет двух отдыхающих дам, которых отчаянно хотел бы увидеть. Саша исходил из той версии, что Хильда не оставит подругу в беде и отправится куда бы то ни было вместе с ней.

— Это моя тетушка с ее приятельницей. Отдыхают второй день. Соскучились. Звали меня к ним приехать, вот я и приехал. А найти не могу. Не подскажете, в каком номере они остановились?

И Саша лучезарно улыбнулся приветливой девушке, которая выполняла роль администратора.

Видимо, улыбка у Саши получилась что надо, потому что девушка тут же ответила:

— Номер у них тридцать два. А вы привезли с собой их паспорта?

Саша хотел сказать, что никаких паспортов у него при себе нет, но замешкался. Если девушка спрашивает, значит, что-то тут не в порядке.

И он воскликнул:

— Так я ради этого и приехал!

— Прекрасно. А то у нас не принято заселять в номера по водительским правам. Конечно, мы сделали исключение, всегда готовы пойти навстречу постояльцам, но вы же понимаете, правила есть правила. Нужны паспорта.

— Сейчас же отыщу тетушку и отдам ей паспорт. А тридцать два — это как понимать?

— Это означает третий домик, номер два. Номер вашей тети находится на первом этаже. Но сейчас у них время завтрака. Думаю, что вам стоит поискать свою тетушку в зале нашего ресторана.

Это предложение милой девушки как нельзя лучше сочеталось с желаниями самого Саши.

— А меня тоже покормят в вашем прекрасном ресторане?

— Если оплатите на кассе завтрак, обязательно накормят.

Оплата прошла удивительно быстро. Саша немного опасался, что его сперва заставят заполнить договор на получение услуги — завтрак, потом попросят этот договор подписать у директора, потом поставить печать у главбуха, но нет, обошлось. Взяв деньги у Саши, кассирша улыбнулась и просто выдала чек, с которым парень и прошел в зал ресторана.

Завтрак был сервирован в виде «шведского» стола. Каждый мог подходить и брать себе любое приглянувшееся ему блюдо. Любое! Видел бы это Барон! Но пес дожидался своей порции в машине. И Саша пообещал самому себе, что возьмет для собаки его любимого омлета и еще обязательно прихватит колбаски с сыром. Саша положил себе приличную порцию и сел завтракать. Столик он занял с таким расчетом, чтобы все время держать на виду входную дверь. Завтрак — дело хорошее, но упускать из виду свою главную цель он тоже не собирался. Как только Ева Германовна с Хильдой войдут сюда, он тут же направится к ним.

Но Саша не учел одно обстоятельство. В ресторане были окна. А через эти окна были видны все, кто находился внутри. Поэтому сам он был, что называется, как на ладони. Если бы Ева или Хильда пошли завтракать, то первыми бы увидели Сашу именно они. И еще не факт, как бы они отреагировали на его появление. Это был промах, о котором Саша даже не подозревал. Сидел себе, пил кофе, ел бутерброды и, как ни удивительно, взял себе порцию молочной каши.

Когда с завтраком было покончено, а поток отдыхающих поредел, Саша рассудил, что нечего ему тут рассиживаться. Наверное, Ева Германовна не будет сегодня завтракать. И нечего ее тут ждать. Саша вернулся к машине, где угостил Барона припасенным для того омлетом. И вдвоем — сытые и веселые — они двинулись к домику под номером три. Но там веселость Саши быстро пошла на убыль. Номер был закрыт. И на террасе домика, где гости могли принимать солнечные или воздушные ванны, никого похожего на Еву Германовну или Хильду тоже не оказалось. Саша внимательно оглядел домик и понял, что Евы Германовны тут тоже не наблюдается.

Он кинулся за помощью к кому-нибудь из администрации, но нашел лишь горничную, которая развела руками:

— А в этом номере никого нет.

— Как же так? Там должны проживать две женщины.

— Не знаю. Вчера к нам приезжала только одна.

— Все-таки приезжала! А как она выглядела? Опишите! У нее была борода?

— Что вы! — засмеялась женщина. — Симпатичная блондинка с короткой стрижкой. Одета элегантно, чуточку полная, но это ее не портит.

— Ева Германовна! Она тут была!

— Да, но совсем недолго пробыла. Зашла в номер и почти сразу вышла. Потом спросила, одна я тут работаю или с кем-нибудь в смене. Я сказала, что одна. Тогда она дала мне тысячу рублей и попросила не убирать в ее номере.

— Не убирать? Наверное, вы хотели сказать убирать?

— Нет, она так и сказала, не убирайте там, пожалуйста. И ушла. Больше я ее не видела. И ночью она не появилась.

— Когда же это было?

— Вчера. Где-то после полудня.

Значит, покинув комбинат, Ева Германовна отправилась прямиком в «Солнечный плес». Но тут она тоже не стала задерживаться. Зашла в номер и сразу вышла. Но зачем она приезжала? И почему настойчиво требовала, чтобы в ее номере не проводили уборку? Может, потому, что хотела, чтобы там оставалось все на своих местах? Чтобы там было все точно так, как было в тот момент, когда сама Ева Германовна посетила свой номер?

— Могу я осмотреть этот номер?

Горничная замялась. Саша правильно понял заминку, вдруг возникшую в их беседе, и достал из бумажника деньги. После того как очередная тысячная купюра перекочевала в руки к горничной, она мигом подобрела, вновь обрела былую словоохотливость и разрешила Саше посетить номер Евы Германовны.

На первый взгляд в номере не было ничего интересного. Номер как номер. Стандартный. Две кровати. Между ними тумбочки. Платяной шкаф. Телевизор. Холодильник. Стол и два стула. Как говорится, ничего лишнего. Никаких личных вещей, которые могли бы указать на личность бывшего тут постояльца, не наблюдалось. Лишь высоко под потолком было нацарапано имя некоей Светы и рядом с ним неприличное слово. Но когда Саша обратил на это внимание горничной, та заявила, что эта надпись красуется тут еще с зимы.

— После Нового года появилось это украшение. Компания тут веселая жила, парни девок между собой не поделили, передрались все и уехали. Конечно, за ущерб с них высчитали. Директор все обещает ремонт на эти деньги сделать, да все ему что-то недосуг.

Все ясно. Деньги эти директор давно положил себе в карман, а Света так и осталась... Все как обычно.

Саша чувствовал растерянность. Он понимал, что должна была быть какая-то причина, по которой Ева Германовна приезжала сюда. Зачем-то ведь она заходила в этот номер. А зачем? Что она тут делала? Саша заглянул в ванную, но и там не нашел ни следа пребывания постороннего человека. Вернулся в комнату, осмотрел все полки шкафа, включая самую верхнюю. Придвинул стул и заглянул на сам шкаф.

— Вы что-то ищете?

— Да.

— А что?

Если бы Саша это знал!

— Вы в тумбочке посмотрите. Вещи чаще всего в тумбочках забывают.

Но и в тумбочках ничего не обнаружилось. Не порадовал Сашу и ящик стола. Да что же это такое? Где он еще не смотрел? Барон внезапно полез под кровать. Кровать была низкой, но Барон старательно работал лапами, стараясь протиснуться поглубже. В полном отчаянии Саша шмякнулся животом на пол и... О, чудо! Под одной из кроватей что-то виднелось.

— Там что-то есть.

— Да ну?

Саша протянул руку, но у него ничего не получилось.

— Барон... Бароша... Подай!

Пес старался изо всех сил добраться до нужного хозяину предмета.

— Он же весь паркет исцарапает! Осторожней!

Но Барон уже разворачивался назад. Он сделал свою работу, изрядно извозившись при этом в пыли. Честь и хвала здешней горничной, она и впрямь соблюла договор и не делала уборку в этом номере ни вчера, ни сегодня. Впрочем, как и неделю назад, и, наверное, месяц. И вот среди этой пыли Барон обнаружил твердый прямоугольник, который и принес в пасти своему хозяину. Саша взял его и осмотрел. Находка оказалась фотокарточкой. На ее оборотной стороне было всего три слова «Отдать в полицию».

Одного взгляда на фотографию Саше было достаточно, чтобы понять, это именно то, ради чего он сюда пришел. Именно эту вещь по какой-то причине оставила в номере Ева Германовна. Оставила, точно зная, что за ней придут.

— Чего нашли-то?

— Фотографию.

И Саша помахал фоткой. Лицо горничной вытянулось. Она явно надеялась, что предмет будет дорогим и стоящим. За такую находку вполне можно было бы стребовать с Саши еще дополнительное вознаграждение. Но при всей ее алчности у горничной язык не повернулся потребовать позолотить ей ручку за фотографию. Очень уж ничтожной показалась ей находка.

А вот Саша думал иначе. Он чувствовал, что расследование наконец-то сдвинулось с мертвой точки. И еще как сдвинулось. В его руках была фотография, оставленная для него самой Евой Германовной. Ну, или не для него, но все равно, Ева Германовна явно пыталась с помощью этой фотографии им всем что-то сказать. В том, что фотография была оставлена именно Евой Германовной, у Саши сомнений не было.

— Во-первых, на этой фотке нету и следа пыли, — объяснял он Барону, когда они уже катили по дороге. — А ты сам видел, какая там под кроватью пылюка.

Барон пренебрежительно чихнул. Мол, не напоминай, до сих пор в носу свербит.

— А сама фотография чистенькая. Из этого следует, что она пролежала под кроватью совсем недолго, иначе сама тоже была бы покрыта пылью. Теперь что у нас во-вторых... А во-вторых у нас личность на снимке.

И Саша показала Барону фотографию, словно бы тот мог что-то понять. Барон фотографию обнюхал очень осторожно и вопросительно взглянул на своего хозяина. Мол, мое дело маленькое, найти и принести. А выводы ты уж делай сам. И Саша пытался.

Честно говоря, фотография была незаурядной. На ней была запечатлена темноволосая женщина, на подбородке у нее была борода. Аккуратно подстриженная черная борода, отливающая немного синим. Изображение этой женщины Саша уже видел в той квартире, где убили Малышева.

— Голову готов поставить в заклад, что это та самая Брунхильда. Но что она делает? Хотел бы я это знать.

Брунхильда была сфотографирована на фоне какой-то стены, на которой была нарисована пестрая птица с длинным хвостом.

— Надо полагать, это павлин. Похож.

Брунхильда явно специально позировала для этой фотографии. И позу она приняла весьма причудливую. Одной рукой она указывала куда-то вверх и немного влево, на этой руке у нее лежала булочка с маком. Сдобу было хорошо видно. Саша отлично знал, что такие булочки пекли на комбинате Евы Германовны. Сколько раз он сам наслаждался их вкусом! Булочки были покрыты сверху вместо глазури темным шоколадом. И это сочетание мака и шоколада очень нравилось юноше.

В другой руке Брунхильда держала прозрачный целлофан, в котором лежала банка зеленого горошка, майонез, колбаса и морковка, соленый огурец, картошка в мундире и пара белых яиц. Этой рукой Брунхильда указывала куда-то вправо от себя и тоже вверх. И наконец, левую ногу Брунхильда держала поднятой вверх, и к ней был прикреплен кусок сырого мяса, если Саша не ошибался, говядины.

Что должна была означать данная композиция, Саша решительно отказывался понимать. Но что-то она должна была значить. Иначе Ева не стала бы ее снимать. И уж точно, не стала бы заморачиваться, чтобы эту фотографию спрятать.

— Да еще спрятала она ее в таком месте, где ее обязательно должны были найти. Как только выяснится, что в КПЗ сидит совсем не Ева Германовна, а совершенно другая тетка, просто похожая на нее внешне, то полиция немедленно отрядит на поиски сбежавшего финансового директора целый отряд сыщиков. И нетрудно догадаться, что они очень скоро вычислят «Солнечный плес», явятся туда и найдут... А ничего они там уже не найдут. Потому что фотография-то, она вот у кого!

Саша совершенно искренне радовался, то и дело с удовольствием поглядывая на свой трофей, до тех пор, пока внезапно не понял, что дорога, по которой он ехал, совершенно ему не знакома. Внезапно справа у дороги мелькнул указатель «Вырица». И Саша понял, что помимо своей воли он приехал туда, куда и ехать уже не собирался. Ведь странная фотография Хильды до такой степени вскружила парню голову, что он рванул прямиком в город, совсем забыв о дополнительной цели своего путешествия — матери Валерия.

ГЛАВА 7

Саша рассудил, что раз уж он тут, то глупо будет отказываться от встречи с Ольгой Сергеевной.

— Попытаюсь поговорить с ней о сыне. Может, она объяснит, как Валера оказался в квартире, где жили Хильда с Евой.

Но внезапно навигатор словно сошел с ума. Сначала он послал Сашу по проселочной дороге, которая извивалась вдоль берега речки. Дорога эта с самого начала не внушала Саше доверия, но навигатор упорно советовал двигаться по ней прямо. И Саша двигался.

— Прямо триста метров.

Но дорога впереди стала такой узкой, что пройти по ней можно было разве что пешком.

— Сверните направо.

Какое там направо! Направо была река.

— Ты что, милая? — укорил Саша навигаторшу. — Ты никак смерти моей хочешь?

И продолжал двигаться прямо.

— Маршрут перестроен. Через сто метров поверните налево.

— Нет, что я тебе сделал?

Слева от Саши на протяжении всего пути тянулись чьи-то заборы. И куда тут сворачивать? Наконец, Саша уперся в такую огромную лужу, соваться в которую не решился. Объехать ее тоже не было никакой возможности. Со всех сторон дорогу окружали сосны, чьи мощные узловатые корни создавали непроходимую преграду. Пришлось возвращаться назад и спрашивать у местных жителей, как проехать до дома Ольги Сергеевны. Люди оказались куда надежней электроники. Наши граждане Сашу не подвели. Они охотно надавали ему зараз столько указаний, что их хватило бы доехать и до Парижа. Одна предприимчивая бабуля даже предложила сесть к Саше в машину, пообещав показать ему дорогу, если сначала он подвезет ее до станции.

До станции Саша ее довез. А потом довольно быстро выехал к нужному ему дому. Вот только Ольги Сергеевны дома не было.

Навстречу Саше вышла совсем молоденькая девушка лет шестнадцати-семнадцати, которая ему и объяснила:

— Ольга Сергеевна сейчас у отца Серафима.

— А не подскажете, где мне его искать?

Девушка взглянула на Сашу с недоумением и вроде бы даже тревогой, но взяла себя в руки и доходчиво растолковала дорогу. Оказалось, что это совсем близко. Саше нужно было проехать две улицы.

— Всего-то! — обрадовался парень. — Спасибо!

Но девушка, выйдя за ним на дорогу, еще долго смотрела ему вслед. Саша тоже поглядывал в зеркало заднего вида. Чего таить, девушка ему приглянулась. Молоденькая, конечно. Но подрастет когда-нибудь. А вот ее удивления он взять в толк никак не мог. Саше на минуту даже досадно стало. Красивая девушка, а так смотрит, словно он провинился в чем-то. Ну, не знает Саша этого ее отца Серафима, так что с того? Не может он знать всех священнослужителей здешней епархии.

Так он и доехал до нужной ему улицы. И сразу увидел большой храмовый комплекс. В отличие от городских храмов, этот был полностью сложен из бревен. Большие бревна, аккуратно подогнанные одно к другому, складывались в удивительно гармоничное строение со многими скатами и перекатами, увенчанное колокольней и куполами с крестами. На мгновение Саша притормозил в воротах. Никогда не был особенно верующим, но тут вдруг рука сама потянулась, чтобы совершить крестное знамение. Останавливал лишь стыд, что подумают люди? Молодой парень, а крестится, словно старая бабка.

Но в этот момент рядом с Сашей остановилась молодая пара. Мужчина был едва ли чуть старше Саши. Но он, ничуть не стесняясь, уверенным движением сложил пальцы щепотью и размашистыми движениями, вытянувшись во фрунт, перекрестился. Лоб, правое плечо, левое, живот. Женщина в красивом шелковом платке повторила его движения с присущей ее полу мягкостью и изяществом.

— Ну что? Пойдем сразу к преподобному или сначала в храм?

— Сначала в храм зайдем.

И эта пара поднялась на высокое крыльцо по широким и удобным для ходьбы деревянным ступеням. Проводив их взглядом, Саша отвлекся на других посетителей этого места. Напрасно он боялся, что наткнется на одних святош в балахонах. Все посетители выглядели совершенно светскими людьми. Были тут и мужчины, и женщины. Пожалуй, мужчин было даже больше. Возле источника столпилось несколько человек с пластиковыми канистрами в руках. Некоторые приволокли с собой бутыли от кулеров, другие держали в обеих руках до десятка канистр. Чувствовалось, люди делают запас для всей семьи.

Саша попросил напиться, и его сразу пропустили без очереди, при этом люди приветливо улыбались и говорили ему что-то приятное. Советовали пить побольше, вода от самого батюшки Серафима. Как такое могло быть, Саша не очень-то хорошо понимал. Но вода из крана и впрямь текла какая-то удивительно вкусная. Она была такая холодная, что от нее сразу же сладко заломило зубы. Но казалось, напиться ею невозможно. Такую вкусную воду Саше раньше приходилось пробовать лишь однажды, высоко в горах, когда в туристическом походе после целого дня трудного пути они все же добрели до горного родника.

Напившись так, что казалось, он сейчас лопнет, Саша пошел дальше. Да, место приятное. Чем дольше он тут находился, тем сильней ему тут нравилось. Всюду растут высокие сосны. Земля под ногами мягкая и пружинит, потому что усыпана опавшей хвоей. Вокруг храма по каменной дорожке шли какие-то люди. Это была экскурсия, специально приехавшая сюда на автобусе из города.

— Храм освящен во имя иконы Казанской Богоматери, — услышал Саша слова экскурсовода. — Изначально был выстроен как летний храм для поселившихся в поселке «Вырица» дачников. Внутри храма сейчас располагается иконостас, спасенный из Петрограда в двадцатые годы. Иконостас был вывезен из разоренной большевиками церкви во имя пресвятого Николая Угодника, которая располагалась в детском приюте на Косой линии. Чтобы ознакомиться с иконами храма, зайдем внутрь. Пожалуйста, женщин прошу прикрыть платками головы. Мужчины, наоборот, снимите головные уборы.

Заинтересовавшись, Саша вошел следом за экскурсантами. И дух у него снова захватило. Пожалуй, даже сильней, чем в воротах. Какая красота! А какой запах! Пахло деревом, пахло воском, пахло чем-то очень сладким и в то же время приятным. Не было духоты, которая случается в каменных зданиях при большом стечении народа. Недаром говорят, что деревянное здание дышит. Само дерево пропускало внутрь кислород, обогащая и очищая его. Но тут было что-то еще, что-то такое, чему Саша не мог подобрать объяснения. Отчего-то на глаза навернулись слезы, захотелось присесть и подумать о том вечном, о чем в суете повседневной жизни обычно забываешь.

Саша так и сделал. Присел на лавочку и погрузился в какое-то оцепенение. Он все слышал, все сознавал, но мысли его витали где-то далеко. Саша же смотрел и не мог налюбоваться на убранство храма. Резное дерево было тут повсюду. Это было так красиво, что парень даже перестал двигаться, чтобы не спугнуть эту красоту. Но все проходит. И постепенно мысли Саши как-то потихоньку вернулись к делам земным. Он вспомнил, зачем приехал в Вырицу.

Вспомнил, что ему нужно найти Ольгу Сергеевну, которая отправилась к отцу Серафиму. Но где же его искать?

И стоило Саше подумать так, как он вдруг увидел ту пару молодых людей, с которыми столкнулся в воротах. Они стояли у маленькой лавочки в углу у двери, в которой строгая сухонькая старушка неторопливо торговала свечками и прочим церковным товаром. Саша уже раньше пытался расспросить ее про Ольгу Сергеевну, но старушка так на него шикнула, что он отскочил от нее в страхе.

— Ну что теперь? — спрашивал супруг у жены. — Все требы мы с тобой заказали?

— Да.

— Теперь можно уже и к отцу Серафиму зайти поздороваться?

— Можно.

И молодые люди двинулись к дверям. А Саша навострил уши. Ага! Они пошли к отцу Серафиму! Уж не тот ли это батюшка, которого должен разыскать и сам сыщик? Наверняка тот самый. Вряд ли в этом приходе есть сразу несколько священнослужителей с таким именем. И Саша последовал по пятам за молодой парой. Далеко они не ушли. Обогнули храм и оказались перед маленькой часовенкой. Тоже деревянная, сложенная из бревен, она была украшена маковкой с крестом. И внутри нее оказалась удивительно спокойная и умиротворенная атмосфера.

Молодая пара подошла к надгробию, забранному в красивую деревянную раку, на которой была изображена человеческая фигура в длинном церковном облачении. Вытянувшись в полный рост, мужчина, казалось, спал. Лик его был спокоен. С левой стороны от входа в часовню стояло еще одно надгробие, также деревянное и также прикрытое сверху стеклом. Сделано это было для того, чтобы особенно усердные граждане не бились лбами о само надгробие.

Мужчина поклонился у правого надгробия, обошел его, перекрестился перед иконой старца в темном облачении и с удивительно пронзительным светло-голубым взором, а затем вернулся на свое место у входа. Женщина следом за ним совершила тот же ритуал. А затем вдруг запела удивительно красивым и высоким голосом:

— Господи поми-и-илуй! Господи поми-и-и-луй! Господи поми-и-илуй!

Голос ее звучал все выше, все чище, так что Саша, несмотря на снедавшее его нетерпение, невольно заслушался ее особенно звенящим в тиши часовни пением.

Когда женщина умолкла, супруг ее произнес:

— Отце Серафиме! Моли Бога о нас, грешных.

Оба перекрестились, поклонились до земли, повернулись и вышли. Саша поспешно выскочил за ними. Больше ждать он не мог.

— Простите, — остановил он молодых людей, — вы ведь сейчас к отцу Серафиму собираетесь пойти? Можно мне с вами?

Оба остановились и взглянули на Сашу с изумлением.

— Да мы ведь все только что от него. Вы вместе с нами тоже были у отца Серафима.

— Я не был, я только хотел, — замотал было головой Саша, но тут же замер и оглянулся на часовню. — Так это... это вы отцу Серафиму сейчас пели?

— Преподобный Серафим Вырицкий упокоен тут вместе со своей матушкой Серафимой. В этой часовне место для молитвы им обоим.

Дав разъяснения, молодые люди сразу ушли. А Саша растерялся. И где ему теперь искать Ольгу Сергеевну? В часовне ее нету. Там никого нету, кроме самого преподобного и его матушки. Куда же пойти теперь Саше? Вернуться в храм? Или пойти вон в то здание, возле которого наблюдается скопление народа. Может, там знают про Ольгу Сергеевну? Видневшееся сквозь ветки сирени здание оказалось трапезной. И Саша мысленно поздравил самого себя. После съеденного завтрака он уже опять успел проголодаться. Взял чаю из самовара и пирожков.

— Вы садитесь, кушайте спокойно, — приветливо улыбнулась ему молодая женщина. — А Ольга Сергеевна подойдет минут через десять. Я скажу, что вы ее разыскиваете.

Саша присел за столик к ребятам-подросткам, которых тоже привезли на экскурсию. Саша пил чай и поглядывал на пирожки. С какого же начать? Вон с того золотистого и овального с рисом и грибами? Или первой ему попробовать ватрушку с творогом? Вон она какая пышная, и творога в ней много. Или взять калитку с картошкой, вон она какая жирная да сытная. Но сколько ни прикидывал про себя Саша, есть ему отчего-то расхотелось. Такие аппетитные и румяные пирожки даром стыли на тарелке.

Внезапно Саша услышал шепот:

— На один только хватит.

— Что нам один пирожок, когда нас трое?

— Лучше один, чем совсем ничего.

Саша повернул голову и взглянул на сидящих вместе с ним за столиком ребят. Одеты они были очень просто. Дешевые спортивки. Драные кроссовки. Похоже, ребята из бедных семей. И голодные. И есть им в отличие от Саши очень хочется. И Саша придвинул им свою тарелку, на которой горкой лежали пирожки.

— Берите!

Ребята широко распахнули глаза.

— Угощайтесь, — сказал Саша и неожиданно для себя добавил: — Во славу Божью!

Вот как на него подействовало пребывание в этом месте. Ребята не заставили себя упрашивать дважды. Пирожки мигом исчезли с тарелки. А вместе с ними испарились и мальчишки, решившие, видимо, что лучше им будет съесть свою законную добычу где-нибудь в другом месте. Перестраховаться оно ведь никогда не помещает. А то вдруг добрый дядя пожалеет о своей нечаянной доброте и примется требовать с них пирожки взад. И как тогда быть?

— Вы меня ждете?

Саша поднял глаза. Рядом с его столиком стояла высокая худощавая женщина. Она была одета во все черное. Но страшно не было, может, потому что из-под черного платка светились чистые светлые глаза.

— Вы Ольга Сергеевна?

— Да. В храме была. Заказывала поминальную по сыну.

Значит, она уже знает! И, видимо, давно, если успела переодеться в траур. Саша взглянул на женщину, ожидая увидеть на ее глазах слезы, но их не было. Женщина была удивительно спокойна.

— Ваш сын — Валерий Малышев? Сожалею, но он погиб.

— Я знаю.

— Откуда? Вам кто-то звонил?

Саша спросил и тут же обругал себя. Ну и дурак же он! Конечно, Ольге Сергеевне должны были звонить из полиции. Она же ближайшая родственница пострадавшего. Следователь выяснил телефон женщины и позвонил ей, наверное, еще вчера.

Но к его удивлению, Ольга Сергеевна отрицательно покачала головой:

— Никто не звонил. Сон мне нынче ночью был. Видела своего Валеру. И такой он печальный был, такой бледный, и таким холодом от него веяло, что я проснулась и сразу поняла, все! Кончено. Пошла в храм, а тут и вы.

— Вы совсем не плачете.

— Все слезы, которые у меня были, я уже при жизни сына выплакала. А теперь... Горько так говорить, Валера мой сын, но столько от него людям горя было, что уж и не знаю, наверное, лучше, что он умер. Расскажите, как он погиб? Его убили?

— Да. И я пытаюсь узнать, кто это сделал.

— Не надо, — покачала головой женщина. — Кто бы это ни сделал, Бог ему судья.

— Нет, так нельзя. Преступник должен быть наказан. А то он снова что-нибудь похожее сделает.

— Вряд ли убийство Валеры можно считать злым делом. Этим поступком преступник избавил множество людей от страданий, которые им причинял мой сын.

— По-вашему получается, ваш сын какое-то чудовище.

— Так оно и было, — спокойно согласилась женщина. — Но теперь это все в прошлом. Внял

Господь моим молитвам, усмирил нрав моего сына.

— А мне говорили, что вы во всем выгораживаете и покрываете своего сына.

— Так и было до известного предела. Но после того, как Валера напал на меня и избил, я долго лежала в больнице. Не так болели сломанные ребра и челюсть, как сердце. Раскрылись у меня глаза на то, какое чудовище я вырастила. Поняла я, как жесток может быть мой сын. Все, что про него мне говорили дурного, все правда! Если даже меня — свою мать, от которой ничего, кроме добра и снисхождения, он никогда не видел, он не пожалел, что же говорить про других людей. Страшно мне стало. Жить расхотелось. Но я понимала, моя вина в том, что Валера стал таким, тоже есть, и немалая. Ведь это я его родила, я его воспитала, значит, и ответственность тоже нести предстоит мне. Тогда-то я и пришла к Богу.

— И когда это было?

— Три года назад.

Видимо, ссора Валеры с матерью совпала с пожаром в школе и изгнанием самого Валеры с занимаемой должности.

— И с тех пор вы со своим сыном не виделись?

— Почему же? Виделась.

— Значит, вы в курсе его дел? — обрадовался Саша. — Знаете, с кем ваш сын жил, с кем общался? Кто были его друзья?

— Друзей у Валеры не было, одни жертвы. А вот жил он последнее время с одной очень симпатичной женщиной. Имя у нее было замечательное — Ева.

Саша чуть не подпрыгнул вместе со своим стулом. Ева! Уж не их ли Ева Германовна угодила в лапы садиста Малышева? При известной всем тяге Евы Германовны к негодяям, скорей всего, это была именно она.

— Мне она нравилась. И мне даже одно время стало казаться, что у них с Валерой что-то может получиться. Сын перестал быть таким бешеным, в ее обществе он сделался как-то спокойней, уравновешенней. Но потом он что-то натворил, что именно, я не знаю, но сын сказал, что Ева от него ушла. Квартиру оставила, машину, все, а сама ушла. И с тех пор Валера стал хуже прежнего.

— В каком это смысле?

— Он стал просто опасен для окружающих его людей. Очень уж вспыльчивый стал у него в последнее время характер. Сын всегда был неуравновешенным, легко впадал в гнев, но все же при желании мог держать себя в руках. Правда, желание такое у него появлялось редко. Но все-таки мог. А вот в последние месяцы мне стало казаться, что он бы уже и не смог себя удержать от... чего-то ужасного.

— А что с Евой?

— Так вот, когда Ева от Валеры ушла, он просто взбесился. Кричал, что он это так просто не оставит. Что она еще поплатится за свое предательство. В общем, совершенно обезумел. Я думала, что у него это пройдет, что ненависть пойдет на убыль, но он лишь разжигал ее в своем сердце. Ева тоже виновата. Она ушла и оставила все нажитое у Валеры. И мебель, и технику, и одежду. Все оставила! Даже машину! Даже квартиру свою оставила моему сыну. Вот уж вовсе глупость!

— Чем же вы недовольны? Радоваться нужно. Ваш сын остался при полном параде. Квартира обставлена. Гардероб полон. Машина и та имеется.

— Так ведь не на доброе сын это стал тратить, а на злобу свою. Чтобы следить за Евой, чтобы ее донимать, Валере нужны были деньги, нужна была машина. А вывезла бы Ева все купленные ею вещи, забрала бы у Валеры машину, выставила бы его самого вон, и вопрос бы решился постепенно сам собой.

— Не понимаю.

— Валера нигде не работал. Деньги ему было взять неоткуда. Он бы позлился недельку, да и утих. На голодный желудок особенно долго бунтовать не станешь. Ну, день будешь злиться, два, три, а потом так голод припрет, что поневоле задумаешься, как кусок себе добыть, чтобы ноги не протянуть. Новые дела в связи с этим появятся, новые заботы. Некогда будет за обидевшей тебя женщиной гоняться. А так у Валеры никаких забот не было, кроме как сидеть и думать о том, как Еве пострашней отомстить. Продаст себе что-нибудь из запасов и дальше планы зверские строит.

Сынок Ольги Сергеевны с каждым ее словом становился Саше все менее и менее симпатичен.

— Валера буквально изводил Еву своими домогательствами. Он ей звонил с угрозами, преследовал, несколько раз даже пытался на нее напасть, затащить в машину... Не знаю, что он мог с ней сделать. Даже страшно подумать, чем все это могло закончиться для Евы.

При этих словах как-то очень кстати Саше вспомнился пистолет, найденный им в кармане куртки Малышева. Уж не по душу ли Евы было это оружие?

— Бедняжка Ева! Она совсем не заслуживала такого к себе отношения.

— Значит, ваш сын не хотел ее отпускать?

— Ну конечно! Она же его поила, кормила и всячески опекала. Да он у нее как сыр в масле катался! Ева его обожала. Жить бы ему да радоваться. Но сын своим буйным нравом все испортил. А признаваться, что сам виноват, не пожелал. Поспешил обвинить во всех своих бедах Еву. Как он ее только не обзывал! И проституткой, и еще хуже. Я не могла это слышать, ведь это все была ложь.

— Вы сказали, что ваш сын несколько раз пытался напасть на Еву.

— Да. Но ей везло. Один раз ей на помощь пришли какие-то люди. Просто чудо в наше время, но такие люди нашлись. Другой раз у Евы при себе оказался электрошокер, и она им успешно воспользовалась. Думаю, что тут сыграл свою роль фактор неожиданности. Валера никак не ожидал, что Ева окажет ему сопротивление. Привык к ее покорности, а тут вдруг такое... Но на третий раз он подготовился. Приобрел где-то пистолет. Сказал, что под угрозой оружия заставит Еву сесть к нему в машину, потом вывезет ее в лес и там будет судить ее, вынесет приговор и приведет его в исполнение.

— Приведет в исполнение? Что это значит?

— Был такой случай, когда Валера повесил женщину на березе... Нет, не пугайтесь, это было не с Евой, а еще с первой его женой. Да, забыла сказать, мой сын только официально ходил в ЗАГС восемь раз. Сколько у него было внебрачных связей, даже я не знаю. А ведь он погиб совсем не старым человеком. Но увы, ни одна женщина больше трех лет рядом с ним не задерживалась. Три года — это был рекорд, который Валера поставил со своей первой женой. Наверное, он тогда еще не был так страшен, поэтому Света столько времени с ним и продержалась. В общем, от первой жены у Валеры есть дочь. Если вы заходили ко мне, то вы ее видели. Чудесная девочка. День и ночь благодарю Бога за то, что она у меня есть. Она не унаследовала от своего отца ни единой его дурной наклонности. Иногда я даже думаю... Может, она вовсе и не дочь Валеры. Если так, то это даже к лучшему, потому что ничего хорошего от Валеры произойти не могло.

— Вы что-то говорили про березу...

— Так вот, случилась эта история, когда Валера заподозрил свою первую жену в измене. Вывез ее в лес, судил, приговорил к смерти и повесил на суку березы.

— Повесил? — ошеломленно произнес Саша. — Как повесил?

— Обыкновенно. За шею.

— Он убил ее!

— Нет, позвонки он ей не сломал. Подтянул осторожно, дождался потери сознания, а потом помиловал. Из петли вынул, но ощущения у женщины, сами понимаете, после пережитого ею были сильные.

— Ужасно.

— Не знаю, было там что-то у Светы с другим мужчиной или нет, думаю, что все же не было. Только сумасшедшая могла бы позволить себе так рисковать. Хотя с другой стороны, разум у Светы мог и помутиться, она ведь несколько лет жила в постоянном страхе, все время под угрозой смерти. Валере нравилось, когда женщины его боялись. Он запугивал их виртуозно и со вкусом, наслаждался самим процессом.

— Вы уж простите, но ваш сын просто садист.

— Психопат с садистскими наклонностями, — подтвердила Ольга Сергеевна. — Именно так врач и сказал.

— Вы и к врачу его водили?

— Водили, да что толку? У него нашли какое-то уплотнение в мозгу. Врач высказал предположение, что агрессивность Валеры может быть связана с этим. Но лечиться Валера не желал, а заставить его насильно мы не могли. Он был так хитер, что ни разу не совершил проступка, за который его смогли бы привлечь к уголовной ответственности. Все свои гадости он творил внутри семьи. А в такие дела полиция редко вмешивается. К счастью, мой сын не успел добить Свету. Она выжила и получила от сына согласие на их развод. Сделать это было совсем не просто. И Света добилась своего лишь в обмен на ее отказ от уголовного преследования мужа.

– За повешение?

— Нет. В тот раз Валера продержал Свету

взаперти, пока у нее не сошли все следы экзекуции. Но в последний раз Валера ударил Свету ножом в живот. Ей удалось вырваться, позвать на помощь соседей. Они увидели окровавленную женщину и вызвали полицию и врачей. Так Света попала в больницу, а против Валеры было все же возбуждено уголовное дело. И ему грозил реальный срок. Но Света сказала, что готова удовольствоваться разводом. У Валеры к тому времени была уже какая-то новая жертва, и он оставил Свету в покое.

Похоже, что в душе Валера был трус. Только трус способен так подло измываться над теми, кто находится в его власти.

А Ольга Сергеевна продолжала:

— Такое счастье, что этот их развод все-таки случился! Церковь не одобряет разводы, но тут выбора не было. Света бы просто погибла. На нее страшно было смотреть. Со своих обычных шестидесяти пяти килограммов она за время супружества с моим сыном похудела до сорока двух. Кожа да кости. Дунешь — улетит. Потом Света снова вышла замуж, а свою дочку отдала мне.

— Рад, что вы не одна. Но что все-таки с Евой?

— Так вот, в третий раз Валера очень хорошо приготовился к встрече с ней. И если бы рядом с Евой не было ее подруги... Эта мужественная женщина не испугалась оружия. Она выбила у сына из рук пистолет, а потом ударила Валеру промеж глаз так сильно, что он совсем растерялся. И пока он не пришел в себя, обе женщины убежали.

— Вы так подробно описываете эту сцену, словно видели все своими глазами.

— Сын мне рассказывал. Когда у него что-то не получалось, у него была привычка звонить мне и жаловаться. Нет, моих советов он не слушал. Предостережений тоже. Но ему было необходимо выговориться. А кроме меня, слушать его больше никто не хотел.

— Если он вам все рассказывал, может, он и внешность той боевой подруги описал?

— Сказал только, что баба была страшная. И бородатая, как мужик.

И Ольга Сергеевна замолчала, смущенно покраснев. Похоже, ее сынок еще много чего прибавил к этому описанию подруги Евы. Но Сашу это не интересовало. В полученном описании он с легкостью узнал Хильду. Получается, что Хильда была женщиной решительной и боевой. То есть она обладала теми качествами, которых так не хватало самой Еве Германовне. И Сашу охватило сильнейшее желание лично познакомиться с Хильдой. Возможно, та и впрямь могла многое рассказать о последних секундах грешной земной жизни убитого Валерия Малышева.

ГЛАВА 8

Вернувшись домой, Саша первым делом плотно перекусил. Аппетит вновь вернулся к нему в полной мере. А затем он позвонил маме.

И первый вопрос, который она ему задала, был вполне ожидаем:

— Нашел Еву?

— Нет. Кстати, я с дороги пытался тебе дозвониться, но ты не брала трубку.

— Извини. Забыла телефон в сумке. Целый день в беготне. Нас всех сегодня по очереди вызывал к себе следователь. У них новая информация. Погиб муж нашей Евы. Вчера его тело нашли в квартире, где она жила в последнее время.

— Разве Малышев был мужем Евы?

— Да.

— Законным ее мужем?

— Ну да.

Это многое меняло. Одно дело сожитель, который не имеет никаких юридических прав. И другое дело официальный супруг, который в случае чего мог стать наследником Евы. Или наоборот, жена могла стать его наследницей. Хотя, похоже, наследовать после Малышева было нечего. Но у Евы мог быть другой повод, чтобы избавиться от муженька.

— Полиция пока что нашу Еву Германовну в убийстве супруга не подозревает. Они-то ведь до сих пор думают, что она сидит у них в камере. Но они подозревают в убийстве Малышева ее подругу, хозяйку квартиры — эту Брунхильду.

— Вот оно что.

— Да. Они опросили нескольких свидетелей, которые подтвердили, что Малышев преследовал Еву. Угрожал ей. И что Хильда неоднократно вставала на защиту подруги, но Малышев не унимался.

— Они считают, что терпение Хильды лопнуло. И обнаружив Малышева у себя на кухне, она не нашла ничего лучше, как прикончить его раз и навсегда?

— Полицейские считают, что Хильда могла это сделать. И теперь они ее ищут. Нас всех расспрашивали, что мы знаем про эту женщину. Потому что у себя на работе Хильда не появляется вот уже третий день.

— А где она работает?

— Она частный предприниматель. У нее некое агентство по проведению костюмированных детских праздников.

— Костюмированных... Это значит, всякие там сказочные существа — ее стезя?

И Саша понял, что визита к следователю ему не избежать. Надо уже сказать следователю правду насчет Евы Германовны, раскрыть, так сказать, глаза на то, что они арестовали и держат у себя совсем другую женщину. А настоящая Ева Германовна, пусть и без паспорта, но до сих пор разгуливает на свободе. И как подозревал Саша, ежеминутно рискует быть убитой. Раз уж в деле нарисовался один труп, ничто не мешает появиться и второму. И там дальше как пойдет.

Следователь Сашу принял и выслушал весьма внимательно. Еще бы! Задержать подозреваемую, которая совсем даже не подозреваемая, — это вам не шуточки.

— Если правда то, что вы мне сейчас рассказали, молодой человек, то это многое меняет. Но сами понимаете, мы должны будем проверить ваши слова.

— Если одному мне не верите, проведите очные ставки, пусть другие знакомые Евы Германовны повторят вам то же самое, что сказал вам я. Та женщина, которую вы держите у себя, — это не Ева.

— Невероятно. Первый раз сталкиваюсь с подобным. Зачем же этой женщине брать на себя вину Евы?

— Думаю, что на то есть веская причина. А могу я ожидать от вас ответной любезности?

— Что вам надо?

— Это насчет Брунхильды — подруги Евы.

— Мы ее ищем. И не только в связи с убийством Малышева.

Следователь взглянул на Сашу.

— У вас, молодой человек, поразительная способность оказываться в нужном месте и в нужное время. После ваших показаний о разноцветных единорогах и карабкающихся по стенам ниндзя мы проверили камеры наблюдения в округе. И что вы думаете? Пикап с таким украшением, развевающимся за ним сзади по ветру хвостом, нами был обнаружен.

Значит, Саше не померещилось! Значит, единорог и впрямь был!

— Мы проследили движение этой машины по всему ее маршруту. Узнали, на кого зарегистрирован этот автомобиль. И знаете, что мы выяснили? Хозяйкой этой машины числится некая Брунхильда Боровская, владелица агентства по проведению детских праздников. А пользуется машиной некий Костюшин Владислав, который работает в том самом агентстве шофером.

— Думаете, что он мог быть причастен к ограблению на нашем комбинате?

— Не только он, но и эта Брунхильда. Машина была ее. Шофер тоже ее.

— А ниндзя?

— Мой человек под видом клиента позвонил в это агентство, поинтересовался, есть ли у них ниндзя. Дескать, его сынок с ума сходит по этим убийцам-верхолазам. И его заверили, что ниндзя у них имеются на любой вкус и кошелек. Начиная от простых ряженых и заканчивая мастерами спорта, которые способны показать настоящее трюковое шоу. Разумеется, цена там уже будет совсем другая, но такая услуга в агентстве востребована и имеется.

Вот они и нашли ниндзя. И не надо будет обыскивать все спортивные школы города, которые занимаются подготовкой отечественных ниндзя. Достаточно будет поговорить с теми ниндзя, которые работают у Боровской. Кто-нибудь из них окажется тем, кто карабкался по стене комбината. На мгновение Саша почувствовал облегчение, но это длилось недолго. Очень уж озабоченным выглядел следователь.

— Мы попытались найти этих ниндзя и поговорить с ними, но трое из них являются лишь обладателями костюма, двое способны выполнить самые простенькие трюки, и лишь один является мастером. Но как раз он куда-то исчез. Также мы пытались найти шофера пикапа — Костюшина, но нам сказали, что он на работу даже не выходил. Упомянутую машину вместе с моделью единорога он в агентство так и не вернул. Мы проверили, пикап стоит возле дома шофера. Но ни самого Костюшина, ни его семьи никто не видел. Все попытки связаться с ним или его семьей оканчивались до сих пор неудачей. Он сам, его трехлетняя дочь и жена с тещей куда-то таинственным образом исчезли.

— Как исчезли? Куда?

В голову Саши полезла всякая чушь. Вспомнились слышанные им где-то обрывки слухов о том, как исчезают в никуда люди. Идут себе, сворачивают за угол, и больше их никто не видит. Или вообще, идут спать, а утром их нет. И никто не понимает, куда, а самое главное, как они исчезли.

Но в данной истории все было куда прозаичнее.

— По словам соседей, вся семья Костюшина вчера утром села в такси и куда-то уехала. Мы нашли такси, которое довезло семью до Московского вокзала. Водитель припомнил своих пассажиров, потому что они всю дорогу до вокзала шумели и ссорились.

— Почему ссорились?

— Они боялись, что опоздают на электричку, и винили в задержке друг друга.

Какие склочные эти Костюшины! Ругаться из-за электрички. Подумаешь, большое дело. Ну, опоздали, и что с того? Поехали бы на следующей!

— Дело в том, что следующий пригородный поезд в их направлении шел лишь через семь часов.

Вот оно что! Саша тут же изменил свое мнение как о Костюшиных, так и о главе семейства. Пожалуй, если бы ему предстояло куковать с маленьким ребенком и любимой тещей на вокзале, он бы тоже задергался.

— Костюшины прибыли на вокзал утром без пяти минут девять. К моменту прибытия они уже все помирились и хором благодарили водителя, который сумел доставить их так быстро, что появлялся шанс успеть на нужный им поезд. Мы проверили список поездов, выяснили подходящие направления и находящиеся на них станции. Сейчас ведется опрос знакомых и родных семьи Костюшиных, которые могли бы припомнить точное место, куда семья направилась в полном составе.

— А на звонки они по-прежнему не отвечают?

— Костюшин свой телефон просто выключил. Его жена не берет трубку. На девочку и бабушку телефонных номеров не зарегистрировано.

— Вы их найдете, — уверенно произнес Саша. — Это лишь дело времени.

Следователь тоже так думал.

— Но меня куда сильней интересует госпожа Брунхильда Боровская. Уверен, Костюшко лишь выполнял указания своей начальницы. Главное, найти Боровскую. Вот в чем моя забота.

Поздно вечером с работы вернулась мама.

— Ты не представляешь, что у нас творится. Директриса как с ума сошла. Мне ее просто жалко.

— А что такое?

— Эта тетка, которая сидит в камере вместо Евы, она же от адвоката отказалась!

— Как? От самого Горбушкина?

— Представь себе! Встретилась с ним лишь для того, чтобы заявить, что в помощи защитника не нуждается. И еще просила передать, что пусть она сама сядет, но зато вместе с ней сядут и еще многие. И что дело уже к тому и идет. И что для такого дела ей адвокат не нужен, она сама все расскажет. Мол, пусть те, кто знает, о чем идет речь, готовятся к ответу. А что касается домашнего ареста или даже браслета, ей такое не нужно. Потому что в камере ей куда безопасней, чем в любом другом месте.

— Вон оно что.

— Девочки говорят, когда Горбушкин эти слова озвучил нашей главной, с той сделался вроде как припадок. Вопила, орала, грозила.

— Кому грозила?

— Еве Германовне, кому же еще. Я так понимаю, что в этих пропавших документах была вся черная бухгалтерия нашей хозяйки.

— А что? Есть и такая?

— Как не быть, — нехотя произнесла мама. — Конечно, я точно ничего утверждать не могу, но налоги мы платим куда меньше, чем должны были бы платить, судя по реальной выручке.

— Разве не все так делают?

— Речь-то не о всех, а о нас конкретно. А очень многие документы проходили через Еву Германовну. И если Ева по какой-то причине надумала наказать нашу главную, то вместе с ней неприятности будут и у тех, на кого она работает, и у всех тех, кто работает на нее.

— Ты тоже на нее работаешь?

— Я-то что? Я бухгалтерией не занимаюсь. На мне оформление людей согласно действующему законодательству. А уж куда потом эти люди отправляются, то мне неведомо.

— На что ты намекаешь?

— Ну, допустим, в школьной кухне по штату полагается пятнадцать ставок. И вроде как эти ставки полностью укомплектованы. Но по факту, если придет проверка, то там едва ли насчитаешь шесть-семь человек, которые и выполняют всю работу.

— А где же остальные?

— Ну, они тоже есть... где-то.

— Хочешь сказать, что у вас на работу оформлены подставные люди? Они не работают, но зарплату при этом каждый месяц исправно получают?

— Нет, их интерес в другом. Фактически не работая, они получают трудовой стаж. А зарплату за них получает кое-кто другой.

— Кто?

— Ну... кто-то.

— Ваша главная?

— В конечном итоге сливки может снимать и она. Но ей все же придется поделиться с завпроизводствами.

— Но почему те сотрудники, которым в итоге приходится работать в два раза больше, не протестуют?

— Во-первых, многие просто не знают, что именно входит в их прямые обязанности. Например, повару горячего цеха поручают еще и выпечку из теста. Это работа кондитера, но кондитера нету. Значит, приходится печь пирожки ему. А буфетчице поручают резать салаты. Для этого нужен повар холодного цеха, но его снова нет. Вот она и режет. Мойщицу нагружают помимо мытья посуды еще и мытьем полов в столовой. Котломойке помимо ее кастрюль поручают еще и наведение чистоты в подсобных помещениях. Никто этим женщинам не говорит, что эту работу должен выполнять другой человек. И в результате они думают, что делают исключительно то, что положено им по должности. Просто чуть больше, чем им казалось. Но так как подобная система работает во всех местах социального питания, то людям выбирать не из чего. Где-то чуть лучше, где-то похуже, но в целом система всюду одна и та же, и она давно прогнила.

— Безобразие! Почему же никто до сих пор не поднял вопроса?

— Потому что каждый на любом этапе имеет что-нибудь. То, что я тебе рассказала, лишь вершина айсберга. Сколько всяческих манипуляций производится с товаром, я даже не знаю. Не мое это дело. Никогда не вмешивалась. Меньше знаешь — крепче спишь.

— Мама, ты меня поражаешь. Так же нельзя!

— Нельзя. Вот Ева Германовна и решила побороться. Думаю, что те документы, из-за которых наша главная так мечется, действительно отражают истинное положение дел и размер истинной прибыли.

Теперь Саша понимал, отчего директрисе так хочется выцарапать Еву Германовну из камеры. Действительно, пока финансовый директор находится за решеткой, директрисе никак не потолковать с ней с глазу на глаз. Но как только Ева Германовна будет освобождена, дело у них пойдет. Еву Германовну можно будет и запугать, и подкупить, да мало ли что еще можно сделать с одинокой беззащитной женщиной.

— А Ева Германовна не так и проста. Правильно все рассчитала. Небось и кражу эту на себя взяла лишь для того, чтобы в тюрьме утвердиться. Там ей сейчас безопасней всего. Но почему она так взъелась на директрису? Что они не поделили между собой? Откуда взялась такая враждебность?

Этого мама не знала. Но с присущим ей здравым смыслом предполагала, что дело, как обычно, упирается в деньги.

Саша же думал о другом. Жили бы себе эти женщины дружно, пилили бы потихоньку свои левые доходы, и было бы у них все славно да ладно. Казна страны, конечно, недополучала бы изрядную долю доходов, но кого это вообще волнует? Зато у этих двух женщин было бы все гладко. И все-таки похоже, кое-кому пришло в голову, что он может быть лучше другого, честнее и правильнее. Обуяла кое-кого гордыня. А если говорить совсем уж откровенно, то конкретно Еву Германовну. От этого, как считал Саша, все беды и пошли.

На последнюю за сегодняшний день прогулку Саша вышел уже ближе к ночи. В руках он держал смартфон с фотографией Хильды. Саша сегодня был честен со следователем до предела. Юноша показал ему фотографию, объяснил, где и при каких обстоятельствах обнаружил ее, и настоял, чтобы следователь приобщил ее к делу. Следователь фотографию взял, но Саша видел, что он фотографией совсем не заинтересовался.

— Ерунда. Дурачились бабенки. Беру эту фотку, молодой человек, только из уважения к вам. У меня в деле уже есть фотография подозреваемой.

И даже подпись на обороте не заставила следователя быть внимательней. А ведь подпись была сделана рукой Евы Германовны, это подтвердил свидетель — мама Саши, которая хорошо знала почерк финансового директора их комбината.

— Лично я считаю, что фотография может быть важной уликой в деле.

В ответ следователь дал понять Саше, что тот может считать все, что его душе угодно. А официально за расследование отвечает следователь. И поэтому Саше лучше больше помалкивать и слушать, что говорят старшие товарищи. После чего следователь сказал, что ему пора и что Саше, по всей видимости, тоже пора. На этом и попрощались.

Из духа противоречия Саша решил, что в лепешку расшибется, но докажет упрямому следователю, что фотография эта не просто дурачество, как могло показаться на первый взгляд.

— Что-то это должно значить. Но что? И где была сделана фотография?

Сзади Хильды была кирпичная стена, под ногами асфальт. Обычный серый потрескавшийся и местами поросший мхом асфальт и затрапезная стена из белого кирпича. Да таких стен в городе и по всей стране хоть пруд пруди. Вот хотя бы взять здание пищевого комбината. И тут первый этаж выложен точно таким же кирпичом. Замучаешься искать, тем более что единственным приметным пятном был рисунок павлина, просматривающийся позади Хильды.

Саша брел, не глядя по сторонам и сосредоточившись на разглядывании фотографии. Вот в этой руке у Хильды лежат булочки с маком. Даже сейчас, будучи сытым, Саша сглотнул слюнки. Любил он эти булочки, ох как любил. Аппетитные, сочные и пышные. Их пекли в кондитерском цеху на втором этаже. А вот в другой руке у Хильды пакет с солеными огурцами, банкой зеленого горошка, морковкой, картошкой, майонезом и... что там проглядывает еще?

— Ага! Колбаса!

Саша произнес это вслух и тут же услышал гавканье Барона. Сначала парень решил, что собака так отреагировала на слово «колбаса», но, подняв голову, он увидел, что Барон увлечен совсем другим. На невысокой рябинке, растущей у стены комбината, сидел огромный жирный рыжий кот, который наблюдал за лающим на него Бароном. Вид у кота был крайне недовольный. Время от времени он шипел на собаку, широко открывая рот с крупными желтоватыми клыками. Кот был уже в возрасте. И он решительно не понимал, что нужно от него этому молодому нахалу.

— Барон! Ко мне! Иди сюда!

Но пес продолжал лаять. Он считал, что нашел отличную забаву. И Саше пришлось подойти лично, взять собаку за ошейник и даже слегка встряхнуть, чтобы привести пса в чувство.

— Ты же воспитанный пес, охотник! Отстань! И не стыдно тебе за котами гоняться? Ты же не дворняга какая-нибудь!

Барон вразумился, завилял хвостом и льстиво поглядел на хозяина. А что ты там насчет колбаски говорил? Есть у тебя колбаска? Нету? Ну а почему нету?

Но Саша уже не обращал внимания на собаку. И Барон, разочарованный в своих надеждах, потрусил дальше, опустив морду к земле и обнюхивая все интересные места. Но Саша стоял, не шевелясь. Он смотрел на стену, возле которой оказался. Смотрел и не верил своим глазам.

— Неужели? Не может быть!

Чтобы удостовериться, он снова судорожно начал тыкать в смартфон, от волнения не попадая по кнопкам. Наконец, включил смартфон и посмотрел на фотографию. Да, кусок стены тот самый. И вот на ней изображение птицы с переливчатым хвостом. Только теперь Саша видел, что это никакой не павлин, а самая настоящая Жар-птица. Снова в деле появлялся сказочный персонаж. Как будто кто-то взялся указывать Саше правильный путь с помощью этих подсказок.

— Жар-птица! Единорог! Ниндзя! Кого еще не хватает? Феникса?

Теперь было ясно, что найденная Сашей под кроватью в пансионате фотография была сделана именно тут. Вот на этом самом месте у стены комбината Хильда и стояла со своей гастрономией. А кто-то, скорей всего, Ева Германовна, ее фотографировала. Шутка? Дружеский розыгрыш? Все бы так, кабы не ограбление и не убийство.

— И зачем-то женщины эту фотографию распечатали. Сходили в ателье, сделали заказ, потом его получили. И зачем? Только ради того, чтобы передать эту фотографию в полицию? Нет, она точно должна что-то значить! Но что?

Саша мысленно поставил Хильду у стены. Да, точно тут она и стояла. И куда указывает ее рука с булочками? А указывает она на окна, за которыми располагается кондитерский цех. Именно там эти булочки и выпекаются. Целыми партиями повара-кондитеры достают их из печей, а потом кисточками наносят растопленный горячий шоколад. Какая-то пока еще не до конца ясная догадка мелькнула у Саши в голове.

— А куда указывает вторая рука?

Похоже, рука Хильды указывала на окна холодного цеха. Там резали салаты — «шубу», крабовый, винегрет.

— Колбаса, яйца, картошка, морковка, зеленый горошек, майонез, маринованные огурцы... Да ведь это же рецепт для «оливье»! Ну точно, она хочет сказать, что надо пойти в цех и... и что там сделать? Уж ясно, что не для того я должен туда пойти, чтобы настругать салатик к столу.

И Саша принялся снова изучать фотографию. Оставалось разобраться с последним третьим направлением.

— И как быть с ногой Хильды?

К ноге у женщины скотчем был прикреплен кусок говяжьей вырезки. И проследив за направлением ее ноги, Саша понял, что указывает Хильда на мясной цех, где как раз и происходила разделка прибывшего на комбинат мяса.

— Итак, кондитерский цех. Мясной цех. И холодный цех.

Похоже, Ева Германовна хотела что-то сказать про эти три места. Но что именно там могло находиться? Никаких указаний на это фотография не содержала.

Но когда взволнованный Саша, вернувшись домой, поделился с мамой своим открытием, та подняла его на смех.

— Ну, ты даешь! До всего додумался, а до такой простой вещи не можешь?

— Не понимаю, что там может находиться.

— А что у нас на комбинате все ищут уже второй день подряд? Из-за чего мы все с ног сбились, а главная наша и вовсе ума лишилась?

И тут Сашу внезапно озарило.

— Документы? — воскликнул он. — Ты думаешь, что Ева Германовна припрятала документы у вас на комбинате?

— И не просто припрятала, а поместила их сразу в трех тайниках! Один в мясном цеху. Второй в кондитерском. И третий в холодном.

— Зачем же в трех?

— На случай, если директриса найдет один тайник и уничтожит хранящиеся там документы, всегда остаются еще два.

Очень предусмотрительно, ничего не скажешь. Но что-то смущало Сашу.

И он спросил:

— Мама, но ты же говорила, что вы вчера и сегодня всюду искали эти документы! Все вверх дном перевернули. Так ты сама мне сказала!

— Саша, поиски мы вели исключительно в офисных помещениях. В цехах никому из нас и в голову не пришло искать финансовую документацию. Понимаешь? Да и как бы мы это сделали? Ты же бывал у нас на комбинате. Это огромные пространства. И там уйма самых разных потайных уголков. Если искать всюду, то на это может уйти вся жизнь.

Возразить Саше было нечего. Он и впрямь бывал на комбинате много раз. И неизменно поражался тому, как иной раз нецелесообразно используются просторные помещения, которые директрисе в свое время удалось получить под свой комбинат от города в аренду за сущий мизер. Но что стоит дешево, то и ценится невысоко. В итоге только внизу простаивали площади в сотни квадратных метров. В лучшем случае их использовали для передержки вновь приобретенного товара — мебели для офисов, посуды для производства, холодильных установок и витрин для буфетов. Сюда тюки и упаковки с товаром привозились из магазинов, а затем по мере надобности отправлялись в школы.

Но будучи финансовым директором, Ева Германовна имела возможность получить ключ от любого из этих помещений. Она могла попросить, могла подговорить, могла даже взять ключ тайком. Разве много нужно времени, чтобы зайти, сунуть папку с документами куда-нибудь в укромное место и снова выйти, словно бы ничего не случилось.

— А уж если Ева скопировала все на флешку, тогда вообще дело пропащее.

Саша с ужасом взглянул на маму. Флешка! Как ему это в голову не пришло. Конечно, крошечная, размером с мизинец или того меньше штучка, на которую тем не менее можно загрузить мегатонны информации. Что там бухгалтерские отчеты! Искать папки с документами было бы сущим удовольствием по сравнению с поиском малюсенькой флешки.

— Ева Германовна могла создать виртуальное хранилище. Тогда в реальном мире искать следы документов вообще не стоит.

Но нет, Саша сам первый понял, что сморозил глупость. Найденная фотография Хильды с руками и ногами в качестве указателей говорила о том, что документы спрятаны где-то на комбинате. И спрятаны они в трех разных местах.

И Саша вновь мысленно пустился блуждать по комбинату. Оставим складские помещения на минутку. В них все же не так-то просто попасть, не привлекая внимания. Всегда из-за угла мог появиться ненужный свидетель. И пусть в тот момент он бы не увидел ничего странного в том, что Ева Германовна заглянула на склад той или иной продукции, но впоследствии этот свидетель мог вспомнить об этом и рассказать директрисе.

Нет, так рисковать Ева Германовна вряд ли бы стала. И зачем склады, которые то наполняются, то опустошаются? Есть ведь и другие помещения на комбинате, которые даже для использования под склады не годились, поскольку являлись проходными. Навесить там замки, тем самым уберегая стоящее денег имущество комбината от разворовывания, было невозможно. Так эти помещения и простаивали без дела и без ремонта, в лучшем случае используясь как склад для всякой рухляди, которую надо бы вынести на мусорку, да все руки не доходят.

В таких помещениях могли бывать все без исключения, не вызывая никаких подозрений. Случалось, там сушили постиранные спецовки, занавеси, скатерти, а то и домашние ковры, которые экономные сотрудники не хотели нести в химчистку, а предпочитали отмывать самостоятельно на выложенных кафелем полах простаивающих без дела и ремонта цехов. Один раз Саша сам стал свидетелем, как в одном из таких заброшенных цехов ребята жарили самый настоящий шашлык. Купили небольшой мангал, мешок угля и пожарили на нем мясо тайком от начальства. А затем расположились на свежем воздухе и очень приятно провели время.

И таких укромных помещений, куда вообще никто не совался, только на первом этаже были целые лабиринты. Чтобы обыскать каждую щель, сунуть нос в каждую дырку, сыщикам понадобилась бы жизнь длиной в века.

Ай да Ева Германовна! Ай да умница! Надежно спрятала то, что стоило так дорого.

ГЛАВА 9

Мама так воодушевилась, что предложила начать поиски немедленно. Прямо сейчас! Ночью! Саше стоило большого труда отговорить ее от этой затеи.

— Завтра, мама, все завтра, — твердил он. — Утро вечера мудренее.

Но мама его уговоров, казалось, не слышала.

— Начать надо с холодного цеха. В кондитерском цеху сейчас люди работают в две смены. Мясной стоит закрытый, там морозильные камеры новые без замков купили. Поэтому, чтобы из них товар не пропадал, цех стоит на замке. Входят туда по двое. А в холодном цеху можно попробовать, там салаты режут лишь до шести вечера. Останусь после шести и поищу.

— Не надо рисковать.

Но мама не хотела слушать.

— Если найдем документы... Хотя бы один пакет... Сразу отдадим их следователю. Если в них что-то стоящее, дальше полиция уже сама все отыщет!

Саше с трудом удалось отговорить свою родительницу от этой затеи.

— Мама, нет, — твердил он ей.

— Почему же нет?

— Ты неизбежно привлечешь внимание своими розысками. Другие тоже не дураки. Увидят, что ты рыскаешь в том же холодном цеху, и начнут следить за тобой. Стоит тебе что-нибудь найти, у тебя эту вещь — документы или флешку тут же отнимут.

— Флешку я спрячу. На теле! Не станут же они меня обыскивать.

— Может, и станут. Не забывай, директриса готова была простить Еве два миллиона, лишь бы та вернула ей эти документы. Значит, вашей главной они позарез нужны. А вообще, если документы на флешке, то ты ее и сама фиг найдешь! Вспомни размеры вашего холодного цеха и сопоставь их с размером флешки. А значит, ты только потратишь даром свое время и привлечешь к себе ненужное внимание.

— А что же делать?

— Завтра я поеду в агентство, которым владеет Боровская. Присмотрюсь, что там и как. Чувствую, что все эти ниндзя и хвостатые единороги должны что-то нам сказать. Мне кажется, что расследование ведет в это агентство.

— А документы? С ними как быть? Ведь Ева не случайно оставила тебе эту фотографию!

— Во-первых, она оставила ее не мне, а полиции. Просто мне повезло ее найти первому. А во-вторых, спешка хороша лишь при ловле блох. Если дело такое серьезное, то спешкой можно все испортить. Погоди, я съезжу, а потом все тебе расскажу.

С помощью поисковика Саша нашел нужное ему агентство. Называлось оно незатейливо «Лучший праздник вашего ребенка». Открывалось оно лишь в десять утра. Так что Саша совершенно справедливо решил, что раньше туда соваться нечего, все равно никого не будет. А лучше так поехать часикам к одиннадцати, к тому времени все сотрудники уже точно подтянутся.

И Саша позволил себе поспать подольше, в качестве компенсации за вчерашний день.

Мама ушла на работу, как обычно, в восемь. И уже в четверть девятого звонила сыну.

— Нашлись деньги!

Спросонок Саша не сразу понял, о каких деньгах идет речь.

— Нашлась наша зарплата! Следователь звонил, поздравлял.

— Себя или вас?

— И себя, и нас. Он сказал, что деньги они нашли на квартире этого Малышева. Когда выяснилось, что убитый в квартире Боровской мужчина имеет непосредственное отношение к Еве Германовне, что он ее законный муж, полиция поехала к нему домой. Верней, эту квартиру купила Ева, но жил в ней Малышев. И там полицейские нашли все наши деньги!

— Может, это еще и не ваши?

— Наши! Этот гад даже сумку присвоил. А сумка-то с нашим логотипом! Она в бухгалтерии в углу стояла, а он в нее денежки сложил и домой к себе отнес. Следователь говорит, он даже потратить ничего не успел. Все деньги целы!

Конечно, это не снимало подозрений с Евы Германовны, а скорее, даже еще больше их усугубляло. Потому что изначально полиция считала, что грабитель — это физически сильный и ловкий мужчина, а никак не пухленькая дамочка. И значит, у Евы должен быть сообщник. Другое дело, что в качестве сообщника лично Саша видел того ниндзя или водителя пикапа с единорогом в кузове. Но если сообщником оказался ее муж, то это еще и лучше.

Хотя сам Саша с трудом мог представить, чтобы находящиеся в состоянии крайней вражды супруги вдруг примирились бы настолько, чтобы затеять общее преступление. Ведь этот Малышев уже почти созрел, чтобы застрелить Еву. И пистолет даже для этой цели купил. И всех вокруг о своих намерениях оповестил. Оставалось только выбрать место и время, чтобы расправиться с женушкой. И вдруг вместо зверской расправы они вместе отправляются на дело. Грабят бухгалтерию, отдают Малышеву деньги и...

— А что, если этим Ева его и подкупила? Муженек-то у нее еще та сволочь. И на легкие деньги падок. Может, дело было так? Ева пообещала Малышеву кругленькую сумму, если он от нее отвяжется. Ну, что-то вроде отступных? Помогла проникнуть в бухгалтерию, помогла вскрыть сейф, потом Малышев забрал деньги и слинял домой. А Ева Германовна с Хильдой... тоже слиняли... куда-то.

И вот это «куда» очень сильно интересовало Сашу. Мама еще сказала, что следователь попросил нескольких сотрудниц, которые лучше других знали Еву Германовну, подойти к нему в отделение. Нетрудно предположить, что пойти захотела сама директриса, мама и еще две женщины из бухгалтерии. Тут для Саши ничего интересного не было. Он прекрасно знал, что именно произойдет в отделении. Сотрудники не смогут опознать Еву Германовну, потому что там совсем не она. Сюрпризов быть не могло. Он лишь попросил маму, чтобы она внимательно слушала. Вдруг вторая «Ева» захочет что-нибудь рассказать дельное.

— Тут можешь на любые хитрости идти, хоть подслушивай в открытую, но узнай, что это за тетка. Как ее зовут. И что ее связывает с Евой.

Мама все пообещала сделать в лучшем виде. Саша с удовольствием сам бы поехал на опознание фальшивой Евы Германовны, но, увы, его никто не приглашал. А напроситься он не имел права. Ему нужно было быть в другом месте. Разорваться на две части он тоже не мог.

На первый взгляд агентство «Лучший праздник» производило приятное впечатление. Чистенький, недавно отремонтированный фасад, украшенный гирляндами разноцветных воздушных шариков вход, яркие плакаты и фотографии с улыбающимися счастливыми детскими рожицами. Все выглядело очень мило и славно, за исключением одного момента. Сотрудников в офисе было не густо. Сказать правду, сотрудник тут был всего один. Миловидная девушка, которая призналась, что новенькая, работает тут без году неделя.

— Но я могу вас сориентировать по любому вопросу, — оптимистично заверила она Сашу.

— Да нет, мне по любому не надо. Мне бы шофера вашего повидать... Костюшина.

И Саша многозначительно показал девушке краешек своего студенческого. Он был в обложке красного цвета и напоминал удостоверение сотрудника полиции. Саша очень надеялся, что девушка не станет проверять его корочки. Хотя стыдиться своего юрфака не приходилось, все-таки Саша хотел произвести впечатление более солидного человека. И ему это удалось.

Девушка совсем растерялась и пробормотала:

— А Костюшин сегодня не выйдет.

— Завтра?

— Завтра тоже вряд ли появится.

— А что так? Прогуливает?

— Да что вы! Ему госпожа Боровская — это наша директриса — сама дала внеочередной отпуск.

Это еще что за новый поворот? Брунхильда вернулась? Саша недоверчиво уставился на девушку. Она была совсем молоденькая и всего боялась. В первую очередь сделать что-нибудь не так, во вторую самих клиентов. На Сашу она смотрела с таким выражением, словно подозревала, что он собирается ее съесть.

— Тогда я пойду лично к вашей хозяйке.

— Нет, невозможно.

— Почему?

— Ее тоже нету.

— Но вы только что сказали, что она дала отпуск шоферу!

— Это было еще три дня назад. С тех пор она не появлялась.

Значит, Брунхильда отправила шофера отдыхать. Интересный поворот.

— Раз никого из моих знакомых на работе нету, помогите тогда мне вы сама.

— С радостью.

— Мне нужен ниндзя. Но только не простой костюмированный клоун, а настоящий полноценный ниндзя. Сынок заказал на десять лет.

— Понимаю. Сейчас все сделаем.

И пальцы девушки запорхали над клавиатурой.

— Вот, думаю, что этот вам подойдет.

— Он по отвесной стене вскарабкается?

— Да.

Тон девушки Саше не понравился. Не было в нем полной уверенности. И к тому же Саша помнил слова следователя, что единственный потенциально пригодный им ниндзя на связь не выходит.

– Ну что? Оформляем заказ?

И поспешность, с которой девушка потянулась за бланком заказа, тоже Саше не понравилась. Что-то тут было не так.

— Как вас зовут, очаровательная волшебница? Наверное, Диана или Афродита?

— Ната, — хихикнула девушка.

Саша подмигнул ей и, как мог, начал тянуть время, при этом лишь выжидая удобного случая, когда девушка отвлечется, чтобы он мог заглянуть в ее компьютер. Саша был уверен, что сумеет найти там всю нужную ему информацию. Но как отвлечь Нату? Вон она как крепко на своем стуле устроилась. Хоть бы воды гостю предложила.

И забывшись, Саша произнес вслух:

— А что? Это идея.

— Какая идея? — тут же среагировала девушка.

— Чай или кофе у вас клиентам предлагают? В горле совсем пересохло. Я бы выпил чашечку.

— Я могу заварить. Вам чего? Чаю или кофе?

Что бы такое у нее попросить, чтобы повозилась подольше? Одним глазом Саша уже успел оценить обстановку. Кулер с водой стоял рядом. Кофемашина неподалеку. Рядом с ней устроились коробочки с черным и зеленым чаями. Значит, все это не подходило. Нату следовало услать подальше, желательно в соседнюю комнату.

— Я пью только ромашковый чай, — важно изрек Саша. — Поищите для меня такой, пожалуйста.

Девушке ничего другого не оставалось, как встать со своего заветного места и пойти по соседним комнатам, разыскивая нужный клиенту чай в столах у коллег. Как только она вышла,

Саша тут же развернул к себе экран компьютера, который Ната оставила включенным.

— Так, что тут у нас? Ага, вот оно!

У Наты в записях царил идеальный порядок. Все аниматоры-развлекаторы были помещены у нее в специальную таблицу, в которой напротив каждого имени и фамилии стоял тот жанр, в котором артист выступает. А также имелись его контактные данные. Ниндзя было шесть человек. Но лишь против одного имени стояло гордое «кмс», кандидат в мастера спорта, так расшифровал это Саша. И сумма, которую брал этот человек за свои услуги, впечатляла. За час работы десять тысяч рублей. Ого! Что же такое он должен был изобразить, чтобы нашлись охотники платить ему такие деньги?

Саша поспешно сфоткал номер этого человека и вернул компьютер в исходное положение. К слову сказать, милая Ната «сватала» ему совсем другого артиста. Тот брал за свои выступления куда более умеренную плату. И против его фамилии никаких дополнительных значков не имелось.

— А вот и я!

Ната появилась так внезапно, что Саша даже вздрогнул.

— К сожалению, ромашки ни у кого не оказалось. Может, выпьете зеленого чаю?

— Нет, если нету ромашки, то я пошел.

— Как? А ваш заказ?

— Ничего не поделаешь. Нету ромашки, нету и заказа. Пока!

И Саша торопливо выскочил из офиса, провожаемый растерянным и обиженным взглядом Наты. Ничего, сама виновата! В другой раз пусть подумает, прежде чем врать уважаемому клиенту. Но досада на девушку быстро улеглась, когда Саша вспомнил, как ловко провел красавицу. И в конце концов, Ната всего лишь стремилась хорошо выполнить свою работу, как она это понимала. То есть втюхать клиенту хоть какой-нибудь товар. А бракованный он там или нет, разбираться будем позже. Может, клиенту еще и понравится. Или он попросту поленится возвращаться назад, чтобы жаловаться, предвидя, что деньги ему вряд ли вернут. Или вернут их частями и не полностью.

Оказавшись на улице, Саша позвонил Петру Николаевичу — тому самому ниндзя и кандидату в мастера спорта. Первый номер телефона оказался выключен. Второй тоже был недоступен. И лишь по третьему номеру ему ответил сначала женский голос, а потом трубку передали Петру Николаевичу.

— Слушаю.

Саша представился и объяснил, что ему нужно.

Но Петр Николаевич удивился:

— Обычно заказы поступают через офис. Почему вы звоните напрямую? Да еще не мне, а моей жене.

— Этот телефон дала госпожа Боровская.

— Еще удивительнее. Она что же, забыла, как сама дала мне месяц оплачиваемого отпуска? Еще условие поставила, чтобы я на месяц отключил все свои телефоны. А теперь дает номер жены и просит, чтобы я поработал? А я не могу! Я сейчас даже не в городе.

— Это не срочно. Праздник лишь на следующей неделе. Сейчас мне важно ваше принципиальное согласие.

— Ну, не знаю.

Петр Николаевич подумал.

— Ладно. Если такое дело, что Брунхильде очень надо, то я приеду. Она меня никогда не подводила, я тоже не хочу показаться неблагодарным. Считайте, что вы меня уговорили.

— А трюки свои покажете?

— Всю обычную программу отработаю.

— Как замечательно! Прямо камень с души. Сын мне все уши прожужжал про знаменитых ниндзя, которые и с крыш прыгают и по отвесным стенам карабкаются. Брунхильда сказала, что вы лично для нее карабкались по отвесной кирпичной стене.

— Вот бабы! Даже у самых лучших и то язык без костей.

— У нас дом в три этажа. Вам на такую высоту подняться будет не затруднительно?

— Забирался и повыше, — заверил его ниндзя.

Закончив разговор, Саша почувствовал, что ему необходимо его обдумать. Факты и вновь поступившая информация располагались в голове в каком-то хаотическом порядке. Требовалось все систематизировать. Сначала Саша сунулся в машину, но она так раскалилась на солнце, что в ней можно было задохнуться. Поэтому он обратил свой взор на летнее кафе, под пестрыми зонтиками которого уже сновали официанты с подносами.

Заняв столик с самого краю, чтобы никто его не отвлекал, Саша подозвал официанта.

— Готовы сделать заказ?

— Чай с ромашкой.

Саша сказал и сам удивился. Ну откуда у него выскочил этот ромашковый чай? Сроду его не пил, а тут вдруг заказал. Он хотел поменять заказ, выпить чего-нибудь холодненького и освежающего, например, холодненькой минералочки с весело щекочущими нос пузыриками, но официант уже кивнул и отошел. Ничего не оставалось, как ждать, когда ему принесут заказ.

Клиентов было немного. Но заказ Саше все равно что-то долго не несли. Видимо, тут тоже были трудности с добыванием ромашкового чая. И у Саши было время, чтобы подумать.

— Итак, оба сотрудника агентства «Лучший праздник» повторяют одно и то же. Что шофер, что ниндзя получили от Брунхильды оплачиваемые отпуска.

И с чего вдруг такая щедрость? Ну, шофер еще ладно, он, наверное, работает на фиксированной ставке. Но ниндзя? Ему-то платят процент от выступлений. О каком оплачиваемом отпуске тут может идти речь? Таким сотрудникам если отпуск и полагается, то исключительно за свой счет.

Внезапно у Саши зазвонил телефон.

— Это я! — прошептал мамин голос. — Звоню тебе, как и обещала.

— А почему шепотом?

— Я еще в полиции. Тут привезли какого-то шофера, которого подозревают в причастности к ограблению. Костюшин его фамилия.

— А что он?

— Я проникла в соседний кабинет, но через стену очень плохо слышно. Лишь когда шофер кричит, что-то можно разобрать.

— И что кричит?

— Клянется, что ни сном ни духом. Что ему хозяйка велела ждать ее, он и ждал. Потом она вышла вместе с подругой, они обе сели к нему в машину и уехали. Ни денег, ни документов он у женщин при себе не заметил. По дороге они подобрали еще одного сотрудника — некоего Петра Николаевича. Он был в своем рабочем костюме ниндзя, в таком виде разгуливать по городу ему было неудобно. Поэтому они его тоже подобрали, и было это метрах в пятистах от комбината.

— А потом?

— Потом шофер сначала подвез обеих дам до их дома, а затем подбросил до дома коллегу.

— Все?

— Брунхильда обоим дала отпуск. Все.

Разговор с мамой лишь подтвердил догадки самого Саши.

— У других хозяев отпуска, да еще в такую горячую пору, когда выпускные один за одним, поди добейся, а тут Брунхильда сама дает отпуск двум своим сотрудникам. За какие такие заслуги?

Учитывая, что шофер и ниндзя были участниками ночного ограбления комбината, отпуск им был явно предложен в качестве награды. Но в то же время деньги-то из сейфа оказались не у них, а у Малышева. Значит, в самом ограблении шофер и ниндзя участия и впрямь не принимали. Да, они в это время находились рядом, но грабить офис они не грабили. Иначе не разговаривали бы сейчас и не отдыхали бы так спокойно.

— И получается, что Брунхильде было нужно лишь их присутствие рядом с местом преступления. Ей было нужно, чтобы случайные свидетели, а такие всегда найдутся, зафиксировали бы факт присутствия ниндзя и пикапа с единорогом. А зачем? Уж не затем ли, чтобы этот след в итоге привел бы полицию к ней? И не просто к ней, а в ее агентство «Лучший праздник»?

— Ваш чай!

И официант с гордостью поставил перед Сашей стеклянный заварочный чайник, заполненный прозрачной желтоватой жидкостью. Цвет чая Сашу не вдохновил. Но на вкус тот оказался совсем не так уж плох. Саше даже понравилось. И несмотря на то, что чай был горячим, он приятно освежал и хорошо утолял жажду. Парень выпил целый чайник и почувствовал, что совершенно охладился.

— Полинка, — услышал Саша голос одной из официанток, — а как твой закончил?

Та, к которой она обращалась, возилась с цветами, украшавшими периметр кафе. Это были петунии. Чтобы их розовые, белые и фиолетовые цветки-граммофончики радовали глаз все лето, нужно было систематически удалять сухие цветы, стимулируя новое цветение. Этим и занималась сейчас Полина.

Но услышав вопрос, она охотно вступила в разговор:

— Хорошо закончил. На удивление, ни одной тройки не принес.

— Куда его на лето думаешь? В лагерь?

— Пока что выпускной у них. Шутка ли! Четыре класса окончили, из младшей в среднюю школу переходят.

— Мы тоже на свой выпускной целый год деньги собирали.

— Ну, у тебя хоть девятый класс окончил. В большую жизнь парень идет. А у нас чего? Подумаешь, большое достижение младшую школу окончить. Вот я что-то не помню, чтобы мне самой в школе какой-то особый праздник устраивали. Ну, чаю с конфетами с ребятами попили, песни попели, мы сами какие-то сценки придумали, и все. А у этих... квесты, экскурсии, ресторан, теплоход, артисты! И все денег стоит. И все дорого. Куда там в лагерь! Дай мне пока от расходов на выпускной отдышаться, денежек немножко снова подкопить.

Вот оно и лишнее подтверждение тому, что лишь чрезвычайные обстоятельства могли заставить Хильду отпустить двух своих сотрудников в такую горячую для их агентства пору в отпуска. Но они выполнили свою задачу, навели полицию на след агентства. И Хильда решила, что эти двое поработали на славу, могут и отдохнуть.

На этом месте своих рассуждений Саша понял, что должен вернуться обратно в «Лучший праздник». Он чувствовал, что далеко не все еще там выяснил. Но прежде чем вернуться, он сделал звонок одному человеку, без помощи которого ему было просто не обойтись.

Девушка Ната встретила Сашу с радостью.

— Как обещал! — сказал он ей. — Напился чаю и вернулся.

И ведь даже не соврал!

С собой Саша прихватил букет цветов, который вручил Нате. Та немедленно порозовела от смущения и удовольствия.

— Какие красивые.

— Ваши глаза еще прекрасней. Увидел их и утонул.

Ната покосилась на букет, потом на лежащие у нее на столе бумаги.

— Продолжим оформлять заказ? — нерешительно спросила она.

— Да ну его! Обойдется мой племянник и без ниндзя!

— Вы говорили, сынок?

А у этой Наты, оказывается, неплохая память. Надо с ней поосторожней. Выглядит, как сама невинность, а на оговорку обратила внимание.

— Это я так его зову — сынок. А так никакой он мне не сынок. Если хотите знать, я вообще холост.

И Саша с радостью отметил, что Ната с удовольствием поверила в это. У девушек вообще избирательное чувство доверия. Если мужчина им симпатичен, то они готовы поверить всякой белиберде, которая срывается с его уст. А если мужчина им неприятен, то в них тут же просыпается офицер гестапо. Саша девушке понравился, поэтому она поверила ему безоглядно. И про внезапно вспыхнувшую влюбленность, и про то, что никто не заметит ее отсутствия на рабочем месте.

— Я пока чай пил, подумал, незачем этого балбеса, моего племянника, слишком уж баловать! Они и так свой выпускной три дня подряд празднуют. Хватит с них, с этих малявок. У меня тут родилась идея получше. А что, если нам с вами эти деньги взять и прокутить?

— Это как?

— Вы же не заняты сегодня? Что, если нам с вами куда-нибудь вдвоем прокатиться? Например, на побережье залива? Посидим в ресторане, полюбуемся природой? А? А потом прошвырнемся по магазинам, развлечемся, посмотрим, что в мире есть новенького. Сходим в кино, если хотите?

Саша говорил и сам поражался своему нахальству. Сейчас эта порядочная девушка укажет ему на дверь. Ишь, что придумал! В рабочее время сманивать ее на гулянку! Но Ната ничего такого не сказала и не указала. Больше того, она поспешно встала, накинула на плечо ремешок своей сумочки, взяла в руки букет и сказала:

— Я согласна!

И она взяла Сашу под руку с таким видом, словно уже дала свое согласие выйти за него замуж. Сашу даже мороз по коже продрал, когда она хозяйским жестом сняла с его рукава невидимый волос. Ната явно считала Сашу своей неоспоримой собственностью. И в парне проснулась легкая паника.

Ох, не слишком ли он разошелся? Надо будет сказать своему помощнику, чтобы поторапливался. А то как бы не пришлось Саше за его помощь Еве Германовне и участие в этом расследовании заплатить слишком уж дорогую цену.

ГЛАВА 10

Домой Саша вернулся лишь поздно ночью. Ната оказалась девушкой очень хваткой. И вырваться из ее цепких лапок было делом совсем непростым. Сама поездка тоже оказалась далеко не легким мероприятием. С самого начала Ната решила, что Саша влюблен в нее безоглядно, а значит, можно эксплуатировать его просто безбожно. И ведь он всего лишь подарил ей букет, отвесил неуклюжий комплимент и пригласил прокатиться, развлечься и немножко провести время вместе.

Ната тут же стала командовать своим кавалером. Хочу то, хочу это. Принеси то, унеси это. Тон у нее был повелевающий, ослушаться, так она обижалась. Страшно даже подумать, что возомнила бы себе эта девица, вздумай он и впрямь за ней поухаживать. Или соблазнился бы, упаси бог, поцеловать какую-нибудь часть ее тела, например, щечку. Последствия могли быть такими далеко идущими, что Саша откровенно пугался. К тому же у Наты была неприятная манера сравнивать Сашу со своим бывшим кавалером, который, как понял парень, девушку поматросил да и бросил. И как ни странно, Ната продолжала любить своего Казика, и поэтому все многочисленные сравнения с ним Саши были далеко не в пользу последнего.

Будь воля Саши, он бы уже давно простился с нахальной девицей, кутящей за его счет на полную катушку, но не перестающей вспоминать о своем бывшем. Когда Ната немного выпила, у нее появилась еще одна черта. Периодически она принималась рыдать, потом устремляла на Сашу пытливый взгляд и спрашивала:

— Но ты же так со мной не поступишь? Ведь нет же? Ты меня не бросишь?

И Саше приходилось врать. Потому что на самом деле он только и думал, как бы ему удрать. Но он был вынужден терпеть Нату рядом с собой для пользы дела. Потому что мама согласилась помочь ему при одном условии, если в офисе агентства «Лучший праздник» никого не окажется. И Саша крепился, отвлекая Нату от мысли вернуться назад в офис, включить на ночь охранную сигнализацию и тому подобных глупостей. Мама велела следить, чтобы такая мысль в голове у Наты даже не мелькнула. И Саша старался изо всех сил.

— А что это мы так скучно сидим?

Саша взглянул на девушку, стараясь, чтобы она не прочитала его чувств. Скучно? И это после трех выпитых бокалов вина, двух шампанского, одного мартини и нескольких коктейлей! После сожранного, извините, в одну харю — Саша от волнения почти совсем лишился аппетита — неисчислимого количества крабов, морепродуктов и филе ягненка по-карски, после двух часов безостановочных плясок и прочих увеселительных мероприятий в клубе эта девица еще осмеливалась жаловаться на скуку!

Саша просто не знал, как ему быть и что сказать. С удовольствием он доставил бы подгулявшую девицу до дома и забыл бы о ней. Но вдруг у Наты, когда она останется без присмотра, проснется чувства долга? Маловероятно, но вдруг. И тогда она поедет к себе в офис. И застукает там маму. И вызовет полицию. Нет, нельзя было этого допустить.

А у Наты, судя по загадочной пьяной улыбке, вот уже битых полчаса блуждавшей по ее лицу, были большие планы на вечер.

— Что скажешь, если мы поедем ко мне?

Кажется, Ната собиралась осчастливить Сашу по полной программе. И все бы ничего, кабы не ее манера командовать и лить слезы, вспоминая своего Казика. Саша был уверен, что девушка и в кровати возьмет на себя роль главнокомандующего парадом. А потом заявит, что Саша, конечно, тоже ничего, но и в подметки не годится тому же Казику. Доказывать девице, что он лучше, Саша не собирался. Вот он и тянул время, сидя в клубе и чувствуя, что скоро у него уже не останется в арсенале боекомплектов, придется сдаваться.

И был сам не свой от радости, когда мама позвонила и заговорщицким шепотом произнесла:

— Все! Я нашла! Можешь возвращаться!

Саша тут же вызвал такси и слинял от Наты. Может, он поступил некрасиво, но уж очень эта девица его достала. И сбегая от нее, Саша ликовал. Может, это и не очень хорошо, но он летел как на крыльях. И сейчас он прекрасно понимал неизвестного ему Казика.

— Такая кого угодно достанет. Господи, повезет же кому-то с женушкой!

Дома мама уже успела нажарить целую сковороду картошки для своих мужчин. Оказывается, тоскуя в ожидании возвращения жены и сына, папа начистил всю картошку, которая имелась у них в доме. Все три кило. Ровные, овальные, чуть желтоватые картофелины лежали в воде и ждали. Видя такое дело, мама покидала на сковородку все запасы ветчины и сала, которые имелись в холодильнике, и теперь им предстояло эту восхитительно пахнущую и буквально купающуюся в жире картошку съесть.

Наверное, у приверженцев правильного питания или просто нормальных людей, увидь они, как эти трое уминают румяную и жирную картошку, да еще заедают ее кусками крупно порезанного мягчайшего ржаного хлеба, молодым чесноком и зеленым луком, сделался бы инфаркт и прямая остановка сердца. Но до чего же это было вкусно!

Барон тоже присутствовал на трапезе. Сначала ему то и дело перепадали лакомые кусочки от всех троих хозяев. А потом папа просто переложил в собачью миску часть картошки со своей тарелки и отдал миску Барону. Первые пятнадцать минут никто из них не мог говорить, рты у всех были заняты. Оказывается, все трое зверски проголодались. У Саши аппетит отбила его новая знакомая. Маме весь день было не до перекусов, а под вечер она из последних сил обыскивала офис «Лучшего праздника», а папа не ел просто из солидарности со своими любимыми. Он вообще редко что-то ел один, обязательно дожидался, когда за стол сядет его семья.

— Ну, рассказывайте, во что вы у меня снова вляпались?

— Ты же знаешь, что случилось на комбинате?

— Слышал.

— Вот мы с Сашей и решили помочь следствию.

— Без меня?

Папа даже вилку выронил. От неожиданности и обиды у него затрясся подбородок.

— Как вы могли? У вас же там уже труп на орбите вашей исчезнувшей Евы нарисовался. Значит, убийца где-то рядом. А если бы с вами что-нибудь случилось? Я бы себе этого никогда не простил.

Папа подумал немножко и прибавил:

— И вам тоже.

Барон одобрительно гавкнул. То ли он тоже сердился, почему его не взяли с собой. То ли пес намекал, что выданная ему порция жареной картошки уже подошла к концу.

Саша поежился и сказал:

— Нам с мамой ничего не грозило. Ну, почти ничего.

— Рассказывайте все без утайки.

Собственно, Саше рассказывать было нечего. Он просто отвлекал внимание от офиса. А вот для мамы наступил ее звездный час.

— Ты по телефону сказала, что всё нашла?

Мама кивнула. Вид у нее был загадочный до невозможности. Ее саму так и распирало от желания как можно скорей все выболтать, но она крепилась, держала интригу до конца. И поэтому рассказывать она принялась очень издалека. Когда Саша выманил из офиса единственную помеху — Нату, его мама пряталась за киоском «Союзпечати». Она видела, что сын протянул руку и вроде как кинул в урну бумажный сверток. В этом свертке были ключи, которые Саша ловко стянул из сумочки Наты, пользуясь тем, что девушка отвлеклась на букет, который был достаточно большим и неудобным, чтобы держать его в руках. Саша специально постарался и выбрал в магазине именно такой.

Стоило сыну скрыться из виду, как мама коршуном кинулась к мусорной урне. Но сначала ей не повезло. Она нашла скомканное объявление о распродаже зимних шуб и дубленок. Это в мае-то месяце! Потом она нашла сверток, который оказался старой газетой с завернутой в него початой пачкой сигарет. Пачка была скомкана, сигареты сломаны, оставалось лишь предполагать, как они оказались в урне. И когда маме уже стало казаться, что следующей находкой может оказаться что-нибудь похлеще, ей повезло. Ключи нашлись.

— Отперев офис, я первым делом тщательно вымыла руки. Мыла их в семи водах. Все жидкое мыло у них извела.

Когда руки стали достаточно красными и распаренными, маму перестало корчить от брезгливости. И она приступила непосредственно к поискам того предмета, ради которого они с Сашей все это и затеяли.

— Главная трудность заключалась в том, что я не представляла, что это может быть. Я понимала, Ева с Хильдой оставили след, и след этот привел нас в агентство «Лучший праздник». Но что дальше? Как искать то, о чем не имеешь никакого представления?

Мама считала, что если в первой подсказке были указаны приблизительные места поиска спрятанных документов, то во второй подсказке они должны быть конкретизированы. Но каким образом затейница Хильда осуществила свое намерение?

— Я перерыла весь ее кабинет. Обыскала рабочий стол. Просмотрела каждую бумажку. Пыталась включить компьютер, но там стоял пароль, и я эту затею оставила. Потом перешла к шкафу. У нее в офисе приличный гардеробчик, скажу я вам. На все случаи жизни и на все времена года.

Но и там маме ничего не улыбнулось. Ни одна из вещей, казалось, не таила в себе ни малейшего намека на тайну.

— Тогда я стала исследовать полки. Ничего. Подняла ковровое покрытие на полу. Пусто. Залезла на стремянку, изучила пыль на шкафах.

— Зачем?

— Думала, вдруг она там нарисовала схему или план, где спрятаны документы.

— Нет?

— Нет.

На все эти поиски у мамы ушло немало времени и еще больше сил.

— Уже было совсем поздно. А я обыскала только кабинет Хильды и ничего больше.

Помещений в «Лучшем празднике» было не так много, как на комбинате, всего несколько комнат, где хранился инвентарь для праздников. Но все-таки на поиски того, не знаю чего, могла уйти вся ночь. И маму потихоньку стала охватывать паника. Она понимала, что включенный свет в окнах агентства может привлечь к себе внимание, и не включала его. От этого видимость ухудшилась, и мама нервничала все сильней.

— И еще я очень устала. И у меня от пыли чесалось в носу, и слезились глаза. Я чувствовала, что вот-вот сдамся. Но очень уж не хотелось подводить Еву. Она ведь неспроста оставила послание полиции. Она нуждается в помощи. А в полиции ей ничем не хотят помочь. Только и думают, как бы засадить их с Хильдой за решетку. Еву за ограбление, а Хильду так и вовсе за убийство.

Разочарованная и предчувствующая провал мама плюхнулась в кресло и прямо напротив себя наконец увидела то, что мигом придало ей сил.

— Со стены на меня смотрела Ева! Я сразу ее узнала! Это был ее фотопортрет. Ева на нем очень хорошо получилась. Вот он!

И мама извлекла из сумки изящную рамку, в которую была вставлена фотография Евы Германовны. Легкая полуулыбка, мечтательный, устремленный вдаль взгляд, мягкое выражение лица. На этой фотографии Ева Германовна получилась почти красавицей.

— Интересно, кто ее снимал? — спросил отец. — Отличный снимок.

— Ева как-то обмолвилась, что познакомилась с одним мужчиной, он занимается художественной фотографией. Думаю, он и снимал ее.

— Фотография очень тонко передает красоту женщины. Может, чем выходить замуж за всяких там Малышевых, вашей Еве стоило обратить внимание на этого фотографа?

— Ева говорила мне, что он инвалид. Что-то у него там случилось с позвоночником, травма или что-то в этом роде, и он прикован к инвалидной коляске.

— Тогда, конечно, — вздохнул отец. — Хотя... Если человек хороший, то на многое можно закрыть глаза.

Но мама с Сашей уже не слушали его, они увлеклись выстраиванием новой версии того, о чем хотела им сказать Ева с помощью этой фотографии. Для этого они осторожно извлекли снимок из рамки и тут же обнаружили внизу в левом нижнем углу надпись «В добрый путь!» Надпись вновь была сделана рукой Евы Германовны. И до того как фотографию вынули из рамки, надпись была скрыта от глаз посторонних.

— И это значит, что мы находимся на верном пути! — обрадовалась мама.

— Или то, что Ева Германовна собиралась уехать и пожелала доброго пути.

— Кому? Самой себе? Нет, я уверена, это указание, что мы движемся в верном направлении, и пожелание удачи.

В отличие от предыдущей фотографии, переданной им Евой, эта фотография не содержала в себе никаких посторонних неуместных предметов. Это был художественно обработанный портрет Евы. Фотография была сделана профессионалом. И на первый взгляд это все, что можно было сказать о ней.

— В руках у Евы ничего нет. Ни яблока, ни банана.

— В прическе даже заколки не наблюдается.

— Зато на шее у нее есть украшение — кулон. Может, он отгадка, куда нам надо двигаться? Ты такой видела у Евы? Взгляни повнимательней.

И Саша протянул своей маме увеличительное стекло, с помощью которого пытался разглядеть мельчайшие нюансы. Мама линзу взяла. И кулон рассмотрела.

— Я его видела, — кивнула она. — Ева его часто носила. Лазуритовая бляшка с очень красивым узором. Она привезла его откуда-то с Востока.

— Может, это указание, что нам надо двигаться на восток?

— Где? В каком из цехов?

— В любом. Входим, ориентируемся по компасу и двигаемся на восток.

— Тогда для определения точного направления движения нам нужен еще азимут. Как именно на восток? Под каким градусом? Или прикажешь обшаривать всю восточную стену вдоль и поперек?

— Это уже хотя бы что-то.

— Нет. Смотрим дальше.

Следующим предметом, который привлек внимание сыщиков, было кольцо на пальце у Евы Германовны.

— Что-то с ним не так, — засомневалась мама.

— Ты раньше не видела у нее этого кольца?

— Кольцо видела. Но... Поняла! Ева всегда носила его на правой руке, а тут оно у нее на левой.

— Поздравляю! Вот и указание. Входим в цех, двигаемся на восток. И в левом углу быстро и без проблем находим тайник.

— Хм, хорошо, если без проблем. Как-то это все уж слишком притянуто за уши.

Если говорить честно, то Саше тоже их объяснения казались какими-то неубедительными. Но часы показывали уже третий час ночи. За день он изрядно вымотался. И поэтому глаза у парня просто слипались. Единственное, чего он сейчас хотел, это лечь и поспать. Но у его родителей было другое мнение на этот счет.

— Если действовать, то прямо сейчас, — сказал отец.

И мама его поддержала:

— Я знаю, как мы сможем проникнуть в холодный цех.

Каким бы сонным ни был Саша, глаза у него широко открылись при этом известии.

— В цех? Вы что, забыли, на комбинате всю ночь дежурят сторожа?

Сторожами была пожилая супружеская чета — очень ответственная и бдительно несущая свою стражу.

— На второй этаж ночью сторожа не пойдут, там включена сигнализация, им просто не пройти. Поэтому они хозяйничают внизу. А холодный цех на втором этаже.

— Ты же сама говоришь, там сигнализация!

— Сигнализация на лестнице и в коридоре, в который выходят двери бухгалтерии. В остальных местах сигнализации нету. Мы легко проникнем внутрь через дверь на пандусе, а потом пройдем в холодный цех.

— Мама! Ты хоть понимаешь, что говоришь? Там же камеры! Они-то работают днем и ночью. Нас увидят. Или ты знаешь путь, как миновать камеры?

— Нет, такого пути нету. Камер слишком много. Главная наша всюду их понатыкала после того случая в прошлом году.

— Да, точно, — вспомнил Саша. — У вас ведь уже была одна кража. Может...

— Ничего общего с нынешним ограблением та кража не имеет. Днем тогда это дело случилось. Просто зашли какие-то люди, вошли в бухгалтерию, бухгалтера связали, сейф обчистили и ушли. Пока хватились, пока поняли, что произошло, их и след простыл. После этого случая главная наша и установила систему видеонаблюдения. Но тогда нам повезло, воры какую-то мелочь унесли. В сейфе оставалось денег лишь на размен. Их и забрали. А вся другая наличность была уже сложена в целлофан и приготовлена для инкассации. Эти деньги в пакетах в углу стояли. Воры их и не заметили.

— Так и как ты намерена нынче обмануть систему наблюдения?

— Обойти ее не удастся. Значит, единственный выход замаскироваться, чтобы нас никто не заметил. Система работает так, что запись ведется постоянно, но просматривает ее лишь сама директриса и то время от времени. Если повезет, она может вообще нас не заметить. А если даже и заметит, то завтра утром, когда придет на работу и возьмется за просмотр записи.

— Разве она не может подключиться к системе онлайн? Увидит, что какие-то подозрительные типы шарят в холодном цеху, вызовет полицию.

— Ну... может. Но вряд ли ей среди ночи придет в голову сесть за ноутбук. Это уж какой-то совсем крайний случай ты описываешь. Нет, я уверена, что все пройдет гладко. Мы сейчас замаскируемся. Наденем какую-нибудь темную одежду, на лица натянем чулки или лучше шапки с прорезанными для глаз и рта отверстиями.

— У меня балаклава уже есть! — обрадовался отец.

— Лица будут закрыты, никто нас не узнает.

Саша переводил изумленный взгляд с одного родителя на другого. Они что, это все всерьез? Похоже, что так. Не прошло и десяти минут, как оба родителя уже стояли перед Сашей, одетые во все темное и облегающее и с закрытыми шапками лицами.

— Ну как? Можно нас узнать?

Саша покачал головой.

— А вы так и по улице пойдете?

— Придется.

— А вы не боитесь, что ваш путь по камерам наружного наблюдения вычислят?

— Ну, не везде же они установлены. И потом, кто будет нас вычислять? Полиция? Они не станут заниматься этим делом. У полиции хватает дел и без того.

— Мы же ничего не станем в цеху ломать или портить, — втолковывала мама Саше. — Придем, походим немного по комбинату и уйдем. О том, что забрали документы из тайника, никто не узнает. Значит, никакой пропажи не будет. А потому и полиция в это дело вмешиваться не станет.

— Так что, сынок? Ты с нами?

В руках у отца уже была его старая балаклава, которую он заботливо приготовил для Саши, для своего сына.

И что оставалось делать Саше? Отправить этих безумцев одних? Чтобы с ними там что-нибудь случилось, а он бы потом места себе не находил от угрызений совести? Нет уж!

— Если уж нас арестуют, то по крайней мере всех вместе.

И Саша пошел переодеваться. Ему всего и надо было, что сменить футболку на темную и неприметную. Вот только всю его темную одежду мама постирала. Она так и лежала в стиралке темным мокрым слипшимся в единый монолит комом. Надевать влажную одежду Саше что-то не захотелось. Единственная темная футболка была та, которую Барон давно уже использовал в качестве своей подушки.

— Извини, Бароша, но я у тебя ее на время позаимствую.

Футболка была обильно покрыта собачьей шерстью. Но Саша хорошенько потряс ее над ванной и счел, что это все же лучше, чем идти по улице с голым торсом или надевать приметную вещь, по которой его легко потом смогут вычислить. Вскоре втроем они вышли из дома и направились к зданию комбината. На пути им не попалось ни единой живой души, что все трое сочли хорошим предзнаменованием. Лица было решено закрыть, когда подойдут к пандусу. Там тоже никого не было. Преодолеть последнюю преграду — решетку оказалось делом несложным, даже мама справилась с этим без труда. Ключ к двери комбината на пандусе у нее, оказывается, имелся при себе.

Мама открыла дверь и предупредила своих мужчин:

— Дальше нам надо двигаться осторожно. В кондитерском работают люди. Они периодически выходят, то на склад за мукой, то к холодильникам за яйцами, то еще куда. Если кого увидите, бегите. При любом раскладе друг друга не ждем. Если начнется тревога, перевес сил не на нашей стороне. В ночной смене не меньше шести человек. Да еще сторожа снизу прибегут. Сработает сигнализация, приедет полиция.

— В общем, мама хочет сказать, что в бой мы ни с кем не вступаем, просачиваемся по стеночкам и... все!

Вопреки Сашиным опасениям, до холодного цеха они добрались благополучно. Никто им не встретился. Никто не поднял тревоги. В цеху было прохладно, тихо и пустынно. Освещение тут было выключено, но взломщикам это не мешало. Через высокие окна проникало достаточно света с улицы.

— У кого из вас компас? — громким шепотом спросил отец.

Саша с мамой молчали.

— Кто взял компас? — занервничал отец. — Я же говорил, что нам нужен будет компас, чтобы определить стороны света.

— Я думала, ты сказал, ты и возьмешь.

– Ты собирала вещи.

— Одежду я приготовила. А про остальное и не подумала.

— Так что же? Компаса у нас нету? Как же мы без компаса определим, где восток?

— В этом помещении все окна выходят на север, — сказала мама.

— Ты уверена?

— Солнца тут почти никогда не бывает. Значит, на север? Правильно?

Но отец уперся:

— Это лишь твое предположение. А нам надо знать точно!

И тут Сашу осенило.

— Подождите ссориться, — сказал он родителям. — Найду я вам компас.

К счастью, современный мир полон самых удивительных чудес. И все они помещаются в одной-единственной плоской коробочке размером с ладонь. Саша включил смартфон и без труда нашел приложение, в котором был и компас, и много чего еще полезного.

— Восток вон там! — ткнул он пальцем через минуту. — И кстати, папа, учти, мама была права. Окна этой комнаты и впрямь смотрят почти строго на север. Извинись.

— Да ну вас! Сговорились!

Признаваться в своих ошибках отец не любил. И извиняться за них тоже. Саша с мамой об этом прекрасно знали, поэтому и не настаивали. Это все успеется потом. Все вместе, немножко обиженные друг на друга, они двинулись в левый восточный угол комнаты. Там стоял металлический стеллаж с посудой. Тарелки, судки, поддоны для заливного. Чего тут только не было! И все это стояло, сложенное одно на другое.

— Отступать нельзя!

Пришлось им троим волей или неволей, но разбирать всю эту посуду. Дело совсем не простое, учитывая, что работать надо было неслышно, чтобы не привлечь к себе внимания посторонних. Но Саша с родителями справились. Переставили, перетряхнули и даже осмотрели со всех сторон каждую салатницу, заглянули в каждый контейнер, обыскали каждый соусник. И даже полки снизу ощупали. Вдруг документы скотчем прикреплены. Нет, безрезультатно.

— Ничего тут нет, — разочарованно сказала мама.

— Отодвинем стеллаж! Вдруг у стены?

— Как ты его отодвинешь? Он же тяжелый. И стоит тут с незапамятных времен. Никто его не двигал много лет.

— А вдруг?

— Посмотри сам. Если бы его двигали, то это сразу было бы видно. На полу остались бы следы, царапины и все такое прочее. А там ничего нет.

Мама была права. Возле каждой ножки стеллажа за долгие годы его службы на комбинате образовалась каемочка из засохшей краски. Если бы стеллаж двигали недавно, каемочка бы оказалась поврежденной. А она была целехонька. Да еще окружена по периметру аккуратной полоской не до конца отмытого пола.

— Нет, стеллаж никто не двигал.

— Тогда в чем дело? На полках мы посмотрели. Снизу посмотрели. Сверху посмотрели.

Мама развела руками.

— Либо кто-то нашел документы раньше нас, либо... либо мы неправильно поняли подсказки и явились не туда.

— Вот! — обрадовался отец. — Поспешишь — людей насмешишь. Что делаем дальше?

— Уходим.

Удрученные, они двинулись к выходу. Как ни печально, но мама была права. В кондитерский цех сейчас было не попасть. В мясной, который находился на первом этаже, тоже. Но мама обещала, что насчет мясного что-нибудь придумает уже завтра.

— Проникну туда под каким-нибудь предлогом. Захвачу компас, сориентируюсь и проведу осмотр.

— А сегодня что?

— А сегодня домой и спать. Лично я просто валюсь с ног.

Но осуществить отход оказалось не так-то просто. Саша первым вышел на пандус и нос к носу столкнулся с незнакомой женщиной. На ней был белый халат и шапочка. Похоже, это была кондитер, которая вышла подышать свежим воздухом. Она с изумлением уставилась на Сашу. И еще сильней глаза у нее выпучились, когда следом за Сашей на улице показались еще и его родители. Три одетые в темное фигуры с закрытыми лицами... Что могла подумать эта женщина? Только то, что она и подумала.

— А-а-а! — завопила она. — Грабители! Караул! Воры!

И схватила Сашу за рукав. Он дернулся. Раздался треск рвущейся ткани, и рукав остался у кондитерши. А все трое, пользуясь ее замешательством, ринулись к решетке ворот. К счастью, ворота были уже открыты. Видимо, кондитерша вышла на пандус как раз с этой целью, открыть ворота и встретить грузовик, прибывший за свежеиспеченными булочками, коржиками, сочнями, полосками, круассанами и тому подобной школьной выпечкой. Кондитерша не стала их преследовать. Так что всем троим удалось вырваться наружу без особых потерь.

Утраченный рукав своей старой футболки Саша в расчет не принимал. И как оказалось, зря.

ГЛАВА 11

Уже на следующий день Саше пришлось здорово пожалеть, что он не предпринял более отчаянной попытки ответной атаки и не отбил трофей у слишком активной кондитерши. Потому что рано утром ему позвонила мама и страшным голосом произнесла:

— У нас на комбинате снова полиция!

— А что им надо?

— В холодном цеху ночью кто-то перевернул вверх дном всю посуду, лежащую на стеллаже.

— Как это кто-то? — не понял Саша. — Мы и перевернули!

Мама многозначительно кашлянула.

Только после этого Саша сообразил:

— А! Ты не можешь говорить. У тебя рядом уши.

Саша был раздосадован не на шутку. Почему они вчера не сложили всю посуду обратно на стеллаж? Ясно, что разложенная как попало и где попало, она сразу привлекла к себе внимание. Но с другой стороны, даже сложи они посуду обратно на стеллаж, разве сумели бы они запомнить весь этот порядок, в котором были уложены ложки-поварешки? Опытный хозяйский глаз сразу бы выявил непорядок. И тревоги было бы все равно не избежать.

— Но это еще не все, — продолжала мрачным голосом излагать новости мама. — Грабителей видели. Их трое. Двое высоких, один маленького роста. У одного из высоких удалось сорвать часть одежды — рукав. И полиция привела с собой ищейку.

Новое кино! Этого еще не хватало! Саша почувствовал, как покрывается холодным потом.

— Полицейские надеются, что собака возьмет след. Мы все надеемся.

Несмотря на выраженную ею надежду, в голосе мамы слышались панические нотки.

И уже совсем едва слышно она прошептала:

— Сиди дома, никому не открывай, что бы ни случилось и кто бы к нам ни пришел! Сашка! Я тебя умоляю!

Саше и самому не хотелось открыть дверь и столкнуться нос к носу с полицейской собакой, явившейся вместе со своим хозяином. Но как же быть? Как уйти от возмездия? Саша принялся судорожно вспоминать все, что когда-либо читал о том, как сбить собаку со следа. Кажется, существуют специальные средства, начисто отбивающие нюх у собаки. Нет, так тоже не годится. Во-первых, где он прямо сейчас добудет такое средство? Даже если заказывать через интернет, все равно будет слишком долго. А во-вторых, если он изувечит служебно-разыскную собаку, то это получается порча государственного имущества. За такое точно не похвалят. Да и собаку жалко. Что служебный пес будет делать, потеряв нюх? Его же просто спишут!

— Что же еще предпринять?

И тут Саша вспомнил удивительно простой рецепт, который помогал многим шпионам уйти от ответственности. Перец! Красный, черный, жгучий перец! И Саша кинулся к полке, где у мамы стояли разные приправы для супов. Торопливо перебирая баночки, он случайно столкнул на пол фотографию Евы, но даже не взглянул в ее сторону. Сейчас было не до того. Саше внезапно стало страшно. Попадаться на таком дурацком происшествии очень не хотелось. Если против него будет возбуждено уголовное дело, в будущем это может сильно помешать его карьере юриста. Не всякий согласится доверить ведение своих дел человеку, в прошлом судимому.

В руки Саше попалась баночка, в которую мама ссыпала перемолотый перчик, выращенный ею собственноручно на даче. Перчик был таким жгучим, что один-единственный брошенный в огромную пятилитровую кастрюлю борща превращал всю ее целиком в одну сплошную раскаленную лаву. А уж в сухом виде это был настоящий чихогон, нюхнешь и до вечера чихаешь.

— То, что надо!

Саша быстро схватил баночку и выскочил на лестницу. На улице никаких собак не было видно. И Саша щедро посыпал вокруг подъезда, прошелся по дорожкам вокруг дома и лишь после того, как от перца не осталось и следа, пошел к себе. Теперь он был спокоен. Любая собака собьется со следа, унюхав мамин перчик. Но на ее нюх это не повлияет. Почихает немножко, а потом все восстановится. На себе проверено много раз.

— Натуральный продукт — это вам не какая-нибудь подозрительная химия.

Единственное, чего не совсем понимал Саша, как теперь Барон пойдет гулять. Впрочем, утром с ним уже погулял папа. А до следующей прогулки может многое произойти. Например, пойдет дождь и смоет как перец, так и следы самого Саши. И успокоенный парень вернулся на кухню. Там он бережно поднял с пола рамку, убедился, что с ней ничего не случилось, ни сколов, ни трещин на пластиковой поверхности не наблюдалось.

— Отличное качество! Мои вам поздравления, братья китайцы.

Поставив рамку на стол, Саша принялся за приготовление завтрака.

После вчерашней картошки хотелось чего-то легкого и малокалорийного. В холодильнике нашелся йогурт, свежий укроп и горбушка хлеба. Сладкие творожки Саша категорически не признавал. Он не девчонка, чтобы сладким лакомиться. Кисломолочные продукты Саша любил только в соленом виде. Соль отлично сбивала противную творожную кислинку. Парень покрошил хлеб в глубокую миску, залил его йогуртом, посыпал сверху мелко нарезанным укропчиком и в порыве вдохновения добавил черной соли.

Эту соль привезла из Галича маме ее подруга. И соль эта считалась своего рода достоянием всего края. Черную соль готовили до сих пор во всех деревенских домах по старинному рецепту. Замешивали очень крутое и сильно соленое тесто, которое держали в печи до тех пор, пока хлеб не превращался в одну сплошную головешку. Вот ее-то, родимую, размалывали и употребляли в пищу.

Черная соль мигом придала белому йогурту и свежей зелени необходимый контраст и изысканность, и Саше даже стало казаться, что на завтрак он поглощает картину какого-то сильно авангардного мастера. Насытившись, парень налил себе крепкого чая пуэра и, попивая его, думал, какого дурака они сваляли вчера с родителями. Ничего толком не выяснили, поперлись, можно сказать, на рожон.

Внезапно на глаза ему снова попалась рамка с фотографией Евы Германовны. Теперь женщина смотрела на него вроде как с укоризной. Мол, не оправдал ты моего доверия. Саше даже стало стыдно. И чтобы избавиться от ее взгляда, он перевернул рамку и с удивлением и радостью обнаружил, что сделана рамка вовсе не в Китае, а у нас, в России. И является не просто рамкой, а объектом художественного творчества юных.

Вглядевшись повнимательнее в саму рамочку, Саша понял, что перед ним была одна из тех поделок для мастер-классов, которые так любят предлагать взрослые своим детям для развития у них творческих способностей. Таких товаров на прилавках магазинов великое множество. Магнитики из асбеста, отлитые по прилагающимся формам, а затем раскрашенные юными художниками. Мыло, разукрашенное блестяшками и ароматизированное хвойной эссенцией из маленькой бутылочки. Свечи, вышивка, картины. Или вот как тут — рамки для фотографий. В комплекте обычно шла сама рамка — заводского изготовления — и к ней куча всяких забавных штучек, которыми можно было ее украсить.

Обычно юным мастерицам для украшения предлагались стразы, бусинки, пушинки. Но в этом комплекте производители решили сориginальничать, тут шли всякие продукты питания. От нечего делать Саша принялся разглядывать, как именно неизвестная ему девочка разукрасила рамочку. Она явно была большая любительница покушать. Сосисочки, котлетки, пюрешка, а для любителей сладкого яблочки и пироженки. Немножко странно, что Ева выбрала для обрамления своего фотопортрета именно такую рамку.

Саша вновь поставил фотографию на стол и отошел. А когда оглянулся, то понял, что теперь Ева Германовна смотрит вовсе не вдаль. Она смотрит на вкусный кексик, украшенный сверху розовой глазурью и вишенкой. Ничего удивительного в этом не было, кексик и впрямь был чудо как хорош. Саша хоть и не любил сладкого, от такого угощения бы точно не отказался. Рядом с кексом была помещена печь, а с другой стороны мешок с мукой.

На противоположной стороне рамки были укреплены следующие украшения — в середке вазочка с чем-то бело-розовым, из чего торчала голова креветки.

— Это какой-то салат.

Рядом с салатом с одной стороны были укреплены весы, а с другой стороны от него красовалась горка уже покрошенных крошечными кубиками ингредиентов для будущего салата. Саша перевел взгляд обратно. Что-то неясное шевельнулось у него в голове. Внезапно Саша замер. Кекс! Ева Германовна смотрит не просто в сторону, ее взгляд устремлен на кекс. Так уж расположена деталь. И сделано это не случайно, ведь именно такие кексы, только не в розовой, а в белой глазури и без всяких вишенок готовились в кондитерском цеху комбината. А салаты резали в холодном цеху. В том самом цеху, где они с родителями вчера так позорно провалили свое задание.

— А что же у нас внизу?

Но даже прежде, чем взглянуть на нижнюю планку рамки, Саша уже знал, что увидит там. Оставался неохваченным лишь мясной цех, находившийся как раз на первом этаже, то есть внизу. И поэтому Саша совсем не удивился, обнаружив на нижней стороне рамки сочную котлету, слепленную из горы розового фарша, и с двух сторон от котлеты находились окорок и телячья голова. Какое-то время Саша таращился на эту котлету, а затем взглянул на край рамки с кексом.

— Вот они где, — прошептал он. — А мы-то глупцы... Совсем не там искали, где спрятано!

В обед мама прибежала проведать сына.

— Ну как? Все в порядке?

— В полном!

— Повезло нам. Собака-ищейка след потеряла. Как ее выпустили, она сначала вокруг комбината круги наматывала. Но это как раз понятно, ты там много гулял в последние дни. А потом начала по всем окрестностям носиться. И знаешь, странно так бегала, не по дорожкам, а все по траве норовила бежать.

И двигалась тоже как-то неровно, не по прямой линии, как человек бы шел, а все змейкой да кругами.

Саша невольно фыркнул.

— Ты чего? — удивилась мама.

— Собака шла не по моему следу. — И Саша расхохотался. — Это она след Барона взяла!

Сначала мама долго смотрела на Сашу непонимающим взглядом, а потом тоже рассмеялась.

— Я же эту футболку у Барона отнял, — объяснял Саша. — Барон на ней невесть сколько времени спал. Его запах, наверное, мой собственный совсем перебил. Или запах Барона ищейке просто более привлекательным показался. Вот она и побежала по его следам.

— Все равно хорошего было бы мало, найди она Барона. Мигом бы выяснили, что это наша с тобой собака. Но, к счастью, ищейка полицейская побегала немного, побегала, да и вроде как к нашему дому побежала. Тут у меня сердце так и замерло. Но она совсем немного не добежала и сдалась. Покрутилась, покрутилась, да назад побежала. Чихает, лапой морду трет. Там на травку села, морду опустила. Хозяин ее спрашивает, что же ты, Гера? А она молчит, на него и не смотрит, стыдно собаке, что след потеряла.

Хотя Саше было немного не по себе, что он заставил ищейку Геру испытать такие неприятные эмоции, но с другой стороны, найди она их с Бароном, было бы еще хуже. И он решил поведать маме о своем открытии. Но у нее самой накопилось столько новостей, что вставить хотя бы словечко у Саши не получалось.

— А та женщина, которую вместо Евы Германовны арестовали, и впрямь оказалась совсем другой теткой. Следователь нашей директрисе объяснил, что держать ее у себя они не имеют права. Сегодня ее отпускают. Ты бы слышал, как наша главная потом ругалась. Адвокату этому Горбушкину позвонила, отбой дала. Дескать, нечего эту бабу защищать, она нам никто и звать ее никак.

— А как ее имя?

Этого мама так и не узнала. И Саша решил, что надо ему сходить к следователю. Провентилировать, что там и как у них делается. Но сначала он хотел поделиться со своей мамой новой информацией.

— Я знаю, где Ева Германовна в холодном цеху спрятала документы.

И Саша объяснил, как он додумался до своего открытия.

— Салаты у нас режут на специальном столе, возле него доски и ножи. Где там спрячешь?

— А где салаты смешивают?

— Для этого еще один стол.

— И на нем стоят весы?

— Да. Стоят. Правда, ими никто из поваров не пользуется. Они и на глаз могут сказать до грамма, сколько того или иного продукта положили.

— И ошибок не бывает?

— Случайных нет. Разве если кто намеренно меньше того или иного продукта положит. Ну да это на его совести.

— Что же, они и продукт на выходе тоже не взвешивают?

— Зачем поварам вся эта лишняя возня и трата времени? Сколько положили, столько и выйдет. Каждый повар уже так руку набил, что точно знает, какая горка салата сколько весит. Сам подумай, если салаты по порциям в контейнеры разложить требуется, то каждый контейнер взвешивать — это лишняя работа. Повара все на глаз делают, да никогда не ошибаются. Весы у нас только с одной-единственной целью стоят, если проверка вдруг какая придет да прицепится, почему это у нас весов нету.

— Так вот тебе надо изловчиться и сегодня же эти весы осмотреть.

— Ой, Саша, боюсь, что уже не получится ничего.

— Почему это?

— Я тебе не сказала, но после нашего с вами ночного налета полиция холодный цех велела опечатать. Хоть ничего там и не пропало, но на всякий случай. А директриса цех еще и самолично на замок заперла. И ключ даже не у сторожей, а у себя держит. Смекнула, видать, что в этом цеху ночью что-то важное искали. И так как голова что у нас, что у нее из-за одного и того же болит, а именно из-за документов этих проклятых, то она решила сама их поискать. И цех до той поры закрыла.

— Понятно.

Саша был разочарован. Так у него все хорошо складывалось, он уже почти что совсем разгадал подсказки Евы Германовны и нашел документы, и вот на тебе. Очередное препятствие!

— Хорошо. А другие цеха? Мясной и кондитерский?

— Про них никто ничего не знает и не подозревает. Там работа идет, как обычно.

— Значит, ты можешь попытаться туда проникнуть?

— Да. Я же обещала, что сделаю все, что в моих силах. Начну я с кондитерского. У меня там есть несколько приятельниц, я к ним частенько забегаю, как и они ко мне. Так что мое появление у них на рабочем месте подозрений ни у кого не вызовет.

И мама полезла в шкафчик, где у нее хранились домашние заготовки. Обратно она вынырнула, держа в руках банку с маринованными лисичками.

— Презент, — пояснила она Саше. — Светка Капустина — наш старший кондитер — очень эти грибочки уважает. Лучшей закуски под водочку для нее нету. Отнесу! Все-таки она у нас героиня. Это же она вчера тебе рукав оторвала.

Сашу эта новость не порадовала. Кому приятно вспоминать о собственных неудачах.

— Нечего сказать, хорошие у тебя приятельницы, — проворчал он. — Ты смотри там, как бы она тебя не раскусила, чего ты возле нее с грибочками увиваешься.

— Объясни лучше, где мне документы смотреть?

— Тут изображены мешок с мукой и печь. В них и смотри.

— Ну, мука у кондитеров постоянно меняется. Одну партию муки им принесут, они тесто замесят, снова новую партию нести нужно.

— А откуда несут?

— Со склада.

— Ты на склад загляни.

— Так и на складе мука постоянно в дело идет. Одну забирают, другую привозят. Если прятать в муке, велик риск, что документы быстро найдут.

— А печь?

— А печь работает почти постоянно. Иногда ее отключают, конечно, но это ненадолго. Даже не на всю ночь, а так, на несколько часов.

Да, в горящей печи документы в любом виде давно бы сгорели. Ни бумага, ни пластик воздействия высоких температур не выдержат.

— Ты уж сама скумекай, что там и как, — попросил Саша у мамы.

Ничего другого ему не оставалось, кроме как просить. Потому что ему самому на комбинат теперь хода не было. Пока вся эта шумиха с очередным проникновением на комбинат чужаков не уляжется, Саше туда соваться не следовало. Оставалось надеяться на помощь мамы. Зато к следователю Саше никто не запрещал наведаться. И даже более того, Саша просто обязан был там появиться.

При виде юноши, сунувшего голову в его кабинет, следователь расцвел улыбкой.

— Входите, входите!

Он встал, чтобы пожать Саше руку. И долго энергично тряс ее, повторяя:

— А ведь вы были правы, молодой человек! Вы единственный заподозрил эту женщину в обмане! Очная ставка с сотрудниками комбината показала, что задержанная никакая не Ева Германовна. Совершенно посторонняя баба, невесть с какими целями назвавшаяся чужим именем.

— Если посторонняя, как она попала в квартиру Евы Германовны? Кто ей открыл?

— С этим как раз проблем не было. Сожительница брата Евы Германовны и открыла. Женщина объяснила, что ее прислала Ева, что сама она тоже вскоре подойдет, и попросила позволения подождать Еву в одной из комнат. В качестве платы за услугу женщина дала Ларе две бутылки водки. А сама женщина прошла в комнату, где спокойно дождалась прибытия полиции и своего ареста. Лара к этому времени была уже пьяна, она даже не заметила, что полиция кого-то забрала.

Вот о какой жирной бабе говорил Сергей — нынешний сожитель бедовой Лары. Вот кто принес две бутылки водки, которые пьяницы и выкушали.

— А документы Евы Германовны у этой женщины откуда?

— Говорит, та забыла свои документы у нее. Дескать, она принесла документы Еве, чтобы вернуть их назад. А тут мы с облавой. От страха потеряла голову, назвалась Евой Германовной и призналась по всем пунктам нашего обвинения.

— Вы меня простите, но это какая-то чушь.

— Согласен. Но доказать обратное мы пока не в силах.

— Она вообще нормальная? Как ее имя?

— Зовут ее Анна Леонидовна Кукушкина. У меня тоже возникли сомнения в ее вменяемости. Я проверил, в психоневрологическом диспансере на учете она не состоит. Хотя с головой у нее не все ладно. Все время твердит, что победить зло возможно лишь самим людям, если они начнут творить добро. Ну, и всякое такое.

— Так это она по доброте душевной решила отмотать срок за Еву Германовну?

— Ну, насколько я понимаю, никакой реальной опасности для самой Кукушкиной не было. Рано или поздно мы бы разобрались, кто она такая, и отпустили бы ее.

— Но это дало время настоящей Еве Германовне спрятаться получше самой и спрятать концы, если она все же виновна.

— Совершенно правильно рассуждаете, — кивнул следователь. — Но личность Кукушкиной, вздумавшей изображать Еву Германовну, меня настолько мало интересует, что Кукушкину я отпускаю.

— Как же так?

— А что я могу ей предъявить? К ограблению она не причастна. У нее есть алиби, мы проверили. Конечно, и последнему дураку ясно, что между этими двумя женщинами существовал сговор. За деньги или за интерес Ева уговорила Кукушкину немножко побыть ею. И даже посидеть вместо нее в камере. Наверное, всетаки Ева приплатила. Хотя не факт. Кукушкина эта такая чудачка, что могла и просто так согласиться, на голом энтузиазме.

— Значит, вы ее отпускаете?

— Уже отпустил.

Саша дернулся к выходу, так хотелось перехватить ему гражданку Кукушкину, но следователь снова заговорил, и парень остался на месте.

— Дело сейчас в другом. Вернее, в другой. Нам удалось установить место нахождения гражданки Боровской.

— Вы ее задержали!

— Пока нет, но это дело ближайшего времени.

— А Ева Германовна?

— Насчет нее информации не имею. Пока что ее след нами утерян, но уверен, что это ненадолго.

Можно не сомневаться, как только Хильда окажется в руках у полиции, вместе с нею у них появится и след, ведущий к самой Еве. Может, Саше пора уже прекратить самодеятельность? Похоже, в полиции неплохо справляются и без него.

— Вы подозреваете Хильду в причастности к ограблению на комбинате?

— Берите выше, молодой человек. В убийстве!

— Малышева?

— Это она его убила, можно не сомневаться. Во-первых, у нее был мотив. Малышев угрожал ее подруге. Мужчина буквально преследовал Еву. Во-вторых, место трагедии, убийство произошло в квартире самой Хильды. И наконец, третье и самое важное обстоятельство, на рукоятке орудия убийства нашими экспертами обнаружены многочисленные следы пальцев госпожи Боровской.

Саша молчал. Все эти три пункта обвинения лично ему не казались сколько-нибудь значительными. Да, Малышев здорово мешал женщинам наслаждаться жизнью и обществом друг друга. Но от Малышева, надо понимать, они откупились деньгами, похищенными с комбината. Отпечатки пальцев на молотке тоже вполне понятны, этот молоток частенько использовался хозяйкой по прямому назначению, она отбивала им антрекоты, и на его рукоятке просто должны были остаться ее отпечатки. Было бы странно, не окажись их там. И наконец, последнее обстоятельство — место, выбранное Хильдой для совершения убийства, казалось Саше и вовсе глупостью. Только полная идиотка потащит свою жертву к себе домой.

Зачем это было делать Хильде? Чтобы сразу же навести подозрения на себя? Чтобы облегчить работу полиции? Чтобы те долго не блуждали вокруг да около, а сразу же обратили внимание на нее, на Хильду?

— Это больше похоже на какую-то подставу. Кто-то заманил Малышева домой к Хильде, а потом подстроил так, чтобы и сама Хильда заехала в это время к себе домой.

— Заехала, увидела Малышева, убила его колотушкой, испугалась содеянного и удрала. Думала, что ей удастся уйти от рук правосудия. Но не тут-то было, голубушка! Мы уже вычислили место, где она прячется. И сегодня же арестуем.

Следователь был полон предвкушения, как он разделается с Хильдой. Саша не решился портить ему настроение. Все-таки следователь хороший человек, пусть сам поймет, что его подозрения насчет Хильды не имеют никакой связи с реальностью. Сам Саша тоже не отказался бы побеседовать с Хильдой, но ему, понятное дело, такого никто не предложил.

Парню оставались лишь остатки после барской трапезы.

— Надо срочно догнать эту Кукушкину и поговорить с ней.

Но когда Саша вышел из кабинета следователя в коридор, то его поджидал сюрприз. Совершенно неожиданно для себя Саша наткнулся на большую овчарку, сидящую у стены. Собака была роскошной, с густой и лоснящейся шерстью. Морда у нее была острая и длинная. Она внимательно посмотрела на Сашу своими умными глазами и вроде как напряглась. Уж не та ли это ищейка, которую Саше удалось сбить со следа сегодня утром? Если так, то у собаки могут возникнуть к нему серьезные претензии.

— Гера?

Собака заворчала.

— Ты не сердись, — попробовал Саша помириться с овчаркой. — Так уж получилось.

Собака встала на все четыре лапы и слегка зарычала. Похоже, действие перца закончилось, и Сашин запах показался собаке знакомым. И теперь она прикидывала, стоит ей уже начать выполнять свой долг или пока что повременить. Но взгляд у собаки сделался каким-то нехорошим. И рычала она все громче. Саша прямо покрылся холодным потом. Вот ведь как он влип! Утром все прошло гладко, так нет же, потянуло его в полицию!

— Тихо ты! — пытался урезонить Саша собаку. — Я ни в чем не виноват. Я пытаюсь докопаться до правды. Да, пришлось кое-что нарушить, но это же для пользы дела!

Собака перестала рычать и вроде как прислушалась.

Саша обрадовался и продолжил объяснения еще живее:

— Ты пойми, я тоже сыщик. Тоже, как и ты, ловлю злодеев. Но тут уж такое хитрое дело оказалось, что не поймешь, кто злодей, а кто так. Ты меня не выдавай, пожалуйста. А то мне надо хорошего человека спасти, мне попадаться в руки полиции никак нельзя сейчас.

К его удивлению, собака замолчала и снова села. Но стоило Саше сделать шаг по направлению к выходу, как собака вновь вскочила на ноги и залаяла. Вот зараза злопамятная! Саша услышал, как открылась дверь по соседству, и тут же оттуда выглянул инструктор собаки. Сейчас он поймет, на кого направлен собачий гнев, и захочет разобраться в его причине. Саша уже приготовился бежать или оправдываться, как вдруг ему повезло.

Мимо него пронесся какой-то метеор, вслед ему неслись крики:

— Держите его! Подозреваемый сбежал!

Мигом в коридоре возникла страшная суматоха. Инструктор Геры также кинулся помогать своим коллегам. Увидев это, его собака в тот же миг переключилась на новый источник раздражения. Забыв про Сашу, она кинулась в погоню вместе со своим хозяином. А Саша получил возможность без лишних вопросов покинуть отделение полиции. Вот уж повезло так повезло. Впору подумать, что кто-то наверху наблюдает за Сашиными действиями и в самый ответственный момент помогает ему.

ГЛАВА 12

Гражданку Кукушкину он нагнать не успел. Но не беда, у Саши был номер ее телефона, которым любезно снабдил его следователь. Он набрал номер, и после нескольких гудков ему ответил женский голос. Звучал он настороженно. Саша представился, но голос продолжал оставаться таким же недоверчивым. У парня сложилось ощущение, что Кукушкина подумывает, а не прекратить ли ей разговор.

— Не бойтесь. Вы меня знаете. Я вместе со следователем приходил к вам в камеру! Вы еще сказали, что меня тоже убьют, если я влезу в это дело!

Проходящая мимо старушка, услышав его слова, тут же охнула, перекрестилась и торопливо бросилась на другую сторону улицы, подальше от Саши и его страшных тайн.

— Почему вы угрожали мне смертью? — настойчиво допытывался тот, не обращая внимания на то, как быстро пустеет вокруг него пространство. — Вы знаете, где сейчас Ева? Может, ей тоже грозит опасность? Может, ее могут убить?

— А как же! Запросто могут. Дело-то какое... Миллионное дело!

— Вы что-то знаете?

— Что Ева мне рассказала, только это и знаю.

— Расскажите, что знаете! Вы не бойтесь, ваш телефон мне следователь дал. Можете у него сами спросить.

— А чего нужно-то?

— Поговорить!

— Ну, подходите. Я тут неподалеку сижу в кафе.

Кафе было совсем рядом с отделением полиции. Видимо, Кукушкина была просто не в силах дотерпеть до другого места. Весь стол перед ней был заставлен тарелками с первым, вторым, закусками и выпечкой. Кукушкина невозмутимо поглощала гороховый суп, пустая тарелка со следами бывшего в ней недавно борща уже стояла на краю стола, дожидаясь, когда ее заберет официант, а своей очереди дожидался еще крем-суп из шампиньонов, к нему полагались крохотные хрустящие сухарики, которые высокой горкой были насыпаны в вазочке.

— Так наголодалась на казенных харчах, что теперь отъедаюсь.

— Да я вижу.

Саше стало даже интересно, неужели эта дама способна уложить в себя столько разной снеди? Ну, три порции супа — это еще туда-сюда, суп он ведь жидкий, его легко в себя залить. Но как быть с ножкой цыпленка с гарниром из пюре и зеленого горошка? Ножку ведь надо жевать. И к тому же перед Кукушкиной на очереди еще стояла мясная запеканка, политая густым соусом, и голубцы, буквально утопающие в сметане.

Но Кукушкина даже не сомневалась в своих способностях. Она лишь поинтересовалась у официанта, какая еще выпечка есть у них в кафе. И узнав, что имеются чебуреки с пылу с жару, заказала сразу две штуки, а потом еще три. Саша с содроганием наблюдал за трапезой. Создавалось впечатление, что внутри Кукушкиной встроен мощный пылесос, способный втягивать в себя огромные порции еды. Грибной суп она выпила буквально одним глотком. Голубцы лишь мелькнули и исчезли. Запеканка сопротивлялась чуть дольше, да и то лишь потому, что румяная корочка не желала сразу резаться, а запихнуть всю порцию целиком даже у Кукушкиной при всем ее желании не получалось.

Справившись со всем, что стояло на столе, женщина удовлетворенно погладила себя по животу и произнесла:

— Хорошо подзакусила.

Саша с недоумением поднял на нее взгляд. Подзакусила? Да среднему человеку ее трапезы хватило бы на три дня!

— Что у вас есть еще вкусненького? — остановила Кукушкина официанта. — Может, из салатов чего имеется? Что-то мне селедочки захотелось. Принесите пожирнее.

Целая порезанная и посыпанная кольцами лука селедка появилась на столе. Судьба ее была предопределена. Не успел Саша заказать себе стакан воды, как от селедки не осталось и следа. После этого Кукушкина с благодарностью выпила воду, которую официант принес для Саши, и заявила, что готова перейти к десерту.

— Я читала, у вас в меню есть сырники со сгущенкой? И к ним еще десяток блинов. С маслом.

Когда же она наестся? Вот утроба ненасытная! Сколько же ей предстоит заплатить за угощение? Цены в кафе демократичные, сказывается близость отделения полиции, но заказано Кукушкиной очень много, так что сумма крупная набежит.

Но когда Саша осторожно на это намекнул, Кукушкина ничуть не смутилась и воскликнула:

— А чего не поесть от пуза? Деньги-то у меня теперь есть. Сколько хочешь!

— Вам Ева заплатила?

— Благодарная она баба. Я как ей помочь согласилась, она сразу мне всю сумму перевела. Знаешь, как мне эти деньги в камере душу грели!

— Представляю. А за что же она вам заплатила? Чтобы вы согласились выдать себя за нее и сесть за решетку?

— Ага! А перед этим еще к стилисту ее надо было сходить, парикмахеру то есть, если попростому говорить. Она меня и постригла, и покрасила, и причесала под Еву. Мы с Евой и раньше друг на дружку смахивали, а тут прямо как близнецы стали. Потом Ева меня к косметологу отвела, та мне губы наколола, чтобы такую же форму им придать, как у Евы. Нити золотые мне под кожу вшили, я сразу лет на десять помолодела. Ну, чисто Ева стала. Она мне и одежду свою дала, чтобы уж совсем нас было не различить. Фигуры-то у нас похожи, но все же пришлось к бабе Лизе ехать, кое-что ушивать да укорачивать. А берет баба Лиза о-го-го! Я знаю, потому что с ее дочкой дружу. У бабы

Лизы клиентов раз-два да обчелся. Но зато эти клиенты платят ей очень хорошие деньги. И Ева за меня без слов все заплатила. Вот тогда я и поверила, что она меня не кинет, и согласилась ей помочь. Да и то сказать, дело-то у нее правое, благородное дело. Я вот сама сколько лет котлы таскала да мыла, систему эту не понаслышке, а, можно сказать, изнутри знаю.

— Вы в школе работаете?

— Работала, — поправила его Кукушкина. — Теперь-то уж не придется. Деньги есть, отчего не погулять!

— И вам там не нравилось работать?

— Гнилая система. Тащат в школьных столовых все и всё. Где только можно тянут и где нельзя тоже тянут. А разве это дело? Ведь детишки же в первую очередь от этих проделок страдают. Должны детки качественную и вкусную пищу есть, а едят непонятно что. Им государство достаточно денег на питание выделяет, чтобы дети хорошо кушали, а что в итоге?

— Что?

— Хорошо, если дети половину положенного от нормы получат, а то и того нет. Вот и посчитай. Если с каждого ребятенка хоть тридцатник сорвать, а детей таких тысяча, сколько в день выходит? Тридцать тысяч. А умножь теперь на двадцать четыре рабочих дня, потому что школьные буфеты, они и по субботам работают. Ладно, не надо на двадцать четыре, умножь на двадцать. Сколько вышло? Шестьсот? А теперь на девять месяцев умножь. Пять миллионов выходит и еще четыреста тысяч. Ну, четыреста тысяч можно на весенние, осенние и новогодние каникулы скинуть. Но пять лимончиков — это верняк.

— И кто эти деньги получает?

— Уж точно, что не я. Мое дело маленькое. А вот кто эти деньги получает, против тех Ева борьбу и затеяла. И я ей помочь согласилась. Очень Еве не нравилось, что в школьном питании творится. Не везде, наговаривать не стану, но во многих местах. И тут я с Евой солидарна. Сама лично все эти манипуляции наблюдала. Со мной-то особенно никто не делился, должность не та. Но тысчонку в неделю раз подкидывали. И я ее брала. А теперь стыдно, потому что Ева мне объяснила, как эта тысчонка ко мне приходила. А сколько таких тысчонок те, кто повыше меня стоял, к себе в карман клали! Тысячи! Вот тут меня возмущение и проняло. С чего это мне тысячу, а себе миллионы? Нет, так не пойдет дело. И ведь не только в нашей школе такое творится, но и в других тоже.

– Так Ева задумала разоблачить целую преступную сеть? Пресечь воровство во всех школьных столовых города?

— Ну, во всех или не во всех, а в одной конкретно собралась! Она и документы все подготовила. И сказала, что устроит так, что эти документы полиция очень активно искать будет. И обязательно найдет. И к этому времени замять эту историю уже не удастся, и делу будет дан ход. И многие сядут. А кто не сядет, тот в сфере школьного питания уже никогда больше работать не сможет. И вот тогда и я смогу себя следователю спокойно назвать и отправляться домой. Только меня раньше времени разоблачили.

Но Кукушкина совсем не печалилась об этом. Она придвинула к себе громадный сладкий пирог с ягодами и взбитыми сливками и принялась его поглощать с таким аппетитом, словно до того крупинки маковой во рту не держала.

— Может, и ограбление у нас на комбинате организовала Ева?

— Ага. Только деньги Еву не интересовали. Ей надо было внимание к своей персоне привлечь. Ну, чтобы следователь копать начал под нее. А тут бы и документики эти выплыли, которые она подготовила. Раз они в рамках уголовного дела появились, их должны были изучить и приобщить. А если уж приобщат, то должны с ними начать работать. Не отмахнулись бы, как раньше от слов Евы в полиции отмахивались. Мол, все знаем, все понимаем, да невозможно ничего сделать. А Ева вот доказала, что невозможного нету!

— Ева и раньше пыталась что-то предпринять против воровства и хищений?

— Только ничего у нее не выходило. А тут она хитрый план придумала. Такой хитрый, что я всего и не поняла. Только одно поняла, что голова у Евки здорово варит. И мне она помочь деньгами обещала, и слово свое сдержала. За все мои давешние обиды я свое взяла. И врагам своим отомстила, и денег заработала. Вот как!

И очень довольная собой Кукушкина принялась за последний кусок пирога с ягодами.

— А с Евой вы познакомились у бабы Лизы?

— Угу! Она нас с Евой и свела. Позвала к себе и говорит, у одной моей клиентки разговор к тебе есть, деловое предложение. Какое такое, думаю, деловое предложение? И сначала я даже подумала, баба эта ко мне насчет «Наполеона» хочет обратиться.

— Какого «Наполеона»? — не понял Саша.

— «Наполеона», который мы с бабоньками печем из школьных продуктов да клиентам продаем. К праздникам дело очень хорошо у нас идет. Другие торты тоже пробовали печь, но с ними возни много. Народ нынче требовательный пошел, украшений все каких-то желают. А «Наполеон», его на скорую руку легко можно сляпать. И украшений никаких ему не нужно. И выносить удобно, порезал кусками, в коробку сложил и вперед, никто и не заметит ничего особенного. Пироги тоже печем, но там сложно.

— Конкуренция большая?

— И это тоже. И еще разнообразия мало. У нас хоть по большей части продукты и дармовые, но если с красной рыбой кто пирог закажет, так такого у нас в меню нет, приходится рыбу отдельно докупать. И грибов у нас нет, не предусмотрены они в детском питании. Оптом большими партиями покупать мы не можем, размер производства не тот, не позволяет. А если в розницу грибы или ту же рыбу в магазине брать, то от этого сильно наша прибыль уменьшается. Так что полного ассортимента по пирогам мы клиентам предложить не можем. Вот они и уходят к другим поставщикам.

Саша слушал и не знал, чему удивляться. То ли тому, как легко и просто Кукушкина раскрывает ему подноготную своей работы. То ли тому, что такое вообще стало возможным. Похоже, женщина даже не понимает, что печь торты и пироги из изъятых у детишек продуктов, а потом продавать их — это уголовная статья. Но Кукушкину волновало лишь то, что из общей доли ей доставалось до обидного мало. Повара и завпроизводством не хотели делиться с мойщицей своим жирным наваром.

Но Саша решил, что если этим делом уже занялась Ева Германовна, то ему соваться туда не стоит. Найти бы документы. Да узнать, что с Евой Германовной. И похоже, подсказать это может та портниха, у которой Ева обшивалась всю свою жизнь.

— Так что там с тетей Лизой? Можно ее увидеть?

— Какая она тебе тетя! — рассмеялась Кукушкина. — Старая уже совсем бабка. И кличут ее потому все бабой Лизой. Но портниха из нее замечательная. На толстух шьет вроде меня. На тех, кто очень сильно покушать любит. Животы прячет так, что искать будешь, не найдешь. Волшебница! Ведь так шьет, что я в ее вещичках самой себе Дюймовочкой стала казаться.

Саша с сомнением покосился на то место, где у женщины должна была иметься талия. Если будешь столько трескать в одну харю, то вскоре никакие волшебницы тебе уже не помогут. Но свое мнение он оставил при себе.

А вслух спросил:

— А как бы с этой бабой Лизой познакомиться?

— Да очень просто. Езжай к ней и знакомься. Адрес я тебе дам.

— А вы?

— А я тут еще немножко посижу. Что-то у меня аппетит разгулялся.

— По-моему, вы уже попробовали все, что у них есть, — сделал Саша попытку спасти кошелек Кукушкиной. — Давайте, я вас лучше до дома подвезу?

— Да? Ну, твоя правда. Я у них уже все попробовала. Тогда вот как мы сделаем, ты меня довезешь, но по дороге я еще на рынок заскочу.

На рынке Кукушкина купила сливок, сметаны, три вида сыра и столько же мясных копченостей. Не забыла она и про красную рыбку, которой приобрела целый килограмм. Хлеба было куплено пять буханок — белый пшеничный, лаваш, батон, затем зерновой и еще сладкий ржаной с изюмом.

— Это на десерт, — объявила Кукушкина. — С маслицем за милую душу пойдет.

Маслице сливочное она тоже купила. Не была забыта и битая птица, и мясо, и картошка, и фрукты. Одним словом, с рынка они вышли нагруженные сверх всякой меры. Сашины руки оттягивали четыре тяжелых пакета. Кукушкина несла шесть и сияла при этом, словно новенький медный пятак. Женщина явно предвкушала тот момент, когда останется один на один со всей этой вкуснятиной и накинется на нее.

— По нашему с Евой договору я должна была в ее одежду влезать. Так что кушать много я не могла. Никакого удовольствия, кроме морального, что жадюги и воры вскоре будут наказаны, не получала от нашего с ней договора. А теперь договору нашему конец, моя воля, что хочу, то и творю! Сто тысяч мне Ева заплатила, так-то вот! Несколько дней вместо нее в тепле и комфорте посидела, и порядок. Теперь я при бабках! На все лето мне этих денег хватит!

Саша в этом что-то сомневался. Учитывая, сколько Кукушкина тратит на питание, она способна профукать эти деньги и за месяц. Но с другой стороны, это ее дело и ее деньги. Пусть порадует себя хотя бы таким образом, если на большее фантазии не хватает.

Доставив счастливую и довольную жизнью Кукушкину до ее дома, Саша вернулся к себе в машину, сел и задумался.

— Итак, что же у нас получается?

А получалась следующая картина. Ева Германовна задумала полномасштабную войну, но не против одной-единственной своей директрисы, как полагал вначале сыщик. Нет, Ева пошла еще дальше и замыслила вывести на чистую воду всю преступную организацию, долгие годы безнаказанно занимающуюся хищениями в сфере школьного питания.

Каким-то образом Ева Германовна собрала и зафиксировала те случаи многочисленных нарушений, которые, как она полагала, должны были стать составом нового уголовного дела. Но так как привлечь внимание правоохранительных структур к этой теме Еве никак не удавалось, то она задумала аферу, расследуя которую, следователь невольно будет обязан обратить внимание и на те документы, которые имелись у Евы.

Организовав ограбление таким образом, чтобы все подозрения пали на них с Хильдой, сами женщины исчезли. Но так как уголовное дело без главного подозреваемого грозило вскоре закрыться, то Ева договорилась с Кукушкиной, чтобы та какое-то время изображала подозреваемую. От Кукушкиной ничего не требовалось. Только сидеть тихо, помалкивать и прикидывать, каким образом она потратит те денежки, которые заплатила ей Ева за эту услугу.

А знакомство Кукушкиной с Евой произошло у портнихи бабы Лизы. Похоже, обладая широким кругом знакомств, старуха специально подыскала такую женщину, похожую на Еву комплекцией и лицом.

— И неспроста она это сделала. Уверен, Ева ее попросила об этой услуге. А коли она знала портниху с малолетства, то могла доверить той свои планы.

Потому что разговор с Кукушкиной не объяснял того, как украденные на комбинате деньги оказались на квартире у Малышева. И самое главное, кто и за какие провинности убил самого Малышева. Потому что при всей очевидности того, что Малышева угрохала в порыве ярости сама Хильда, сыщик сильно сомневался в этом. Даже если Хильда с Евой и не были намерены возвращаться назад и собирались ближайшие годы провести где-нибудь в тихих дальних странах, то все равно они должны были понимать: оставлять за собой такой кровавый след — это не дело. Убийство является тяжкой статьей, по нему срок давности отсутствует.

Учитывая, как тесно дружили Хильда с Евой, сыщик считал, что ограбление они затеяли тоже вдвоем. Сейф опустошен, деньги исчезли, финансовый директор тоже. Сначала на поиски Евы полиция должна была поехать в «Солнечный плес», потому что Ева заказала там отдых по своим документам. А найти полицейские должны были фотографию Хильды. Кроме того, имелись ниндзя и единорог. Эти персонажи тоже должны были привести полицию к Хильде в офис. А там нашли бы фото в рамке с вкусняшками и догадались, где искать документы. Вот на что надеялись Ева с Хильдой. И убийство Малышева никак не вписывалось в эту историю.

— Если бы женщины убили Малышева, то они должны были хотя бы попытаться спрятать тело. А они этого не сделали. Наоборот, постарались выставить дело таким образом, чтобы все улики сразу же указывали на Хильду.

Было у Саши одно соображение, которое ему сильно не нравилось. Но отказаться от него он все же не мог. Несмотря на то, что у Хильды с Евой были очень теплые отношения, не могла ли Ева попросту использовать свою подругу? Использовать ее привязанность в своих целях, добиться от нее помощи, а потом представить дело так, будто бы это Хильда убила Малышева? Тогда Ева избавлялась сразу от всех своих былых связей. Угрожавший ее спокойствию, здоровью или даже жизни Малышев мертв, больше он ее не потревожит. А Хильда, которая могла бы выдать Еву, сидит в тюрьме за его убийство. Сама Ева, нанеся разоблачительный удар по коллективу, в котором долгие годы трудилась, остается на поле брани этаким героем-победителем.

И тут Саше до того захотелось побеседовать с Хильдой, что он не выдержал и позвонил следователю.

— Нет! — рявкнул тот в ответ. — Нет, нам не удалось задержать гражданку Боровскую. Осведомитель оказался профаном! Наплел нам с три короба, дескать, видел Хильду живую и бодрую, а когда мы приехали, в том месте никого не оказалось.

— Ошибся?

— Скорее, затеял какую-то свою игру. Инвалид!

— Зачем вы так про него?

— А как еще про него говорить? Инвалид он и есть! И на ноги, и на голову, похоже, тоже. Сидел бы себе дома, коли такая беда с ним приключилась. Так нет же, помочь он нам хотел, все неймется ему. И хотел бы я знать, как он мог очутиться в том доме за городом, если прикован, как он говорит, к своему креслу?

Следователь был страшно раздосадован неудачей. И в порыве чувств выложил Саше информацию, которой в другой ситуации поостерегся бы делиться. И Сашины мозговые извилины активно зашевелились.

Инвалид в деле был всего один — сосед Хильды. Тот самый, который сначала не хотел вовсе открывать дверь. А когда его привлекли в качестве понятого, так загорелся этим делом, что теперь самостоятельно разыскивает Хильду. Не слишком ли рьяное рвение для такого больного человека? Допустим, Саша и сам бегает по чужим делам не хуже савраски, но он-то здоров и полон сил, ему это лишь в радость. А тот дядька выглядел совершенно больным и все же потащился куда-то искать Хильду, которая ему всего лишь соседка. Странно.

— Что там с ним приключилась? — начал вспоминать Саша. — Он говорил, какая-то травма стала причиной его инвалидности.

Но подумать об этом он не сумел. Ему позвонила мама. Голос ее звучал напряженно.

— Нашла! Как ты и сказал, она была в печке. В той, что не работала.

— Кто? — не понял сразу Саша. — В какой печке?

— Флешка, — еще напряженней пояснила ему мама. — Но похоже, тут лишь одна часть.

— Погоди, не все сразу. Я ничего не понял.

— Я не могу долго с тобой говорить. Тут всюду уши. Слушай и запоминай. Флешку я нашла в кондитерском цеху. Как ты и сказал, она была в печке. Там стоит несколько печей, одна из которых не работает вот уже почти год. Стоит в углу, места полно, ее используют в качестве стола.

— Так ты нашла документы Евы! — обрадовался Саша. — В кондитерском цеху! Но там же всюду работники. Как ты сумела?

— Я организовала пожарную тревогу, — скромно объяснила мама. — Врубила пожарную сигнализацию. Она и загудела. И пока все бежали на улицу, ждали пожарных, а потом заходили обратно на комбинат, я спокойно осмотрела печь. И нашла внутри нее флешку. Она маленькая и черная, как уголек. Я сначала решила, что это окалина. А потом взяла в руки и поняла, что это то, что мы с тобой ищем.

— И как ты поняла, что на ней только часть документации? Ты же юрист, а не бухгалтер.

— Ты меня за кого принимаешь? Там русским языком в самом начале написано, часть первая. А в конце приписка, продолжение смотрите на следующем носителе.

Саша ощутил триумф и одновременно досаду. Триумф за маму и досаду за самого себя. Но все же позитивные чувства пересилили негатив. Главное, что маме удалось найти документы Евы Германовны. Пусть не все, а лишь одну их часть, но все равно, дело сдвинулось с мертвой точки.

— Итак, у тебя на руках одна часть из трех имеющихся. Но все равно ее надо отдать в полицию.

— Я уже там.

— Ага! Здорово.

— Сначала следователь не хотел меня слушать. Но потом я сказала, что эти документы помогут найти преступницу, и он флешку взял.

— Надеюсь, ты скопировала данные?

— Обижаешь. Первым делом я именно это и сделала. Копию отдала в полицию, оригинал оставила себе. Мало ли что... Бывает, что и в полиции улики из дела пропадают.

— Тебя твои коллеги не заподозрят, чего это ты вдруг в полицию побежала? Помни, у нас еще две части документации Евы находятся в поиске. Нельзя, чтобы тебя заподозрили.

— Все в порядке. Я уже придумала, как осмотрю мясной цех. А вечером, если все будет хорошо, снова сунусь в холодный цех.

Мама явно вошла во вкус. Она поймала волну, оседлала ее и неслась сейчас на ней вперед. Саша мог лишь пожелать самому себе такой же удачливости. Его собственные дела пока шли куда менее успешно. Что он успел узнать за сегодняшний день? Считай, что и ничего. Всю работу за него сделала мама и другие люди. А что сделал он сам? Какие улики раздобыл?

Погруженный в невеселые мысли Саша понял, что едет совсем не туда, лишь после того как затормозил возле дома Хильды. И зачем он сюда приехал? Ему же совсем не сюда было надо! От охватившей его досады Саша прямо задохнулся. Да что с ним такое сегодня творится? Ничего не выходит! Что ни задумает, все идет прахом! Ведь он же собирался поехать к портнихе — бабе Лизе, чтобы потолковать с ней про ее клиентку Еву. А что вместо этого? Прикатил к дому, где ни Хильды, ни Евы, ни людей, которые бы их хорошо знали, нету и не предвидится.

И Саша даже стукнул самого себя по макушке. Получилось слишком больно, он даже ойкнул. Но тут же сурово выговорил самому себе:

— Так тебе и надо!

И в тот момент, когда Саша уже собирался разворачиваться и ехать прочь, дверь подъезда отворилась, и из него вышел невысокого роста мужчина. И у Саши от изумления открылся рот.

— Это же сосед Хильды! Тот самый, что передвигается дома на костылях, а по улице в инвалидной коляске!

Саша напряженно всматривался в соседа. Тот был худ и бледен и передвигался странной припрыгивающей походкой, но шел своими ногами. А ведь клялся, что прикован к инвалидному креслу! И врачи утешительных прогнозов не дают, видать, быть ему калекой до конца дней. И вот уже, пожалуйста, прошло совсем мало времени, и он ходит, и даже очень подвижно.

— Погоди-ка, погоди, — сказал самому себе Саша, — может, ты еще окажешься у нас умничкой!

И он, не сдержавшись, погладил самого себя все по той же макушке, чему та должна была немало удивиться, ведь совсем недавно она получила от своего хозяина нечто совсем противоположное.

ГЛАВА 13

Любопытство Саши было возбуждено. И поведение соседа Хильды он находил весьма подозрительным. Оказывается, сосед Хильды никакой не инвалид. Он может ходить и пользуется этой возможностью. Так что Саша не стал долго колебаться и решил проследить за мужчиной, куда бы тот ни направлялся. Сперва поведение соседа не вызывало каких-либо нареканий. Он взял со стоянки свою машину, заехал на ней в продуктовый магазин, потом наведался в аптеку. Затем напоследок заглянул в магазин «Рыбацкое счастье», откуда появился с высоченными сапогами, связанными веревочкой и переброшенными через плечо.

— Он что, рыбак? На рыбалку собрался?

Но Щеглов вместо того, чтобы вернуться с покупками домой, покатил куда-то прочь от дома.

— И к кому это в гости он намылился?

Саша не до конца понимал, зачем он следит за этим типом. Поддался какому-то сиюминутному порыву. Но раз уж начал, пришлось продолжить. У соседа оказалась огненно-алая «Хонда», которой тот явно очень гордился. Всякий раз, когда он выходил из машины, он сперва какое-то время крутился возле нее, то протирая зеркала, то сдувая невидимую соринку с капота. И все для того, чтобы как можно больше людей заметили и отметили, кто является хозяином этой машины.

Сказать честно, будь у Саши такая «Хонда», он бы тоже ею гордился. Машинка была прямо на загляденье. Новенькая, сверкающая, с кожаным светлым салоном. Может быть, чуточку дамская, но этому хиляку с его тощим телом и бледным лицом она была в самый раз. И все же Саша не мог избавиться от какого-то неприязненного чувства по отношению к этому типу.

Была у него приятельница — Леночка, которая повторяла, что от мужчин на красных машинах нужно держаться подальше. И неважно, под ними в данный момент эта машина или же нет. Просто предпочитающие красные машины парни опасны сами по себе. У Леночки был богатый жизненный опыт и неисчислимое количество любовников, точного счета которым не ведала даже сама Леночка. Так что она хорошо разбиралась в тех вещах, о которых говорила.

Вскоре стало ясно, что сосед едет куда-то за город.

— На дачу намылился. Не иначе! Или на рыбалку. Ну да, для того и сапоги себе купил. Хотя если на рыбалку, то где его удочки?

И Саша вновь испытал легкую зависть к этому человеку. Везет мужику. Сел на красивую новую машину и погнал себе за город. Завтра обещают жаркую погоду, уже сегодня в воздухе чувствуется духота, так что можно понять стремление соседа Хильды выбраться из города.

Какое-то время они просто ехали по трассе. Потом свернули на второстепенную дорогу, затем снова выехали на трассу. Сосед отлично ориентировался на местности, а вот Саша понятия не имел, куда они едут и где конечный пункт их путешествия. По мере того как они отдалялись от города, следить за соседом становилось все трудней и трудней. Машин на дороге попадалось совсем немного. А сосед, словно оправдывая утверждение, что от парней на красных машинах лучше держаться подальше, внезапно нажал на газ и начал отрываться.

Саша растерялся. Что делать? Преследовать его? На почти совсем пустой дороге это выглядело бы крайне подозрительно. Да и мощные лошади, загнанные под капот «Хонды», легко оставят позади хиленьких доходяг, которые достались самому Саше и его «Киа». И Саша решил, что не стоит даже и пытаться. Ясно, что его слежка провалилась. Сосед то ли заметил преследование и сознательно решил от него оторваться, то ли просто решил выпендриться. В том и другом случае Саше следовало признать свое фиаско.

Он с грустью наблюдал за тем, как алая машина сначала уменьшается в размерах, а затем и вовсе превращается в одно маленькое темное пятнышко, котороое вскоре перестало быть различимо. Саша хотел развернуться, но по какой-то причине продолжал ехать вперед. Хоть доедет до ближайшего населенного пункта, посмотрит, как он называется.

И проезжая мимо деревни с говорящим названием Новый Погост, Саша справа от себя увидел ту самую алую «Хонду». У него внутри все даже перевернулось от радости. Машина стояла у обочины и двигаться никуда не собиралась. А причина такой остановки была проста. Сосед слишком разогнался, нарушил положенный скоростной режим и был остановлен патрульной машиной для проверки документов и составления протокола.

Внутренне торжествуя, Саша на своих законных шестидесяти километрах проехал мимо. Внутри него все так и пело.

— Так тебе и надо! В другой раз будешь знать!

Саша проехал немного и за деревней свернул на «зеленую остановку». Место им было выбрано удачно. Машину парня с дороги было не различить, а ему самому открывался прекрасный вид на дорогу.

— Тут и подождем.

И он стал ждать. Ждал пять минут, десять, пятнадцать. Потом столь долгое ожидание стало его тревожить.

— Чего они так возятся? Что за проблемы?

Когда прошло двадцать минут, Саша решил, что дольше ждать не имеет смысла. Надо поехать и самому посмотреть, что там случилось с соседом и его красивой машиной. Но когда Саша вернулся к тому месту, где видел соседа в последний раз, то обнаружил лишь одну машину сотрудников дорожной службы. Алой «Хонды» нигде не наблюдалось. Куда же она делась?

Поколебавшись, Саша все же подошел к патрульной машине.

— Простите, а где мой приятель? — спросил он у патрульных. — Мы с ним ехали к нему на дачу. Я видел, вы его остановили.

— Куда же вы уехали, не зная дороги?

— Я думал, он меня нагонит в пути.

— Адреса дачи не знаете?

— Нет. Приятель знает, а я нет.

— Так приехали вы уже. Звоните своему другу. Туда он свернул.

И патрульный махнул в сторону ближайшего поворота. Вот оно что, значит, сосед ехал в этот Новый Погост. И придумали же название для населенного пункта! Кто не знает, погост — это кладбище. А новый погост, значит, новое кладбище. Мало радости жить на кладбище, пусть даже и новом. Ну да, у каждого свой вкус. Если сосед Хильды свернул в Новый Погост, тогда и Саше нужно туда же.

Юноша развернулся и поехал в указанном ему направлении. Улочка, на которой он оказался, была неширокой, огражденной с двух сторон высокими заборами с прочными воротами. Разглядеть, что делалось за ними, из машины было просто невозможно. И все же Саша попытался найти алую «Хонду». Он останавливался у каждых ворот, находил в них щелку и заглядывал в нее. Или ложился на живот и заглядывал под ворота. Разумеется, такое поведение не могло остаться без внимания местных жителей.

Сначала двое мальчишек обратили на него внимание. Хихикая и прикрывая рты, они убежали, сказали своим родителям про какого-то чудака, ползающего у них по улице, и со двора на улицу вышли уже двое крепких мужчин.

— Тебе чего тут надо? — хмуро спросили они у Саши.

Саша объяснил. Но приветливей мужчины не стали.

— Ни у кого тут такой машины нет. Езжай себе.

И не ушли, пока Саша не уехал. Оглядываясь в зеркало заднего вида, парень видел их мощные фигуры и насупленные брови. Мужчины не сводили с него глаз. И Саша снова понял, что проиграл. Дорога лишь проходила через Новый Погост, а за ним уходила куда-то дальше. Так что сосед Хильды мог и не останавливаться в деревне, а поехать еще куда-то.

— Потерял! Упустил! Растяпа!

Пригорюнившись, Саша свернул на полянку и решил немного передохнуть на ней перед возвращением назад в город. Но долго ему наслаждаться тишиной и пением птиц не пришлось. Вокруг зазвенели многочисленные комары, привлеченные запахом свежей человеческой крови, пожаловавшей к ним на вечернюю трапезу. И Саше пришлось спасаться от них в машине.

Но стоило ему сесть за руль, как тут же перед глазами вновь мелькнула красная комета. Та самая «Хонда»! Она возвращалась назад! В город! Саша тоже нажал на газ и поехал следом. Обратный путь оказался удачнее. На трассе появилось еще несколько машин, которые двигались в сторону города. Они и заняли промежуток между соседом Хильды и Сашей. Так что парень без проблем проводил мужчину обратно до дома. И лишь там отметил, что сосед уже где-то избавился от своих покупок. Когда тот направлялся в сторону своего подъезда, в руках у него ничего не было. Ни пакетов, ни резиновых сапог. Видимо, как продукты питания, так и лекарства остались у кого-то в Новом Погосте.

— Ну а мне-то что до этого? К кому бы он ни ездил, что мне до этого?

Саша был огорчен тем, как впустую прошел его день. Ничего он не узнал. Ничегошеньки не выяснил. Ехать к портнихе бабе Лизе было уже поздно. Часы показывали половину одиннадцатого. Пока доедешь до нее, пожилая женщина уже будет спать и видеть десятый сон. Вернувшись домой, Саша обнаружил счастливую маму, которая выложила перед ним уже две одинаковые черные и блестящие флешки.

— Эту я нашла утром в печке! — указала она на правую. — А эту, — и она указала на левую, — обнаружила вечером в холодном цеху.

— Он же закрыт на замок! Ты сама сказала, что директриса закрыла холодный цех, чтобы самой там все осмотреть.

— Ну, осмотрела, ничего не нашла и сняла замок. Работать-то завтра будет нужно.

— Как работать? И все равно не понимаю, как ты туда попала. Допустим, замок сняли. Но цех же был еще и опечатан.

— Ну, подумаешь, опечатан, — пожала плечами мама. — Не свинцом же залит. Что нам та печать? Это же просто бумажка наклеена на дверь. Я ее осторожно так пилочкой подцепила, она и отошла. А когда уходила, снова клеем смазала. Никто и не заметит, что печать эту кто-то трогал.

— И где была флешка?

— Как ты и сказал, она была прикреплена к весам для взвешивания готовых салатов. Отличное место. Как и старая печь. Этими же весами никто не пользуется. Я тебе говорила, повара все салаты раскладывают просто на глаз. Я весы перевернула и с изнанки обнаружила эту флешку. Под самым носом находилась, а никто ее не замечал.

Мама была в превосходном настроении.

— И я придумала, как нам проникнуть в мясной цех! — заявила она. — Сегодня же ночью отправимся туда.

Саше эта идея показалась опасной.

— А как попадем внутрь? Ты же говорила, на первом этаже все время кто-то крутится.

— Днем крутятся, а ночью внизу только сторожа дежурят.

— И что?

— Они на работе тоже не убиваются. Пожилые люди, не могут круглые сутки не спать. Запустят работников ночной смены и лягут. Вот тогда мы в мясной цех и пролезем. Ты знаешь, где искать надо?

— Там, где делают фарш. Есть там мясорубка?

— Есть.

— Вот в ней и будем искать.

— Я снаружи ее уже осмотрела. Ничего не видно.

— Снаружи и не может быть ничего видно. Флешка либо внутри, либо снизу. Но все-таки ты мне не объяснила, как мы в сам цех попадем? Если сторожа будут спать, как мы проникнем на комбинат? А если они проснутся, чтобы нас впустить, то как мы от них отвяжемся? Они же с нас глаз не спустят, если мы среди ночи притащимся.

— Не будем мы их будить. Другой путь есть.

— Какой? Ты же сказала, что внутрь можно попасть либо через главный вход, либо через пандус. Но он на втором этаже. А со второго этажа на первый не пройти, везде сигнализация. Или ты придумала, как сигнализацию отключить?

— Нет, это слишком сложно. Все куда проще.

И мама объяснила, что сегодня перед уходом сумела незаметно прошмыгнуть в мясной цех, где снаружи осмотрела мясорубку и, ничего в ней не найдя, придумала продолжение плана.

— Я приоткрыла одно из окон. Через него и залезем.

Саша вновь ощутил холодок между лопатками. Чем-то ему этот план не нравился.

— Так у вас же на всех окнах первого этажа стоят решетки!

— Решетки закрываются изнутри на шпингалеты. Я его тоже открыла. Снаружи кажется, что окно закрыто. Но если его толкнуть, оно откроется.

— И тебя никто не видел?

— Никто!

И мама принялась описывать, как она ловко и незаметно выскользнула из мясного цеха. И ни одна душа не заподозрила, что она там побывала. Если ее послушать, то никто не сумел провернуть бы эту операцию лучше ее. Вот только перевернуть тяжелую промышленную мясорубку, чтобы осмотреть ее со всех сторон, у мамы не хватило сил.

— Но я рассчитываю на помощь своих мужчин. Сегодня ночью, чего бы нам это ни стоило, мы найдем третью, и последнюю, флешку! Мы соединим недостающий фрагмент с двумя уже имеющимися и закончим это дело.

По словам мамы, все должно было пройти наилучшим образом. Саша отчего-то в этом сомневался. Но так как противопоставить что-то, кроме неясных ощущений, он не мог, то просто пошел к себе в комнату, чтобы подготовиться к очередному ночному приключению.

— Что-то очень уж редко мне приходится спать последнее время по ночам. Как бы это не вошло у меня в привычку.

Зевая, Саша залез в свой компьютер. Ему хотелось посмотреть, что он сможет найти на соседа Хильды, за которым сегодня гонялся до Нового Погоста. Плохо, что Саша даже фамилии мужика не запомнил. А еще сыщик называется! Сосед был приглашен в качестве понятого. И он точно называл себя сперва участковому, а потом и приехавшему следователю. И конечно, Саша должен был запомнить его фамилию, но даже имя и то выветрилось у юноши из головы. А все потому, что сосед производил впечатление совершенно безобидного существа. Ну, какой вред может быть от калеки, который с трудом передвигается даже по дому?

— А оказывается, этот щегол совсем не так прост, как кажется. А почему я сказал щегол? Почему не попугай? Или орел? Нет, вертится в уме именно щегол... Щегол, щегол...

И тут Саша воскликнул:

— Вспомнил! Щеглов! Фамилия этого типа Щеглов.

Это его воодушевило. Все-таки не совсем он потерянный для общества человек. Кое-что еще соображает.

— Так, адрес этого Щеглова я тоже знаю, соседняя с Хильдой квартира, а это уже кое-что. Сейчас пощупаем этого голубчика!

С помощью базы данных Саша выяснил, что в соседней с Хильдой квартире и впрямь прописан некий Щеглов Олег Александрович. Был он сорока пяти лет от роду. Одинок. И больше никакой информации тут Саша не получил.

— Да, скудно. А если в Интернете посмотреть? Может, есть страничка у этого Щеглова?

Но именно этого Щеглова не находилось. Были разные Щегловы, и молодые, и старые, и Олеги, и Олежки, и Олежики, но все не то. Если у Щеглова и была виртуальная жизнь, то вел он ее под каким-то неизвестным Саше псевдонимом.

— А что у него с машиной? Интересно, вообще откуда у инвалида такая шикарная машина?

Насколько помнил Саша, сосед выглядел бледно не только по причине плохого самочувствия. Он также жаловался, что из-за продолжительной болезни потерял работу, вынужден теперь не жить, а выживать.

— И вдруг такая отличная машина? И совсем новая. Предположим, как многие мужчины, Щеглов фанатично помешан на машинах. Все готов распродать, лишь бы сохранить своего железного скакуна. Все равно он не мог купить эту машину еще до болезни, она появилась в продаже лишь в этом году.

И повинуясь неясному чувству, Саша влез в другую базу данных. Регистрационные номера машины он запомнил. И вбив их в поисковую систему, с изумлением уставился на появившиеся в окошке данные ее владельца.

— Брунхильда Боровская! Так этот тип пользуется машиной соседки!

В принципе в этом не было ничего странного. Брунхильда уехала. Машина осталась. Возможно, питая сочувствие к бедственному положению своего соседа, или просто по доброте душевной Хильда и оставила свою машину ему, и разрешила ею пользоваться.

— Всякое в жизни бывает. Но все равно не понимаю, если Щеглов дееспособный, если он может водить машину и нормально передвигаться, к чему тогда было появляться перед полицией в инвалидном кресле и на костылях? Или у него внезапно произошло резкое улучшение? Буквально за считаные сутки?

И как-то странно совпало это исцеление по времени с ограблением их комбината, убийством Малышева и исчезновением Хильды и Евы.

— Ладно, а что у него с загородной недвижимостью? Или домик в Новом Погосте тоже принадлежит Хильде? А что? Оставила соседу машину, может, заодно и свой дом вверила его попечению.

И Саша решил пройтись по страничкам Хильды. В принципе он уже побывал там, кратенько отметив, что женщина в средствах отнюдь не стеснена. Позволяет себе дорогие вещи и дорогие курорты. В друзьях у нее числились почти исключительно одни женщины. А если изредка мужчины и появлялись, то выглядели они настолько женоподобно, что даже сомнения появлялись, мужчины ли это вообще?

Последнее время почти на всех фотографиях была Ева. А что было раньше? До нее? Сосед говорил, что раньше с Хильдой проживала некая Эмма, а до нее была еще Света. А только сравнительно недавно появилась Ева. Но так ли это было на самом деле? Саша теперь не торопился доверять словам Щеглова. Он просматривал фотографии на странице Хильды, все больше и больше погружаясь в прошлое женщины. Поездки, виды, пейзажи, компании. Да, Хильда вела нескучную жизнь, полную развлечений и путешествий.

И рядом с ней то и дело мелькали симпатичные женские лица. Саша даже утомился. Но упрямо решил просмотреть все до конца.

— Стоп! А это кто?

Рядом с Хильдой внезапно возник мужчина. Он был бородат и смугл. И он обнимал Хильду! А она целовала его в макушку и смеялась. На снимках Хильда была куда моложе. Снимки были сделаны не меньше пяти лет назад. И кажется, парочка встречалась долгое время. Попадались тут и летние снимки, и зимние, и, так сказать, демисезонные. По мере продвижения в прошлое борода у мужчины стала укорачиваться, потом остались одни усы, а затем и их не стало. И Саша с изумлением понял, что на одном из ранних снимков видит перед собой Щеглова собственной персоной. Чуть помоложе, но такого же худого и бледного. Это уже потом в обществе Хильды он начал обрастать бородой, приобрел ухоженный вид, поездил по курортам и загорел на пляжах тропиков.

— Значит, он был ее любовником. А потом они расстались.

И что-то подсказывало Саше, что инициатором разрыва был отнюдь не сам Щеглов. Потому что после его исчезновения со снимков Хильда стала выглядеть еще счастливей. И ровным счетом ничто не указывало на то, что она сожалеет о разрыве. И напротив, на последних совместных фотографиях Хильда уже не лучилась такой радостью, она и не думала целовать своего кавалера, а вроде как сама отстранялась от него.

— Все ясно. Он ей наскучил, и она его бросила. Но старые чувства где-то в глубине ее души остались. И когда она решила бежать, то оставила свою машину бывшему любовнику. Все-таки не чужой человек. Если кого и просить об услуге, так это его. Да еще он и живет рядом.

В этом было что-то странное. Ведь полицейские обошли соседей Хильды, расспрашивая обо всем, что могло иметь отношение к случившемуся у нее в квартире убийству. Почему же никто не вспомнил о том, что Щеглов когда-то был любовником Хильды? Не знали? Забыли? Или что? Саша так старался понять, что было тому причиной, что даже вспотел. Но додуматься так и не додумался.

— Ладно. Потом.

В друзьях у Хильды было почти две тысячи человек. А вот у самого Саши чуть немногим больше двухсот. Он невольно почувствовал что-то вроде зависти, но быстро подавил это недостойное чувство. А себе объяснил, что просто недоволен тем объемом работы, который ему предстоит провернуть.

— Две тысячи друзей проверить нереально. А с кем Хильда общалась тесней всего?

В переписке у нее чаще всего встречалось имя Евы и еще три-четыре женских имени. Ни Эммы, ни Светы среди них не наблюдалось. Была Тулька, была Люка, и была Медея. Вот эта последняя писала чаще всего. И поэтому именно ей Саша и написал от имени агента по недвижимости, которого госпожа Боровская наняла по поводу продажи своего загородного дома в Новом Погосте. Он попросил связаться с ним. Написал, что дело срочное. И Медея перезвонила ему буквально сразу.

— Не понимаю, о чем идет речь. Хильда ничего мне не говорила о том, что продает дачу.

— Дом в местечке под названием Новый Погост выставлен на продажу уже почти год.

— Не слышала об этом ничего.

— Тем не менее именно вас госпожа Боровская назвала в качестве лица, к которому я могу обратиться за помощью в случае возникших затруднений.

— И чем я могу вам помочь?

— Сейчас ко мне обратились клиенты, которых устраивает и назначенная цена, и сам дом по фотографиям им подходит. Но они хотят взглянуть на него.

— Законное желание.

— А я никак не могу дозвониться до госпожи Боровской.

— Но при чем тут я? Точно так же, как и вы, я не в курсе, куда она делась.

— Это очень плохо. Сейчас на рынке недвижимости наблюдается стагнация.

— Кризис, понимаю.

— Дом выставлен на продажу вот уже почти год, но реальные клиенты появились лишь сейчас. Если мы их упустим, следующих можем ждать еще очень долго. Необходимо показать им дом.

— Так показывайте!

— Но нужно присутствие хозяйки или любого ее доверенного лица.

— Зачем?

— Клиенты сейчас на вес золота, — снова заныл Саша. — Ни в коем случае ничего не должно их насторожить. Должна быть хозяйка, и вы будете вместо нее.

— Не понимаю, чем я могу вам помочь. Ключей у меня все равно нету.

— Ключи не проблема, они у меня есть. Копии всех документов на дом тоже есть. Для показа их будет достаточно. Оригиналы принесем на саму сделку.

— Оригиналов у меня точно нет.

— Вам лишь нужно поехать вместе с нами и присутствовать при осмотре дома.

— Просто поприсутствовать?

— Да. Клиенты осмотрят дом и скажут свое мнение. Вам надо будет лишь изображать хозяйку. Можете, даже назваться ее сестрой или другой родственницей. Но надо, чтобы присутствовал кто-то от ее имени. Это крайне важно, чтобы не отпугнуть клиентов.

Медея колебалась.

— Ну, если надо...

Саша понял, что бастионы вот-вот падут. Надо было срочно закреплять победу.

— Вы же помните дорогу до дома в Новом Погосте?

— Да.

— Сможете показать?

— Да. Смогу.

— Отлично! Тогда завтра и съездим.

Медея сказала, что завтра ей удобно во второй половине дня. Часиков около трех. На этом и договорились. Саша мог торжествовать, провожатый до дома, в который мотался сегодня Щеглов, у него был!

ГЛАВА 14

Не успел Саша прилечь и задремать, как его уже разбудила мама.

— Сынок! Пора!

— Можно еще минуточку! — жалобно простонал в ответ Саша, которому страшно не хотелось просыпаться. — Одну малюсенькую минуточку.

– Вернешься и поспишь.

Это уже подключился папа.

— Что ты думаешь? Мы с матерью тоже спать хотим. Но не спим. Сидим, караулим, чтобы время не пропустить. Вставай, лежебока!

С отцом спорить было труднее. Он не стал ограничиваться одним лишь вербальным внушением, а схватил Сашу за шиворот и посадил в кровати.

— Вставай, я сказал!

— Ладно, папа, я сейчас.

Саша с трудом разлепил глаза. Руки и ноги у него были тяжелые, голова пустая. Казалось, конечности отказываются ему повиноваться.

С огромным трудом Саша заставил себя встать с кровати, но почти сразу же повалился обратно.

— Что это за спектакль?

— Не знаю. Не могу встать.

— Сашка, не притворяйся. Мы без тебя не справимся. Давай, надо же помочь матери. Она говорит, там мясорубка размером с хороший станок. Я один не смогу его ворочать.

— Да, да, я все понимаю, — сонно клевал носом Саша. — Я уже встаю.

Но прошло не меньше десяти минут, прежде чем Саша сумел окончательно проснуться. И все равно, даже проснувшись, он чувствовал себя неуютно. Барон вознамерился последовать с ними, но ему велели остаться дома и сторожить. Услышав, что ему поручено, пес тут же уселся в прихожей, всем своим видом давая понять, что если сюда пожалует чужак, то ему придется плохо. Конечно, с его стороны это было чистой воды бахвальство. Для Барона все люди были друзьями. А уж те, кто пришли к ним в дом, почти что родственниками. Единственный раз он облаял водопроводчика, но как показало общение с этим человеком, Барон был совершенно прав в своей антипатии к нему. Более противного типа никому из Сашиной семьи встречать раньше не приходилось.

На улице накрапывал дождь. И по мере того, как троица, прочно вставшая на путь криминала, двигалась к своей цели, дождь становился все сильнее, пока не превратился в настоящий ливень с порывистым, почти ураганным ветром. В небе грохотал гром, сверкали молнии.

— У меня по-прежнему какое-то нехорошее предчувствие, — пожаловался Саша родителям. — И погода соответствующая.

Но мать посоветовала ему не хныкать.

— Не растаем, не сахарные.

А отец просто обозвал Сашу девчонкой. Надувшись на этих черствых людей, которые явно по недоразумению достались ему в родители, Саша оставшуюся часть пути топал молча. У комбината все было тихо и спокойно. Ну, то есть насколько тихо и спокойно может быть, когда в небе гремит гром и блещет молния. Поблизости ненужных свидетелей не наблюдалось, но все равно чувство тревоги никак не хотело оставить Сашу в покое. Он совсем не мог успокоиться и все крутил головой и высматривал что-то или кого-то. Однако вокруг было по-прежнему безлюдно. Да и какой дурак сунется в такую ночь на улицу гулять?

Но папа был доволен.

— Просто идеальная ночь для совершения преступления.

Сашу прямо передернуло. Но мама зашипела на них и указала рукой:

— Вот это окно. Лезьте!

Первым полез отец. Чтобы достать до окна, ему пришлось забраться на плечи сыну. Дождь лил, словно из ведра. Куртка на Саше давно стала мокрой и блестящей.

— Смотри не поскользнись.

— Порядок!

За отцом последовала мама. Саша приподнял ее, насколько смог, а отец принял сверху. А последним забрался Саша. Ему помог подтянуться отец. Было трудно, потому что от дождя все стало скользким. И несколько раз Саше казалось, что сейчас он шмякнется обратно вниз. Но как ни странно, ему все же удалось преодолеть силу притяжения. И вот все трое они уже стоят в мясном цеху и стараются сориентироваться.

— Все-таки без электричества тут темновато.

Тяжелые тучи на улице нагнали на город мрак, и внутри цеха видимость тоже ухудшилась. Саша никак не мог понять, в каком направлении им двигаться, до тех пор пока мама не дотронулась до его локтя и едва слышно не прошептала:

— Нам туда.

В указанном направлении высилась какая-то темная громадина. Оказалось, что это и есть мясорубка.

— Такая громадина способна прогонять огромные объемы мяса.

— Все мелет, — заверила мама. — И жилы, и хрящи. Надо будет, она и кости промелет.

— И где тут искать?

— Не знаю. Может, под днищем? Вы приподнимите, а я посвечу снизу фонариком.

Мясорубка была тяжелая. Просто чертовски тяжелая. И пока они с отцом ее ворочали, у Саши мелькнула на ее счет какая-то мысль.

— На днище ничего нет, — разочарованно произнесла мама. — Ставьте назад.

Но прежде, чем Саша с папой успели опустить мясорубку на место, внезапно вспыхнул свет.

И чей-то знакомый голос громко торжествующе крикнул:

— Ну все! Попались теперь, голубчики!

От неожиданности Саша вздрогнул. И в ту же секунду почувствовал, как проклятая мясорубка становится слишком тяжелой, чтобы он мог держать ее и дальше. Железяка просто выскальзывала у Саши из рук. Она стала такой неподъемной, что удержать ее парень просто уже не мог.

— Отойдите! — закричал он, чувствуя, что сейчас произойдет что-то непоправимое. — Она падает!

И в следующую секунду раздался оглушительный грохот. Даже стены содрогнулись от звука падения этой громадины. Кто-то вскрикнул, кто-то выругался. Кажется, это были голоса его папы и мамы. А вот Саша молчал. Он чувствовал, что все самые худшие его опасения сбылись в полном объеме. Потому что пока ослепшие от яркого света глаза и не могли видеть тех, кто окружил их с родителями, уши, к счастью или несчастью, были в порядке.

— А мы-то все голову ломали, кто это на комбинате по ночам шалит, — услышал Саша все тот же торжествующий голос. — А это вот кто!

Голос однозначно принадлежал следователю. И слов у Саши, чтобы выразить все охватившие его в этот момент чувства, просто не находилось.

Надо сказать, что со своей стороны следователь был скорее озадачен, чем рассержен.

— А я ведь подозревал, что эта ваша сыщицкая активность добром не закончится.

Он явно обращался к ним троим. Саша старательно поморгал, стремясь приучить глаза к яркому свету. И наконец, смог увидеть и следователя, и своих родителей, и группу полицейских, окруживших их со всех сторон.

— Ладно, расслабьтесь, — велел следователь своим подчиненным. — Свои это. Можно сказать, коллеги. И что вы тут искали, господа хорошие?

— Товарищ следователь, мама же к вам сегодня приходила. Приносила вам флешку, помните?

— Помню. И еще я помню, что велел вашей уважаемой маме не соваться в это дело, а предоставить действовать полиции. Она вам этого не говорила?

Саша взглянул в сторону мамы. Но та внезапно заинтересовалась разводами на потолке, образовавшимися от старой протечки, и на своего сына совсем не смотрела.

— Что вам на сей раз удалось найти?

— Пока ничего.

— Ничего?

Следователь был явно разочарован.

— Те материалы, которые вы мне принесли, я передал в отдел по борьбе с экономическими преступлениями. Не думал, что будет эффект, но они там неожиданно очень сильно заинтересовались. Велели мне приносить все, что удастся добыть аналогичного характера.

— У нас дома лежит еще одна флешка.

— Очень хорошо.

— И последнюю мы собирались найти тут.

— Где?

— Тут. Под мясорубкой.

— Вот под этой штукой? И как бы она там могла оказаться?

— Дурацкая идея, согласен, — вздохнул Саша. — Еще раньше, когда мы с отцом только этот агрегат двигали, меня как по голове стукнуло. Ну не могла Ева Германовна спрятать третью флешку под этой мясорубкой. Это же какую силищу надо женщине иметь, чтобы просто приподнять устройство. Оно ведь тяжеленное. Мы вдвоем с папой его не смогли удержать, а что говорить про женщину.

— Допустим, дама могла попросить кого-то из мужчин о помощи.

— Нет, только не из сотрудников комбината. Ева не хотела, чтобы ее манипуляции с флешками стали известны кому-нибудь из числа коллег.

— Позвала бы со стороны.

— А посторонний человек неизбежно привлек бы к себе внимание. Еве не удалось бы привести его в мясной цех, чтобы этого никто не заметил. Нет, она действовала одна. И спрятать могла лишь там, куда имела возможность подобраться сама. Вот и получается, что мы с родителями сваляли дурака. Не в том месте искали.

— Но как же так, Саша? — вмешалась в разговор мама. — Ты же сам сказал, что на рамке была мясорубка нарисована. Что под ней и надо искать.

— Я сказал, что на рамке была нарисована котлета и фарш. Из этого я и предположил, что флешка может быть там, где этот фарш производят.

— Но там еще была телячья голова и свиной окорок.

— Да. Из них фарш не рубят.

Следователь тоже заинтересовался.

— Что там за окорок? И при чем тут телячья голова?

Пришлось ему объяснять. На объяснения ушло немало времени, потому что следователь все никак не хотел поверить в то, что они говорят всерьез.

— Вы меня разыгрываете! Не верю. Серьезное дело, а у них какие-то фоторамочки!

— Но я же показывал вам фотографию Хильды с прилепленным у нее на ноге куском вырезки? Это была подсказка. Хильда указывала этой ногой прямо на окна мясного цеха. А потом мы нашли у нее на работе еще одну фотографию, уже Евы, и на рамке тоже были подсказки.

— Чушь и полнейший бред! Вы хоть понимаете, что хранящаяся на этих флешках информация может для очень многих иметь весьма печальные последствия. Это в высшей степени важное расследование.

— Это вам сегодня в отделе по борьбе с экономическими махинациями объяснили? — услышал Саша ехидный мамин голос. — А то, помнится, раньше вы от меня и слышать ничего не хотели. Отмахивались от нашего расследования, отбрыкивались от него руками и ногами.

— Был не прав. Дело оказалось куда серьезней, чем я полагал вначале.

— А раз так, давайте искать дальше.

Но предложение повисло в воздухе.

— И какие у вас есть идеи? — осторожно поинтересовался следователь.

— Мясорубка отпадает. Что еще может быть связано с процессом изготовления фарша для котлет?

— Да что угодно. Морозильная камера, например. В ней хранятся как неразделанное мясо, так и брикеты готового продукта.

Саша задумался.

— Морозильная камера... В ней могут храниться любые мясные полуфабрикаты. И окорока. И телячьи головы.

— Заладили вы про эти головы! — с досадой произнес следователь. — И что они дались вам!

Но Саша уже направился к морозильной установке, стоящей в углу цеха. Он осмотрел ее сбоку, сверху и, наконец, сунул голову внутрь. На него тут же пахнуло лютой стужей.

— Б-р-р!

Тем не менее Саша не видел иного способа, как проверить свою догадку на практике. И открыв одну дверцу, он принялся выгребать наружу хранящиеся в морозильной камере коробки, свертки и контейнеры. Все это он скидывал на пол позади себя, и скоро у него за спиной образовалась приличная горка. Идущий от нее холод Саша ощущал своим копчиком. Руки у него совершенно застыли, пальцы скрючились. А морозилка не была опустошена еще и наполовину.

— Что вы стоите? — обернулся он к остальным. — Идите все сюда, помогите мне.

Совместными усилиями они выгребли застывшие куски того самого фарша, который Саша сначала думал разморозить. Но прежде чем первый кусок успел оттаять, сыщик быстро понял, что это будет опять неправильно.

— Нет, не могла Ева Германовна положить флешку в пакет с фаршем. Не такая она глупенькая. Этот фарш в любой момент могли достать из морозильника и пустить в дело. И флешка бы для нас пропала. Нет, если Ева ее и спрятала, то как-то так, чтобы она все время оставалась в морозилке.

— Но там все время что-то меняют. Одни продукты достают, другие, напротив, укладывают на долгое хранение. Происходит постоянная ротация продуктов.

— А что остается в морозилке все время?

— Что остается? Холод остается. Мороз остается. Лед остается.

Саша подпрыгнул.

— Вот именно! Лед! Она вморозила флешку в лед! Ищите! Она должна быть там! Я уверен!

На самом деле он не был так уж уверен. Это была всего лишь догадка. Но Саше было крайне важно убедить других в том, что он прав. Иначе никто не стал бы ему помогать. А вместе они довольно быстро разгрузили морозильник, так что в него можно было забраться, и в одном из верхних углов обнаружили небольшую намерзшую блямбу. Она была размером с грецкий орех и в принципе могла появиться тут вследствие каких-то естественных причин. Но Саша чувствовал, что блямба появилась неспроста. Он ковырнул эту выпуклость отверткой, потом осторожно обстучал лед со всех сторон и надавил.

— Вот оно!

На ладонь юноши упал ледяной шарик с неровными краями. В середине шарика виднелось какое-то инородное тело. Осторожно освободив его ото льда, Саша обнаружил завернутую в пленку флешку — родную сестру тех двоих, что уже дожидались их дома. Дальнейшее было уже делом техники. Они съездили домой, где следователь по всем правилам присоединил последние две флешки к своему уголовному делу.

Папа наклонился к Саше и прошептал:

— Лихо закрутилось все, да? Ограбление уже было. Убийство было. Финансовая афера имеется. Мне даже интересно, чем еще порадует нас эта история?

А вот следователь выглядел каким-то недовольным. Он уже скопировал содержимое всех трех флешек на свой компьютер, переслал информацию коллегам в отдел экономических преступлений и теперь разглядывал своих добровольных помощников.

Затем он сказал:

— Очень вам признателен. Без вашего содействия я бы на эти флешки махнул рукой. Потому что ерунда какая-то.

— Там важные сведения о махинациях в сфере школьного питания.

— Важные, — подтвердил следователь. — Весьма важные. И тем более мне странно слышать, каким именно образом важные документы попали к вам в руки. Что за детский сад? Что за игры в прятки-догонялки? Фотки-рамочки, пирожки-горошки.

— Все претензии не к нам, а к Еве Германовне и Хильде, — отказался Саша. — Это их затея, не наша. Кстати, вы ее нашли?

— Кого?

— Хильду. Помнится, вы утром упоминали, что отправляетесь на ее задержание, а потом сказали, что ничего не вышло?

Следователь смутился еще сильней.

— Нам не удалось задержать гражданку Боровскую. Напрасно только время потеряли. Смотались за тридевять земель, а все впустую.

Смотались? Значит, не в городе искали. И тут Сашу осенило.

— А где вы ее искали? — подозрительно спросил он. — Уж не на Погосте ли на Новом?

Следователь взглянул на Сашу с изумлением.

— Это-то вам откуда стало известно?

— Так... Считайте, что игры продолжаются. Вы загадали загадку, я ее отгадал.

— Отгадали вы правильно. Эта деревня, куда мы ездили, называется Новый Погост. И там у госпожи Боровской имеется загородный дом. Мы получили сведения, что она скрывается в этом доме вместе со своей приятельницей, которую мы разыскиваем в связи с ограблением комбината, — Евой.

Все! Медея больше была не нужна! Саша нашел человека, который мог показать ему дом Хильды.

— И вы поехали, но никого там не нашли.

— Удивительный вы человек, — проворчал следователь. — Вот так с первого раза и в яблочко. Да, следы пребывания кого-то в доме мы сумели обнаружить. Но самих женщин не застали. То ли кто-то их предупредил, и они покинули свое убежище. То ли это просто случайность. Но они уехали буквально за несколько часов до того, как наш осведомитель показал нам этот дом.

— Погодите, дайте я снова угадаю. А тот осведомитель, который пообещал показать вам место, где прячется Хильда, — это, случайно, не ее сосед, инвалид Щеглов?

— Да.

Теперь следователь не скрывал своего изумления.

— Слушайте, молодой человек, откуда вам все это известно?

— Мне и еще кое-что известно. А именно, этот Щеглов никакой не инвалид. Поздоровее многих будет. И сегодня вечером он уже без вас снова ездил в этот Новый Погост.

— Ездил? Как это ездил? На такси?

— На машине, которая принадлежит нашей уважаемой госпоже Боровской. И сам сидел за рулем.

— Это исключено. У Щеглова травма позвоночника. Несколько лет назад он выпал из окна своей квартиры. Наверное, хотел покончить с собой, но вместо этого остался инвалидом.

— С двенадцатого этажа выпал? — недоверчиво уточнил Саша. — И остался жив?

— Нет, это случилось еще до переезда. Трагедия произошла на прежней квартире Щеглова. Этаж там был третий. Так что Щеглов выжил, но с тех пор ходить больше не может. Всю нижнюю часть туловища у него парализовало.

— Может, травма у него когда-то и была, я же не спорю. Но с тех пор он заметно поздоровел. Может нормально ходить, делает покупки. Пакеты с продуктами он плотно набил, так что они были явно тяжелыми. Человеку с серьезной травмой позвоночника и в голову не придет таскать такие тяжелые пакеты. Да он этого и не сможет!

— И куда, говорите, он с этими тяжелыми пакетами ездил? В Новый Погост? А что, если нам всем, раз уж мы так удачно собрались и спать совсем не собираемся, наведаться в это местечко? Вы как? Не против?

Против этого предложения не высказался ни один человек. Все единодушно были только «за»!

С отправлением было решено не тянуть. Всех обуяло какое-то странное возбуждение.

— Вперед! Вперед!

Казалось, что если немного помешкать, то будет уже поздно. Выехали на двух машинах. Саша с родителями и двумя полицейскими на «Киа» и следователь с еще тремя помощниками на служебной. Все сотрудники были вооружены. И Саша полагал, что такого отряда хватит, чтобы задержать кого бы там ни было. Ехать было легко. Дороги были свободны. И соблюдать скоростной режим никто не собирался.

— На задание едем. Гони, что есть мочи. В случае чего прикроем.

И Саша давил на газ, иногда даже сам поражаясь тому, какую скорость выдает их «старушка». Создавалось такое впечатление, что у машины вместо колес выросли крылья.

Даже отец обратил внимание и спросил у сына:

— Чем ты ее заправляешь? Она и в молодости у меня так не летала.

До Нового Погоста добрались, когда солнце еще только всходило над горизонтом. В притихшей утренней прохладе еще только начинали пробовать голоса самые ранние пташки. Над открывавшейся с дороги низинкой стоял туман. После ночного дождя, основательно промочившего все вокруг, в воздухе до сих пор чувствовалась свежесть. Деревня еще спала. Когда машины с полицейским десантом проехали по улице, никто не появился.

Когда последний дом скрылся из виду, Саша спросил:

— А где же нужный нам дом? Куда мы едем?

— Дальше. Еще чуток проедем, и порядок.

Дом Хильды находился в паре километров от деревни. Стоял он на холме, откуда открывался красивый вид на окрестности. И тем неожиданней было увидеть во дворе огненно-красную «Хонду». Саша при виде машины прямо оторопел. Щеглов отсюда только вчера вечером уехал.

— Сейчас раннее утро, а он снова тут.

— Не нравится это мне.

— Чего это он в такую рань примчался?

— Неспроста. Ох, неспроста. Надо нам как-то проникнуть в дом. И сделать это нужно незаметно.

Нелегкая задачка, учитывая, что дом стоял на холме, на котором, кроме пышного разнотравья и редких кустов бузины, никакого укрытия не наблюдалось.

— Выхода у нас нет. Придется рискнуть. Двое останутся и перекроют дорогу, если он вздумает удрать на машине. Остальные за мной.

И следователь первым направился к дому. Пригнувшись, он двигался вперед, держа в руке оружие. Его настороженность передалась и остальным. Но им повезло. Они сумели добраться до забора, а никаких признаков, что их присутствие обнаружено, не было. Округа мирно спала, досматривая последний сон. И все же кое-какие звуки уже выбивались из гомона птичьих голосов.

Это была человеческая речь. И разговаривали между собой двое — мужчина и женщина.

— То, что ты затеваешь — это безумие.

— Молчи, сестричка, для тебя же стараюсь.

Первый голос был Саше смутно знаком, а второй точно принадлежал Щеглову.

— Знаю я, зачем ты притащил эту стерву, — продолжила диалог женщина.

— Чтобы тебя выручить. Вот зачем.

— Отомстить ты ей хочешь, вот что!

— И это тоже. Но одно другому не мешает, разве не так, сестренка? Ты получаешь спокойствие и продолжаешь заниматься своими делами. А я... Я получаю моральное удовлетворение. Намерения этих двух гарпий разрушены и сокрушены, обе они отправляются за решетку, а мы с тобой торжествуем и наслаждаемся жизнью дальше в свое удовольствие.

— Так-то оно на словах у тебя ладно выходит. Только очень уж ты ее замордовал. Боюсь, что обмен может не состояться.

— Еще как состоится. Если она хочет получить свою подружку живой, то пусть поторопится. И чем быстрее до нее дойдет, что подружке в плену приходится несладко, тем сговорчивей она будет.

— Когда она обещала приехать?

— Сегодня. Все решится уже сегодня.

— Пойди, достань ее.

— Время еще есть.

— Надо хоть немного привести ее в чувство. Лично я тащить эту колоду до машины не собираюсь. Надо, чтобы она двигалась сама.

— Если тебе надо, то она не только пойдет, она побежит! Хочешь, танцевать ее заставлю? Она так забавно дергается, когда бьешь ее током.

— Очень тебя прошу, братец, ты особо не увлекайся. Все должно быть в меру.

— Знаешь, мне вот пришла тут в голову мысль... А что, если нам их вовсе не отпускать?

— Как это? Куда же мы их денем?

— Ну, какое-то время они могут пожить и тут.

— Тут? Ты с ума сошел!

— Почему? Самое надежное место. Полиция сюда уже не сунется. Они приезжали, обломались. Я нарочно этот финт провернул. Знал, что во второй раз в то же самое место эти лентяи не поедут.

— А покупатели? Я же тебе сказала, сегодня сюда заявятся покупатели с агентом. Да они всюду залезут, всюду сунут свой нос.

— Этих можно вовсе не пускать.

— У агента есть ключ.

— Замки сменим. Ломать дверь они не осмелятся. Покрутятся немного рядом, да и уедут. А? Что скажешь? Оставишь обеих цыпочек мне? Очень уж мне хочется с ними вдоволь позабавиться.

Какое-то время женщина молчала. Видимо, думала да соображала, как потактичней отказать братцу.

Но напрасно Саша надеялся. Сердце этой женщины было таким же холодным и жестким, как и у ее брата.

— Мне все равно, что с ними будет, — равнодушно сказала она. — Хочешь с ними позабавиться, а потом уничтожить обеих, дело твое. Я тебе мешать не стану. По мне, что они в тюрьме, что в могиле — все едино. Для меня главное, чтобы эта история, которая вокруг меня закрутилась, так же быстро раскрутилась взад. Я хочу продолжать работать, как работала до того, как эта чокнутая взялась за свое расследование.

— Будешь.

— Ненавижу ее! — злобно взвизгнула женщина. — Как вспомню, сколько нервов я из-за нее потеряла, так всю и крутит! Очень даже хорошо, братец, если ты эту гадину уничтожишь! Пусть живет и пусть сдохнет в муках! Но только помни, умереть она должна не раньше, чем вернет мне то, ради чего мы затеяли похищение ее подружки.

— Все будет тип-топ. Клянусь тебе, комар носа не подточит.

Даже не видя Щеглова, всем было ясно, что он на седьмом небе от счастья. Он вытребовал у сестры право измываться сразу над двумя жертвами. И фактически, насколько понимал Саша, ему от сестры была выдана индульгенция на их убийство. И этот гад едва ли не пел теперь от радости. Встречаются же такие мерзавцы! Недаром этот сосед с первого взгляда вызвал у Саши чувство острой неприязни, которая сейчас разрослась до такой степени, что, казалось, заполнила его от ногтей до кончиков волос.

Чтобы не задохнуться от охватившей его ярости и не наделать глупостей, Саша стал думать о другом. Звучащий в доме женский голос был ему определенно знаком. Но откуда?

ГЛАВА 15

Между тем полицейские провели короткое совещание. Они тоже слышали весь разговор. И штурм было решено не откладывать.

— В дом удастся проникнуть через окна первого этажа. Решеток на них нету.

Действительно, видимо, воров тут не боялись. Хотя сам дом выглядел ухоженным. У него была новая крыша из псевдочерепицы, стены облицованы симпатичным сайдингом, в окнах стояли стеклопакеты. Высокий фундамент обложен кирпичом, определенно за домом ухаживали. Наверное, и внутри в нем было чем поживиться непрошеным гостям. Но тем не менее от них никто не закрывался.

— До окон так просто не допрыгнешь. Слишком высоко. Лучше бы через дверь попытаться.

— Пока ее ломать будешь, они сбегут.

Так что в итоге было решено штурмовать через окна.

— Задержим сразу обоих. Они кого-то ждут, но это не беда. Подождать мы можем потом и все вместе.

Саше с родителями было велено оставаться в стороне и не мешаться под ногами.

— Сидите тут. Будет надо, мы вас позовем.

И полицейские ринулись на штурм забора. Саша с одобрением отметил, что все они находились в отличной физической форме и штурм первого препятствия дался им без особого труда. Минута, и все шестеро перевалились через ограждение высотой в добрых два метра и скрылись с глаз. Саша с родителями остались ждать снаружи. Какое-то время ничего не происходило, потом в доме раздались крики и выстрелы.

— Что там у них?

Похоже, эти двое в доме оказались не столь безобидны. Они не пожелали сдаться без боя. Хотя странно, что могли противопоставить два человека — мужчина и женщина, да еще безоружные, шестерым крепким, обученным технике рукопашного боя мужчинам? Но как говорится, против лома нет приема. Из окон с громким звоном вместе со стеклами летели предметы меблировки — табуреты, стулья и даже сковородки с утюгами. Похоже, сопротивление было оказано вполне реальное. А пустить в ход огнестрельное оружие полицейские толком не могли из-за общей скученности и опасения, что при стрельбе попадут не в преступников, а друг в друга.

Затем предметы перестали вылетать из окон. Зато крики усилились. Теперь в них слышалась досада.

— Ушли!

— Как это они так?

— Заперто!

— Ломай! Дверь ломай!

Саша с отцом насторожились еще больше. А мама проницательно заметила:

— Что-то пошло не так у наших.

— Может, надо им помочь?

— Без нас справятся. Вон их сколько. Ты же помнишь, нам приказали сидеть тут, просто сидеть.

Но просто сидеть не получилось.

Внезапно одна из досок забора отошла в сторону, и в проеме появилась человеческая нога. У Саши даже дыхание перехватило. А вся кровь бросилась юноше в голову. Следом за ногой появилась рука, а затем и вся половина туловища вместе с головой. Это была какая-то женщина, лица ее Саша разглядеть с такого расстояния не мог.

Сашу с родителями эта женщина среди кустарника не заметила и, повернувшись назад, сказала кому-то:

— Иди сюда! Да быстрей ты! Пока они там в доме сообразят, как мы с тобой улизнули, мы будем уже далеко.

— Да, но как они узнали? — послышался голос Щеглова.

— Видать, плохо ты все рассчитал, братец!

Женщина выбралась целиком, выпрямилась и настороженно обвела глазами вокруг себя в поисках опасности. И таковая не преминула себя явить. Саша начал подниматься из своего укрытия, и женщина заметно вздрогнула, когда ее взгляд встретился с Сашиным. Она открыла рот, чтобы предупредить своего братца-бандита, и Саша понял, что мешкать нечего. Нельзя позволить этой бабе поднять шум. Рука его сама нащупала палку, которую он и метнул в сторону женщины. Чтобы увернуться от летящего в нее снаряда, женщине пришлось отпрыгнуть. Сделала она это не совсем ловко, оступилась и покатилась вниз по склону. Саша кинулся за ней.

В это время сам Щеглов как раз пролез через щель в заборе. Но тут его уже поджидали родители Саши, которые и приняли преступника в свои объятия. Они думали, что им удастся запросто справиться с щуплым мужичком, но тот оказался на диво крепким и жилистым. Под его бледной кожей скрывались мышцы настоящего бойца. Не прошло и нескольких минут, как он раскидал в стороны своих противников и кинулся бежать. Саша в этот момент был очень занят, так как его подопечная также проявила недюжинные физические способности. Она дважды так залепила Саше в глаз, что у него теперь в голове все гудело и звенело. Тем не менее он решил, что не выпустит женщину. И сцепив зубы, чтобы не завопить от причиняемой ему боли, давил ее изо всех своих сил к земле.

Ее искаженное от ненависти лицо было совсем рядом с его собственным. И только теперь он узнал эту женщины. Вот почему ее голос показался ему знакомым! Они уже встречались.

И встреча эта произошла в рамках предпринятого расследования. Сейчас в руках Саши брыкалась, лягалась и яростно кусалась не кто иная, как Янина Владимировна. Та самая сотрудница гимназии, к которой Саша обратился за помощью в розысках Евы. Каким образом эта женщина очутилась сейчас в этом месте, у Саши не было возможности подумать. Все его силы уходили на борьбу с ней. И сил для этого требовалось немало. У юноши не было даже возможности перевести дух и позвать к себе на помощь.

К счастью, родители это сделали за него.

– Помогите! Скорей сюда! Полиция! Ребята! Они тут!

Полицейские услышали призыв и выскочили из дома. Они сразу же увидели улепетывающего в сторону леса Щеглова и пустились в погоню за ним. Увы, они были все еще слишком далеко. И расстояние между Щегловым и ними неуклонно увеличивалось. Он бежал очень быстро. И можно было не сомневаться, стоит ему достигнуть деревьев, как он будет потерян.

— Стой! Стрелять буду!

Но это была чистая бравада. Расстояние было слишком велико, чтобы можно было попасть в Щеглова. Он это тоже прекрасно понимал, потому что даже не притормозил в ответ на окрик.

В этот критический момент, когда, казалось, уже все было потеряно и преступник уверенно приближался к первым деревьям, неожиданно для всех раздался рокот мотора и из дверей гаража выскочил квадроцикл. Видимо, это четырехколесное чудо находилось там и было обнаружено одним из полицейских. Недолго думая, молодой сотрудник воспользовался подходящим транспортным средством. Никакая машина не смогла бы проехать там, где бежал Щеглов. А вот квадроцикл отлично годился для этих целей.

Оседлавший его сотрудник быстро нагонял бегущих впереди него коллег. Достигнув их группы, он ненадолго притормозил, взял на борт одного человека, и уже вдвоем они продолжили погоню, сразу же сильно оторвавшись от остальных.

— Стреляй! Стреляй по ногам! Не дай ему уйти!

Раздался выстрел. Затем еще один. Потом еще и еще. И наконец один из них достиг своей цели. Подскочив в воздух, Щеглов нелепо взмахнул руками и рухнул на землю. Больше он не мог бежать. И преследовавшим его полицейским оставалось лишь произвести задержание, что они и сделали.

У самого Саши дела обстояли далеко не так блестяще. Несмотря на то, что на помощь ему пришли родители, подавить сопротивление злодейки у них не получилось. Даже одна против них троих она продолжала бороться, извиваясь и стараясь выбраться из их рук. У Саши заплыли уже оба глаза, из носа текла кровь, а прокушенная рука так болела, что он всерьез опасался, как бы ему не получить заражение крови. Злодейка с ними не церемонилась. Била по самым чувствительным местам.

И когда Саша увидел, как отец согнулся от очередного болевого приема, примененного к нему, мать воскликнула:

— Дай ты ей уже чем-нибудь по башке!

И первой же взяла валявшуюся толстую палку, подскочила, размахнулась и... и изо всех сил врезала Саше по спине.

— У-у-у! — взвыл Саша.

— Ой, прости!

Удар пришелся юноше между лопаток. И на мгновение он подумал, что умирает. Дух у Саши перехватило. От боли он даже забыл о своем намерении не отпускать женщину ни за что и никогда и немного ослабил хватку. Этим немедленно воспользовалась ушлая преступница. Шипя от злости, она вскочила на четвереньки и попыталась подняться на ноги. Сумей она это сделать, и догнать ее было бы уже нереально. Вся бригада полицейских в полном составе находилась у леса. А Саша с отцом были не в том состоянии, чтобы кого-то преследовать самим.

Но стоило преступнице начать выпрямляться, как ее настиг новый удар, который был нанесен ей наотмашь. Саша понял, что на этот раз его мама все же угодила точно в цель, когда сперва услышал сухой звук соприкосновения дерева с костью, а затем звук падения чего-то тяжелого на землю. Радовало также и то, что сам он при этом никакой боли не почувствовал.

— Неужели получилось?!

Разлепив пальцами заплывшие глаза, Саша увидел, что преступница и впрямь тихо-мирно лежит на травке. А рядом с ней с воинственным видом стоит его мама, опираясь на палку, словно на дубину. Щека у нее была разодрана, и из нее обильно текла кровь. Но воительница этого даже не замечала.

— Мама! Ты молодец!

Мама в ответ лишь кивнула. Она была слишком поглощена своим триумфом, чтобы размениваться на разговоры.

Когда все трое немного отдышались, Саша с отцом переглянулись.

И отец рассмеялся:

— Ну и отделала она тебя!

— А ты-то хорош!

Сам отец выглядел неважно. Помятый, волосы стоят дыбом и испачканы. Лицо в ссадинах, в которые попала грязь. Впрочем, ссадины были у всех четверых сражающихся. Также и одежда на всех была порвана и перепачкана — сырая земля, трава и кровь, обильно текущая из ран, создавали диковинный черно-зелено-красный раскрас на их рубашках, брюках и телах. И подбежавшие к ним вскоре полицейские долго разглядывали их, качая головами.

— Что у вас тут было? — спросил следователь. — Армагеддон?

— Вроде того. Наручники есть? Наденьте на нее их скорее. Потому что если эта баба сбежит после всего, что мне пришлось из-за нее вынести, я этого просто не переживу.

Наручники защелкнулись на Янине, когда та уже начала потихоньку приходить в себя. Она едва заметно мычала и покачивала головой, пытаясь сообразить, что с ней случилось. Вела она себя примерно. Похоже, удар палкой по голове начисто выбил из нее былую дурь.

— В дом! — скомандовал следователь. — Все в дом скорее!

Вид у него был озабоченный. И Саша, который уже начал торжествовать победу, вспомнил, что дело еще не закончено. Их компании предстояло принять в свои объятия еще одного человека или даже двух.

Оказавшись в доме, Саша огляделся по сторонам. Чисто, уютно, для глаза приятно. На окнах красивые занавески. Новая хорошая мебель. Никаких бабушкиных буфетов и дедушкиных трофеев, как частенько случается на дачах. Все современно и очень симпатично.

Внезапно раздался стон. Повернув голову, Саша увидел, что это стонет Щеглов. Пуля попала ему в ногу чуть выше колена. Прошла она навылет, кости не задела, а саму ногу уже перевязали, чтобы остановить кровотечение. Но Щеглов все равно стонал так, словно ему было нанесено смертельное ранение.

— Где пленница?

— Кто?

— Где хозяйка этого дома? Где госпожа Боровская?

Щеглов широко распахнул глаза.

— Не знаю. Откуда я могу это знать?

— Не притворяйся! Мы знаем, ты держишь ее в плену. Видели, как ты возишь ей продукты.

— Это какая-то ошибка. Хильды тут нету. Она уехала. Поручила мне присмотреть за домом. Не верите? Она даже оставила мне свою машину, чтобы я мог изредка приезжать сюда и поддерживать в этом доме порядок. А в чем дело? По какому праву вы набросились на нас с сестрой? Мы ничего плохого не сделали. Это произвол! Я буду жаловаться! Отпустите меня! Или сегодня же в прокуратуре узнают о вашем поведении и о том, как сильно вы превышаете свои полномочия!

Но следователя эта речь оставила равнодушным.

— Нету, говорите, тут никакой Хильды? А если найду?

Щеглов равнодушно пожал плечами:

— Ищите. Что найдете, то ваше.

Обыск занял несколько часов. Давно уже взошло солнце. Исчезла из воздуха утренняя свежесть, стало скорее душно. Саша чувствовал, как пот выступает на коже и неприятно щиплет свежие ссадины. Время шло, а найти Хильду у них все никак не получалось. Они обыскали весь дом, перевернули вверх дном все постройки и пристройки, но результата не было.

— Тут она! — твердил Саша, который в большей мере чувствовал ответственность за то, что происходило. — Тут! Я это чувствую.

— И где? Где именно она? Может, знаменитое чутье подскажет?

Следователь был сильно раздражен. Без Хильды, живой или мертвой, рушилась вся пирамида, которую он старательно возводил. Чем больше хмурился следователь, тем веселей становился Щеглов.

— Отольются вам кошкины слезки. Поплатитесь, ой как поплатитесь вы, товарищ следователь, за то, как поступили с нами. Не миновать вам выговора. А может, еще и звания лишат. Или вовсе выгонят. А что? Сейчас тут и там сокращения. Когда очередной раз переаттестацию проходить придется, вам и припомнят, как вы в Новом Погосте в лужу сели.

Услышав эти слова, Саша поднял голову.

— В лужу, — пробормотал он, кое-что вспоминая. — В лужу! А скажите, уважаемый, резиновые сапоги вам зачем были нужны?

Спросил и сразу понял, что угодил в цель. Этим своим вопросом он начисто сбил с Щеглова всю его спесь. Глазки у преступника быстро забегали. И от былой веселости не осталось и следа.

— Какие сапоги?

— Те, что вы в магазине «Рыболов» купили.

Саша сходил в прихожую и принес оттуда упомянутые сапоги. На них была свежая грязь. Значит, Щеглов хотя бы один раз использовал их.

— На речку ездил. За рыбкой. Люблю свежей рыбкой полакомиться.

— А удочка где?

— Поломалась. Там, на речке, ее и бросил.

Саша помнил, что когда они осматривали дом, ничего похожего на рыболовецкий инвентарь им не попадалось. К тому же ни один нормальный рыбак не удовольствуется одной-единственной удочкой. У каждого их по меньшей мере две, а лучше три, четыре, пять и так далее. Кроме того, обязательно есть и другое рыболовецкое снаряжение. Крючки там, лески, мормышки, воблеры. Все приманки разного размера и вида, и предназначены для разной рыбы и работают в разной воде. Для воды быстрой и проточной, для мутной и стоячей воды, а то и для ледяной зимней водички.

— А крючки и все прочее где?

— Тоже там, на речке оставил. Психанул, что удочка сломалась, и все бросил.

— Какой вы нервный. А сапоги, выходит, не бросили?

— Сапоги на мне были. Кабы снять мог, тоже бы их там вместе с остальным хламом бросил.

— Неубедительно как-то звучит. Сдается, что вы нам врете.

— А вы докажите, что я вру.

Щеглов вновь начал обретать былую наглость. Чтобы не смотреть на его бледную физиономию, Саша вышел во двор. Где же Щеглов мог измазать сапоги грязью? Эта мысль не давала Саше покоя. На речку Щеглов не ездил. На речке на сапоги налипла бы тина, трава, другой мусор. А тут была глина. Желтая глина. Такая глина бывает глубоко в земле, когда начинают копать яму и натыкаются на пласт этой породы.

Саша медленно обвел глазами двор. И взгляд его уперся в колодец. Сам не помня как, Саша очутился перед ним. Заглянул внутрь, но увидел в колодце лишь темный лик воды. Однако метрах в двух парень заметил остатки еще одного колодца. Сруб и крышу с него давно сняли, верхние кольца тоже, теперь это была просто дыра в земле, прикрытая сверху деревянным люком и заросшая высокой травой — гречихой камчатской.

Растение поистине уникальное, способное достигать высоты в два с половиной, а то и три, а на хорошей почве даже четыре метра. Ею молодые побеги, говорят, являются съедобными. И название оно получило за то, что на своей исконной родине, на нашем Дальнем Востоке, это растение осенью давало семена, похожие на гречку. В более холодном климате до плодоношения дело не доходило, цвела гречиха в лучшем случае в сентябре, потому и снять с нее урожай никак не получалось. Но как декоративное растение она была способна маскировать многие неприглядные участки, бурно разрастаясь и закрывая их своей ежегодно обновляемой зеленью.

Раздвигая ветви гречихи, Саша обратил внимание, что многие побеги повреждены. Тут явно часто ходили. И хотя следов после прошедшего ночью дождя было не рассмотреть, но земля тут местами была украшена подтеками желтой глины.

— Сюда! Помогите!

Сдвинув крышку колодца, они заглянули вниз. Воды там почти не было. Оно и ясно, будь в колодце вода, зачем бы понадобилось рыть рядом новый. Но зато вместо воды в старом колодце находилось нечто куда более важное для следствия.

— Там кто-то есть! Лестницу! Срочно!

Лестницу принесли из сарая. И Саша обратил внимание, что она также была испачкана на концах все той же желтой глиной, которой было достаточно в колодце. Мерзкое липкое желтое месиво, оно покрывало лежащее на дне колодца женское тело. И сначала все дружно испугались, что женщина мертва. Она не шевелилась и не подавала никаких признаков жизни. Но когда ее извлекли, то стало ясно, что жизнь в ней еще присутствует.

— Надо ее в больницу.

Но когда женщину привели в чувство с помощью нашатыря, она открыла глаза и обложила всю компанию такой отменной бранью, что все вопросы сразу отпали. Всем стало ясно, человек, способный браниться так виртуозно и энергично, помирать не собирается. По крайней мере, не в ближайшее время.

— Госпожа Боровская, вы напрасно сердитесь на нас. Мы не являемся пособниками похитившего вас преступника. Скорее, совсем наоборот.

— И мы прибыли сюда, чтобы спасти вас от его рук.

Судя по выражению лица Хильды, которое ей уже очистили от глины, она скорее бы предпочла умереть, чем принять помощь из чьих-то рук. Но в том-то и была вся штука, что выбора ей мужчины не предоставили. Спасли ее, и все тут.

Но это был еще не конец сегодняшним открытиям. Едва Хильду вернули к жизни, как у ворот послышался гудок. Кому-то не терпелось попасть внутрь. Оказывается, приехала Ева Германовна. Саша был искренне рад видеть ее целой и невредимой. Сама Ева была поражена, увидев его вместе с родителями в этом доме. Наверное, она решила, что они трое являются сообщниками преступника, похитившего ее подругу и шантажом и угрозами вынудившего ее явиться сюда к нему и ее саму.

— Как? И вы тоже тут? Ну, никогда бы не подумала на вас!

Еще больше Ева изумилась, обнаружив в доме почти все отделение полиции. Но полицейским она, напротив, обрадовалась. А когда поняла свою ошибку, то обрадовалась и Саше с его родителями. А уж когда Ева увидела Брунхильду, то слезы хлынули из ее глаз.

— Хильдочка! Что этот зверь сделал с тобой?! Почему ты вся желтого цвета?

— Она была в колодце. Преступники держали ее там.

— Крошка моя! — всплеснула руками Ева. — Ты же могла погибнуть!

Саша не сдержался и крякнул. Облепленная желтой глиной бородатая Хильда меньше всего была похожа на «крошку», скорей уж на здоровенного мужика, целый день проработавшего в поле.

Когда Хильду немного отогрели, обсушили и обласкали, она тут же потребовала дать ей выговориться.

— Мы с Евой вам все расскажем. От «а» и до «я».

Но прежде чем приступить к рассказу, Хильда потребовала, чтобы ей позволили пару раз пнуть Щеглова.

— Для успокоения души, — как она объяснила.

А сидящая рядом с ней Ева согласно закивала. И ее душа, оказывается, требовала того же.

— Мы не можем вам этого разрешить, — засомневался следователь, — это противозаконно. Но зато... мы можем выйти на пару минут. Пары минут вам хватит?

Хильда заверила, что вполне хватит. И все вышли. И не просто вышли, а еще и отошли подальше, чтобы потом иметь право с чистой совестью сказать, что ничего не слышали. А кабы слышали, обязательно бы помешали расправе.

— Как думаете, она его не убьет? — с тревогой спросил Саша у следователя.

— В другое время запросто. А сейчас силенок у нее не хватит. Она столько времени провела на дне колодца, что совсем изнемогла.

Но как выяснилось, у следователя было несколько искаженное представление о физическом состоянии Хильды. Потому что когда все вернулись в комнату, то нашли Щеглова в самом плачевном виде. Зато самоуверенности в нем заметно поубавилось. И показания он теперь давал с куда большей охотой. А если вдруг принимался артачиться, то следователю было достаточно лишь сделать вид, что он зовет госпожу Боровскую, как красноречие вновь возвращалось к Щеглову.

Не совсем честные методы ведения расследования, но Щеглов с сестрицей это заслужили.

ГЛАВА 16

Заговорить эти двое поспешили оба и сразу. Следователю стоило лишь предупредить их, что чистосердечное признание может облегчить их участь, и обоих тут же прорвало. Как только брат с сестрой поняли, что являются друг другу, так сказать, конкурентами, как они тут же принялись усердно «топить» один другого. Все родственные чувства были ими забыты. Теперь каждый боролся за выживание самостоятельно. О своих собственных проделках каждый старался не упоминать, зато о проделках другого говорилось много и охотно.

Первым начал Щеглов.

— Да, не могу скрывать, мы с Хильдой были любовниками. От этого и пошли все мои несчастья. Связь наша длилась несколько лет. Я успел привязаться к ней. А она... она, как выяснилось, просто использовала меня.

Янина внимательно слушала. И при первой же возможности вставила свое замечание:

— А когда Хильде взбрело в голову, что она брата больше не любит и что мужчины ей вообще безразличны, она его бросила.

— Без всякого сожаления, без колебаний, пришла как-то вечером и поставила меня в известность, что мы больше не вместе. Сестра всегда дружила с Хильдой. И тут она также приняла ее сторону. Я лишился сразу двух близких мне людей — и подруги, и сестры.

— Конечно, в то время брат сильно пострадал! Его же больше никто не хотел содержать. У него даже на этой почве случился нервный срыв. И он пытался излечиться от него самостоятельно, принимая опиаты.

Следователь перевел взгляд на Щеглова и нахмурился:

— Вы употребляете наркотики?

— Это все в прошлом!

— Был такой период в его жизни, — снова вылезла вперед Янина. — И довольно долгий.

— Но я хотел забыться! Поймите, мне было больно. Эта женщина причинила мне сильную душевную боль. Я хотел избавиться от нее.

— И выбросились из окна.

— Да. В итоге я получил тяжелую травму позвоночника, но, как ни странно, физическая боль исцелила меня от боли сердечной. Я разлюбил Хильду. И в наркотиках больше не нуждался.

— Наркота ему стала не нужна. Теперь он думал лишь о том, как бы отомстить Хильде. Как бы уничтожить ее.

Щеглов с ненавистью взглянул на свою сестру.

Потом перевел взгляд на следователя и заявил:

— Слушайте, если хотите, чтобы у нас с вами состоялся нормальный диалог, уберите ее.

Янина в ответ лишь фыркнула:

— Сама с удовольствием уйду!

Следователь кивнул.

— Не волнуйтесь, вы без внимания все равно не останетесь. Вами там займутся.

Янина снова фыркнула и вышла, сопровождаемая конвоем. После оказанного ею сопротивления к ней были применены повышенные меры безопасности.

Когда она вышла, следователь наклонился к Щеглову и доверительным тоном произнес:

— Ваша сестра не слишком вас любит.

— Эта стерва никого не любит. Только себя и деньги!

Дальше Щеглова даже не надо было подбадривать. Он охотно разговаривал о сестре, ведь эти разговоры уводили следствие от него самого. Что касается Янины, то когда она оказалась в соседней комнате, к ней сразу подсел старший помощник следователя, который и заговорил с ней точно таким же доверительным тоном. Он тоже присутствовал в начале допроса и понял, как нужно вести дело с этими двумя.

— Вернемся к душевным переживаниям вашего брата, — произнес он.

— Трус и жалкое ничтожество! Послала же судьба такого никчемного брата! Вот у других братья как братья! Сестрам во всем помогают. А у меня что? Какое-то недоразумение, а не брат. Вместо того чтобы помогать мне, сам все время клянчил о помощи.

— После получения инвалидности он переехал в квартиру, расположенную по соседству с квартирой его бывшей любовницы. Зачем? Хотел следить за ее жизнью?

— Брат думал, что, может, Хильда еще передумает. Не сразу, но со временем разочаруется в том образе жизни, который она выбрала, и вернется к нему. Была у него такая надежда. Все-таки им было хорошо вместе.

— Это ему было хорошо. Ваш брат жил за счет своей любовницы. Она его полностью содержала. Он же нигде не работаете, не так ли?

— Он художник! Мастер фотографии. Его работы выставляются в лучших залах.

— Но вы знаете, что ваш брат — это не вы, он ленится работать. И официально он не имеет почти никакого дохода.

— Мастер не должен быть ремесленником, — хмыкнула Янина. — Брат говорит: «Я работаю, когда ко мне приходит вдохновение. Я творю для будущего!»

— Допустим. Так что там насчет его бывшей любовницы? Он ее так и не простил?

— Думаю, он пытался, но не смог. Впрочем, внешне они ведь с ней остались друзьями. Брат никогда не устраивал Хильде истерик. А после того, как он стал инвалидом, Хильда даже ему сочувствовала, помогала материально. Это она нашла обмен, чтобы он жил рядом с ней. Но это было так унизительно! Брат мечтал, чтобы эта гордячка валялась у него в ногах! Чтобы она молила его о пощаде! Он хотел причинить ей такую же боль, какую она причинила когда-то ему самому!

— Это мы поняли. Какие действия он для этого предпринял? Это ведь он убил гражданина Малышева?

— Убил. Но это была самооборона.

— Малышева ударили по голове сзади. Ваш брат подкрался, когда жертва сидела на табурете, спиной к своему убийце, и ударил его молотком для отбивания мяса по голове. А потом еще и еще. Это совсем не было похоже на оборону.

— Когда я говорила про самооборону, то имела в виду, что этот Малышев был опасен! Он ведь на всю голову больной! Думаете, я не знаю, зачем он пришел к Хильде домой? Он собирался подкараулить и убить там Еву. Он совсем свихнулся от ненависти к ней. Она его бросила, ушла от него к Хильде. А он поклялся отомстить обеим!

— Значит, ваш брат ненавидел свою бывшую любовницу Хильду, а Малышев ненавидел свою бывшую жену Еву. На почве общих интересов этим двоим было бы логичней друг с другом подружиться.

— Малышев был неуправляем. С кем-то другим еще можно было бы найти общий язык, но с этим товарищем — нет. Уму непостижимо, каким местом думала Ева, связывая свою жизнь с таким типом!

— Как Малышев попал в квартиру Хильды? Это ведь ваш брат дал ему ключи?

— Да, у брата были ключи от всех квартир в подъезде. Люди ему доверяли. Когда Малышев появился у дверей Хильды, брат дал ему ключи от ее квартиры. А спустя некоторое время незаметно зашел в квартиру Хильды, убил Малышева, забрал ключи и ушел, оставив дверь приоткрытой. Когда его полицейские спросили, видел ли он Хильду в день убийства, брат указал в качестве времени ее прихода время убийства Малышева. Он ведь лучше кого бы то ни было знал, в какой час был убит Малышев.

— Ваш брат хотел подставить Хильду, чтобы это ее обвинили в убийстве Малышева.

— Разумеется! И у него почти все получилось. Орудие убийства — молоток был густо заляпан отпечатками пальцев Хильды. А брат использовал перчатки, поэтому его отпечатков на ручке молотка не оказалось. У Хильды был мотив, чтобы желать смерти Малышеву. Тот преследовал ее близкую подругу. А мой брат даже не был знаком с этим человеком. В общем, Хильду должны были обвинить в убийстве Малышева и посадить на долгие-долгие годы за решетку.

— Но сама Хильда у себя дома в тот день даже не появлялась?

— Конечно, нет. Она в это время уже сидела у себя на даче в колодце.

— И как вам с братом удалось ее заманить сюда?

— Нам пришлось постараться. Но мы справились. Я ведь являюсь близкой подругой Хильды. Вы это знали? Мы с ней дружим и в жизни, и в Сети мы с ней тоже дружим. Можете проверить, если не верите. Мой сетевой ник — Медея. Так что Хильда мне доверяла. Всегда со мной советовалась. Ева даже ревновала.

— Понятно.

А про себя сотрудник подумал, что вот он и нашел причину, почему свое расследование Ева сосредоточила исключительно на Янине. Ревность побудила финансового директора комбината к тому, чтобы устранить из своей жизни Янину, которую она считала потенциальной соперницей. Но Янина тоже оказалась не лыком шита. И сумела показать и зубы, и когти.

— Я дала Хильде снотворное, а потом мы с братом перевезли ее в этот дом и спрятали Хильду в старом колодце. Воды там почти нет, одна жидкая глина.

— И затем вы стали шантажировать Еву?

— Она должна была отказаться от своего расследования против меня. Должна была вернуть мне документы, которые похитила. И тогда мы вернули бы ей Хильду.

Это еще был большой вопрос, вернули или не вернули. И что стало бы с самой Евой, окажись она в руках брата с сестрой, тоже было не вполне ясно.

Между тем у самого следователя общение с господином Щегловым шло полным ходом. Точно так же как его сестра откровенничала о жизни брата, ее брат охотно делился подробностями жизни своей сестры.

— Янина всегда была жадной до денег. Не знаю, откуда в ней это. Например, я сам никогда не гнался за монетой. А она становилась как бешеная, когда ей не удавалось хорошо заработать. Высшее образование получить не захотела, окончила кулинарный техникум. Сначала устроилась в школу поваром, место оказалось хлебным, сестре понравилось. Постепенно она доросла до завпроизводством. И вот тут на Янину полился золотой дождь. Нет, ничего не скажу, она много и упорно работала. Но и воровала не меньше. Мозг у нее так хитро заточен, чтобы из любой операции, проходящей через ее руки, извлекать лично для себя прибыль. Столько таких хитростей у нее было, я всех и не упомню.

Но следователь насчет этого даже не переживал. Пусть Щеглов не помнит хитростей и уловок Янины, зато Ева популярно все в своем докладе изложила. И теперь с этими цифрами и фактами будут работать те, кто и должен заниматься такими делами.

— После того как Хильда от меня ушла, мы с ней все равно продолжали тесно общаться. Сестра с ней даже сдружилась. В Сети у Янины другое имя — Медея. Не знаю, чем ей нравится эта личность, мне жена аргонавта Ясона и убийца собственных детей кажется отвратительной. Но сестра заявила, что хочет это имя, и точка. Конечно, Хильда знала многое о том, чем промышляет Янина. И когда у Хильды в подружках появилась Ева, то Хильда неосмотрительно проговорилась Еве о некоторых делах, которые имеют место в школах. Никто из нас и подумать не мог, что Еву это зацепит за живое и она решит начать расследование против Янины. Мы же все были друзья. Как Ева могла так поступить? Не понимаю!

— Но все же начала расследование. И выяснила много интересного о махинациях вашей сестры.

— Да, Янина приворовывала. Но кто бы на ее месте удержался? Ведь это же все безхозное, все равно пропадет. Дети не могут съесть всего, что им выписывают. И что? Выкинуть на помойку, утилизировать? А у сестры все шло в дело. У нее есть сеть кафе быстрого питания, пирожковые и блинные, в которых из школьных продуктов готовят полезные и сытные блюда. Люди их едят и очень довольны.

— А денежки от этих трапез капают в карман к вашей сестре. И она тоже этим очень довольна. К тому же, как следует из отчета Евы, ваша сестра промышляет не только отходами. Она активно ворует продукты, которые еще только должны быть использованы для питания детей. В итоге дети недополучают калории, белки и витамины.

— Я в ее дела не лезу. Со своими бы разобраться.

— Когда вы узнали о том, что Ева ведет расследование?

— Лишь после того, как Ева его окончила. Каким-то образом ей удалось сохранять его в тайне.

— Как же вы про него узнали?

— Ева сама поставила сестру в известность. Перед тем как исчезнуть, Ева позвонила сестре и сказала, что у Янины еще есть возможность пойти в полицию и покаяться. Она может написать явку с повинной и облегчить тем самым свою участь.

— Ваша сестра, конечно, не захотела каяться.

— Это совершенно не в ее стиле. Вместо этого Янина решила, что мы должны начать военные действия. Время пришло. Хильду она предложила использовать в качестве разменной монеты. Янина знала, что Ева обожает свою Хильдочку. И что ради нее Ева пойдет на все уступки. Мы планировали похитить Хильду, а потом сообщить Еве о том, что подругу она получит живой только в обмен на прекращение своего расследования.

— Но это оказалось невозможно. Материалы уже были переданы нам! И по ним уже возбуждено дело!

— Да, мы с сестрой опоздали. А все потому, что мы никак не могли найти Еву, чтобы сообщить ей о нашем требовании. Ева поставила моей сестре ультиматум и исчезла! Нам с трудом удалось выловить Хильду. Но та и сама не знала, где находится ее подруга.

— Или не хотела вам говорить.

— Возможно.

— Значит, вас уже не устраивало просто отправить Хильду за решетку? Вы решили, что она должна умереть?

— А зачем Хильда подружилась с этой Евой? Зачем болтала с ней о делах Янины? Зачем распустила язык? Сестра очень обозлилась на Хильду. А Еву она просто возненавидела!

Дело у преступников зашло так далеко, что им не оставалось ничего другого, кроме как устранить и Хильду, и Еву. Что они и собирались сделать, не уезжая далеко от этого дома. И не прибудь следователь со своей бригадой столь вовремя, в этом деле количество трупов могло бы еще больше увеличиться.

Когда наступила очередь давать показания Хильде и Еве, они держались совсем иначе, нежели Щеглов со своей сестрицей. Те брызгали ядом, а у Хильды с Евой текли мед и патока. Сразу было видно, что между ними царит взаимопонимание и доверие, эти двое перед следствием выступили дружно и заодно. И сидя рядышком, очень трогательно держались за руки.

Отмытая от глины бородка Хильды почти приняла свой обычный оттенок. Легкая прозелень, которую дало сочетание иссиня-черного цвета волос у нее на лице и желтой глины была ей даже к лицу. Что касается Евы, то ее эти дни скитаний заставили похудеть и, как следствие этого, похорошеть. Две красивые женщины, нашедшие свое счастье и сумевшие его отстоять.

— Дело не столько в ревности, — объясняла следователю Ева, — я своей Хильдочке целиком и полностью доверяю. Дело в самой Янине. Она такая противная! Так сразу по ней и не скажешь, я вот тоже сперва попала под ее чары.

А когда разобралась, какая Янина жестокая, какая она эгоистка и как стремится вертеть всеми, отошла от нее. Брата вот только жалко.

И Ева утерла выступившую слезу.

— Какого брата? Вашего?

— Да. Это ведь он по моей милости в тюрьму сел. Как я стала с Хильдочкой жить, сразу и Янина ко мне в подружки втерлась. И давай мне мозг полоскать. Она это так хорошо умеет, что лучше и не надо. Конечно, я и сама тоже виновата, не надо было мне ее слушать. А я повелась на ее уговоры, что думать каждый должен только о себе, что если человек слаб, то пусть идет ко дну самостоятельно, а не тянет за собой окружающих, что каждый сам кузнец своего процветания... В общем, всякое такое мне напела и убедила на какое-то время, чтобы я перестала своему брату деньгами помогать. Ну, я перестала, а куда ему деваться? Он же не работал. И не может он работать. А деньги на наркотики ему постоянно нужны. Вот он и начал воровать и угодил в итоге за решетку.

И Ева снова вытерла слезу. Хильда нежно погладила подругу по плечу.

— Наймем ему адвоката. Его выпустят, возьмем на поруки, отвезем в реабилитационный центр. Он поправится, вот увидишь!

Ева с благодарностью взглянула на Хильду. И плакать, к облегчению следователя, прекратила.

Хлюпнув напоследок носом, Ева заговорила вновь уже по делу:

— Я понимала, чтобы привлечь внимание к моему финансовому расследованию, я должна совершить что-то громкое. Что-то такое, что обратило бы внимание следствия в первую очередь на мою собственную персону. Но что я могла? Никогда в жизни я ничего противозаконного не делала. И даже не представляла, как это возможно.

— Но для новичка у вас все отлично получилось. Ограбление и вообще.

— На мысль инсценировать ограбление сейфа у нас на комбинате меня навел мой бывший муж. Как-то он в очередной раз подкараулил меня и начал орать, что прекрасно знает, почему я оставила ему машину и квартиру со всей обстановкой. Что он все понял, что я кручу финансовые аферы и получаю огромные барыши. Но что он тоже не промах. И знает, как ему обчистить сейф у меня на работе.

Так садист и психопат Малышев оказал Еве неоценимую услугу.

— Я поняла, что рано или поздно он выполнит задуманное. И решила использовать это ограбление в своих целях. Малышев хотел ограбить сейф, и он его ограбил. Но так как о своих планах он любил оповещать заранее, хвастался задуманным, то я знала, когда и в какую ночь он заявится к нам на комбинат.

Мы с Хильдой успели подготовиться. Пригнали к комбинату пикап, в котором перевозили инвентарь «Лучшего праздника». Попросили одного из ниндзя немного поработать сверхурочно.

При таком прикрытии визит Малышева в бухгалтерию остался незамеченным. Ему удалось вынести деньги. А Ева получила то, что хотела. Ее справедливо заподозрили в соучастии и завели против нее уголовное дело.

— Вы также наняли Кукушкину, чтобы она изображала вас.

— Я понимала, что после ограбления главной подозреваемой стану я. Именно этого я и добивалась. Но садиться в камеру я не могла, я должна была оставаться на свободе, чтобы действовать дальше. Я ведь должна была давать подсказки следствию, чтобы в итоге они нашли мои документы о махинациях Янины. И я попросила Кукушкину немного побыть мной. Моя портниха — Елизавета Петровна как-то случайно в разговоре обмолвилась, что знает одну женщину, очень похожую на меня. Дескать, это какая-то приятельница ее дочери. И когда встал вопрос о моем двойнике, я вспомнила эти слова бабы Лизы. Кукушкина показалась мне славной теткой, она согласилась на мое предложение, и следствие, получив главную подозреваемую, могло продолжаться до тех пор, пока все наработанные мною финансовые документы против

Янины не оказались бы в руках у следователя, ведущего мое дело.

— Значит, ваш паспорт оказался у Кукушкиной, а ее у вас?

— Да. Все эти дни я жила под ее именем.

— Хорошо. Продолжим. Итак, вы пригнали к комбинату пикап с единорогом, заставили своего знакомого ниндзя лазать по стене и позволили Малышеву украсть деньги. Что было потом?

— Потом мы с Хильдой разделились. Она должна была проследить, чтобы следствие нашло спрятанные флешки. А я должна была по мере необходимости подбрасывать все новые и новые подсказки. Мы не были уверены, что тех, которые мы уже оставили, будет достаточно. И были готовы подкидывать все новые, лишь бы следствие двигалось и лишь бы документы в итоге оказались у полиции.

— Но Янина с братцем вам в этом помешали.

— Да уж. Убить Малышева... Нам и в голову не могло прийти, что они способны на такое. Не скажу, что мне жалко моего бывшего мужа, плохой он был человек, но все-таки убийство. И еще похищение Хильды! Ладно еще Щеглов, может, у него осталась какая обида на Хильду. Но Янина! Хильдочка столько ей помогала! Янина пользовалась добротой Хильды и ее щедростью. Сколько раз Хильда присылала своих актеров и костюмы к Янине в школу.

Саша при этих словах вспомнил шоу на ступенях гимназии Янины с порвавшимся пополам драконом. Это был костюм, который прислала из своего агентства Хильда. И еще Мальвину с Буратино, которые должны были выступать на празднике. А также гномов и Бабу-ягу. Все это были подарки от Хильды. Правильно он тогда подумал, что как-то очень уж хорошо эти персонажи сочетаются с единорогом, ниндзя и Синей Бородой. Если бы мысль Саши тогда продолжила двигаться в том же направлении, глядишь, и преступников бы они вычислили гораздо раньше.

Но ему и в голову не могло прийти, что присланный по ошибке от портнихи бабы Лизы пакет, который попал к Еве, а должен был оказаться у Янины, имеет такое значение. А ведь ему говорили, что старенькая Елизавета Петровна не берет больше заказы со стороны. Что обшивает она исключительно старых своих клиентов. Да и то по старости и нездоровью берется за иголку с ниткой все реже и реже. И уж если баба Лиза согласилась сшить костюм для Янины, то, значит, кто-то очень близкий портнихе должен был за Янину сильно попросить. И кто? Конечно, Янину к своей портнихе привела Ева. А сама она познакомилась с Яниной через Хильду.

Видимо, Ева сказала правду. И Янина сумела на первых порах очаровать простодушную и совсем не разбирающуюся в людях Еву. И та по доброте души предложила Янине услуги своей портнихи. Ева думала, что сделает Янине приятное. Но той сшитая одежда пришлась не по вкусу.

Неожиданно Саша заметил, что его мама как-то странно ерзает на стуле. Казалось, ей не дает покоя какая-то мысль. Следователь тоже это заметил и кивнул ей:

— Что-то еще?

— Одну последнюю вещь только не могу понять. А что же с нашей главной? Получается, она ни в чем не виновата? В этих документах Евы нету никакого упоминания о ней?

— Расследование касалось деятельности Янины. У преступницы много сообщников, но так высоко она не забиралась.

— Но почему же тогда наша главная так рвала и метала, желая заполучить документы Евы?

— Директриса искала их, чтобы самой во всем разобраться. Ева оставила подсказки и ей. И директрису до крайней степени взбесил тот факт, что некто работающий под ее началом вздумал вытворять такие вещи. Она хотела понять, что происходит. Поэтому она так неистово билась за эти документы, так неистово вела поиск их по всему комбинату, так неистово добивалась личной встречи с Евой.

Между тем Ева продолжала возмущаться неблагодарностью людей, которых они с Хильдой считали своими друзьями:

— Хильдочка присылала костюмы и актеров в школу к Янине совершенно даром, а вот Янина потом, я это точно знаю, брала с руководства и родительских комитетов плату за эти выступления. И денежки клала к себе в карман. И как ей только в голову пришло похитить Хильду?! Грозить ей смертью! Я бы еще поняла, если бы Янина обозлилась и пожелала отомстить мне! Но она стала мучить Хильдочку! А ведь Янина называла себя ее лучшей подругой! Клялась ей в дружбе. А Щеглов клялся Хильде в любви. И ведь Хильда всегда была так добра к Щеглову! Она столько для него сделала! Помогла ему обменять квартиру, заботилась о нем, когда он был болен, нашла ему врачей, которые клялись, что помогут ему встать на ноги.

— И помогли! Только никто об этом не знал.

— Видимо, травма Щеглова была не столь серьезна. Временный паралич вскоре прошел. И гражданин Щеглов получил возможность двигаться, как и до своей болезни. Но он не спешил обнародовать этот факт. Его вполне устраивало, что Хильда заботится о нем, как о тяжелобольном. Это давало ему возможность упиваться собственной ненавистью к ней, живя за ее счет.

— Да, Янина не собиралась содержать брата-инвалида, — подтвердила Хильда. — Она всегда занималась лишь собой. Но она и не препятствовала мне тратить деньги на Щеглова. Ведь Янина хорошо понимала, что иначе ей самой пришлось бы взять на себя расходы своего брата.

— Хильдочка находила Щеглову работу, — снова заговорила Ева. — Тот фотопортрет, который вы видели в рабочем кабинете Хильды в «Лучшем празднике», — это как раз его работа.

— Вы там прекрасно получились.

— Согласна, — кокетливо потупилась Ева Германовна. — Поэтому мы с Хильдочкой и решили использовать именно этот портрет, вернее, его рамку для очередной подсказки следствию. Решили, что вы обязательно обратите внимание на мой фотопортрет, раз уж он такой вышел красивый. И разглядывая его, задумаетесь о несоответствии детской простенькой рамки и вставленной в нее профессионально сделанной фотографии.

— И таких подсказок, насколько я понимаю, вы приготовили еще много?

— Достаточно, чтобы в итоге вы нашли флешки. Но вы оказались сообразительнее, чем я ожидала. Мигом отыскали все документы!

Ева смотрела на следователя с восторгом и одобрением. А вот Саша, напротив, старательно избегал на него глядеть. Опасался, что выдаст взглядом свои чувства. А чувства были смешанные. Ведь следователь руками и ногами отбивался от поиска этих документов. Отказывался признавать их важность. Фактически им троим пришлось чуть ли не насильно всучить следователю первую флешку. А он и тогда не хотел ее брать!

Но Саша решил, что в такой замечательный день, когда все злодеи пойманы и вскоре получат законное наказание, а все положительные герои спасены, он не станет портить настроение ни себе, ни следователю, вспоминая былые ошибки. В конце концов, кто из нас не ошибается? И потому очень важно, чтобы рядом всегда оказывался человек, способный эти ошибки загладить.

Литературно-художественное издание

ИРОНИЧЕСКИЙ ДЕТЕКТИВ

Калинина Дарья Александровна

САФАРИ НА ЖАР-ПТИЦУ

Ответственный редактор *О. Басова*
Редактор *М. Бродская*
Младший редактор *А. Залетаева*
Художественный редактор *В. Щербаков*
Технический редактор *И. Гришина*
Компьютерная верстка *Е. Беликова*
Корректор *И. Федорова*

ООО «Издательство «Эксмо»
123308, Москва, ул. Зорге, д. 1. Тел.: 8 (495) 411-68-86.
Home page: www.eksmo.ru E-mail: info@eksmo.ru
Өндіруші: «ЭКСМО» АҚБ Баспасы, 123308, Мәскеу, Ресей, Зорге көшесі, 1 үй.
Тел.: 8 (495) 411-68-86.
Home page: www.eksmo.ru E-mail: info@eksmo.ru.
Тауар белгісі: «Эксмо»
Интернет-магазин : www.book24.ru
Интернет-дүкен : www.book24.kz
Импортёр в Республику Казахстан ТОО «РДЦ-Алматы».
Қазақстан Республикасындағы импорттаушы «РДЦ-Алматы» ЖШС.
Дистрибьютор и представитель по приему претензий на продукцию,
в Республике Казахстан: ТОО «РДЦ-Алматы»
Қазақстан Республикасында дистрибьютор және өнім бойынша арыз-талаптарды
қабылдаушының өкілі «РДЦ-Алматы» ЖШС,
Алматы қ., Домбровский көш., 3«а», литер Б, офис 1.
Тел.: 8 (727) 251-59-90/91/92; E-mail: RDC-Almaty@eksmo.kz
Өнімнің жарамдылық мерзімі шектелмеген.
Сертификация туралы ақпарат сайтта: www.eksmo.ru/certification

Сведения о подтверждении соответствия издания согласно законодательству РФ
о техническом регулировании можно получить на сайте Издательства «Эксмо»
www.eksmo.ru/certification
Өндірген мемлекет: Ресей. Сертификация қарастырылмаған

Подписано в печать 29.01.2019. Формат 70x90 $^{1}/_{32}$.
Гарнитура «Newton». Печать офсетная. Усл. печ. л. 11,67.
Тираж 5 000 экз. Заказ 4958.

Отпечатано с электронных носителей издательства.
ОАО "Тверской полиграфический комбинат"
170024, г. Тверь, пр-т Ленина, 5.
Телефон: (4822) 44-52-03, 44-50-34,
Телефон/факс: (4822)44-42-15
Home page - www.tverpk.ru
Электронная почта (E-mail) - sales@tverpk.ru

16+

Оптовая торговля книгами «Эксмо»:
ООО «ТД «Эксмо». 123308, г. Москва, ул.Зорге, д.1, многоканальный тел.: 411-50-74.
E-mail: **reception@eksmo-sale.ru**

По вопросам приобретения книг «Эксмо» зарубежными оптовыми
покупателями *обращаться в отдел зарубежных продаж ТД «Эксмо»*
E-mail: **international@eksmo-sale.ru**

*International Sales: International wholesale customers should contact
Foreign Sales Department of Trading House «Eksmo» for their orders.*
international@eksmo-sale.ru

По вопросам заказа книг корпоративным клиентам, в том числе в специальном
оформлении, *обращаться по тел.: +7 (495) 411-68-59, доб. 2261.*
E-mail: **ivanova.ey@eksmo.ru**

Оптовая торговля бумажно-беловыми
и канцелярскими товарами для школы и офиса «Канц-Эксмо»:
Компания «Канц-Эксмо»: 142702, Московская обл., Ленинский р-н, г. Видное-2,
Белокаменное ш., д. 1, а/я 5. Тел.:/факс +7 (495) 745-28-87 (многоканальный).
e-mail: **kanc@eksmo-sale.ru**, сайт: www.**kanc-eksmo.ru**

В Санкт-Петербурге: в магазине «Парк Культуры и Чтения БУКВОЕД», Невский пр-т, д. 46.
Тел.: +7(812)601-0-601, **www.bookvoed.ru**

Полный ассортимент книг издательства «Эксмо» для оптовых покупателей:
Москва. ООО «Торговый Дом «Эксмо». Адрес: 123308, г. Москва, ул.Зорге, д.1.
Телефон: +7 (495) 411-50-74. **E-mail:** reception@eksmo-sale.ru
Нижний Новгород. Филиал «Торгового Дома «Эксмо» в Нижнем Новгороде. Адрес: 603094,
г. Нижний Новгород, ул. Карпинского, д. 29, бизнес-парк «Грин Плаза».
Телефон: +7 (831) 216-15-91 (92, 93, 94). **E-mail:** reception@eksmonn.ru
Санкт-Петербург. ООО «СЗКО». Адрес: 192029, г. Санкт-Петербург, пр. Обуховской Обороны,
д. 84, лит. «Е». Телефон: +7 (812) 365-46-03 / 04. **E-mail:** server@szko.ru
Екатеринбург. Филиал ООО «Издательство Эксмо» в г. Екатеринбурге. Адрес: 620024,
г. Екатеринбург, ул. Новинская, д. 2щ. Телефон: +7 (343) 272-72-01 (02/03/04/05/06/08).
E-mail: petrova.ea@ekat.eksmo.ru
Самара. Филиал ООО «Издательство «Эксмо» в г. Самаре.
Адрес: 443052, г. Самара, пр-т Кирова, д. 75/1, лит. «Е».
Телефон: +7(846)207-55-50. **E-mail:** RDC-samara@mail.ru
Ростов-на-Дону. Филиал ООО «Издательство «Эксмо» в г. Ростове-на-Дону. Адрес: 344023,
г. Ростов-на-Дону, ул. Страны Советов, д. 44 А. Телефон: +7(863) 303-62-10. **E-mail:** info@rnd.eksmo.ru
Центр оптово-розничных продаж Cash&Carry в г. Ростове-на-Дону. Адрес: 344023,
г. Ростов-на-Дону, ул. Страны Советов, д. 44 В. Телефон: (863) 303-62-10.
Режим работы: с 9-00 до 19-00. **E-mail:** rostov.mag@rnd.eksmo.ru
Новосибирск. Филиал ООО «Издательство «Эксмо» в г. Новосибирске. Адрес: 630015,
г. Новосибирск, Комбинатский пер., д. 3. Телефон: +7(383) 289-91-42. **E-mail:** eksmo-nsk@yandex.ru
Хабаровск. Обособленное подразделение в г. Хабаровске. Адрес: 680000, г. Хабаровск,
пер. Дзержинского, д. 24, литера Б, офис 1. Телефон: +7(4212) 910-120. **E-mail:** eksmo-khv@mail.ru
Тюмень. Филиал ООО «Издательство «Эксмо» в г. Тюмени.
Центр оптово-розничных продаж Cash&Carry в г. Тюмени.
Адрес: 625022, г. Тюмень, ул. Алебашевская, д. 9А (ТЦ Перестройка+).
Телефон: +7 (3452) 21-53-96/ 97/ 98. **E-mail:** eksmo-tumen@mail.ru
Краснодар. ООО «Издательство «Эксмо» Обособленное подразделение в г. Краснодаре
Центр оптово-розничных продаж Cash&Carry в г. Краснодаре
Адрес: 350018, г. Краснодар, ул. Сормовская, д. 7, лит. «Г». Телефон: (861) 234-43-01(02).
Республика Беларусь. ООО «ЭКСМО АСТ Си энд Си». Центр оптово-розничных продаж
Cash&Carry в г.Минске. Адрес: 220014, Республика Беларусь, г. Минск,
пр-т Жукова, д. 44, пом. 1-17, ТЦ «Outleto». Телефон: +375 17 251-40-23; +375 44 581-81-92.
Режим работы: с 10-00 до 22-00. **E-mail:** exmoast@yandex.by
Казахстан. РДЦ Алматы. Адрес: 050039, г. Алматы, ул. Домбровского, д. 3 «А».
Телефон: +7 (727) 251-59-90 (91,92). **E-mail:** RDC-Almaty@eksmo.kz
Интернет-магазин: www.book24.kz
Украина. ООО «Форс Украина». Адрес: 04073 г. Киев, ул. Вербовая, д. 17а.
Телефон: +38 (044) 290-99-44. **E-mail:** sales@forsukraine.com

**Полный ассортимент продукции Издательства «Эксмо» можно приобрести в книжных
магазинах «Читай-город»** и заказать в интернет-магазине www.chitai-gorod.ru.
Телефон единой справочной службы 8 (800) 444 8 444. Звонок по России бесплатный.

Интернет-магазин ООО «Издательство «Эксмо»
www.book24.ru
Розничная продажа книг с доставкой по всему миру.
Тел.: +7 (495) 745-89-14. E-mail: **imarket@eksmo-sale.ru**

BOOK24.RU
ИНТЕРНЕТ-МАГАЗИН

ISBN 978-5-04-101185-7

9 785041 011857 >

EKSMO.RU
новинки издательства